La vida de Maria Callas

La vida de Maria Callas

Tan fiera, tan frágil

Alfonso Signorini

Traducción del italiano
de Maria Pons Irazazábal

Lumen

ensayo

Papel certificado por el Forest Stewardship Council®

MIXTO
Papel procedente de fuentes responsables
FSC® C117695
FSC www.fsc.org

Penguin Random House Grupo Editorial

Título original: *Troppo fiera, troppo fragile*

Primera edición con esta encuadernación: junio de 2023

Printed in Spain – Impreso en España

ISBN: 978-84-264-2591-1
Depósito legal: B-7986-2023

Compuesto en M. I. Maquetación, S. L.
Impreso en Unigraf, S. L.,
Móstoles (Madrid)

H 4 2 5 9 1 A

A mi madre

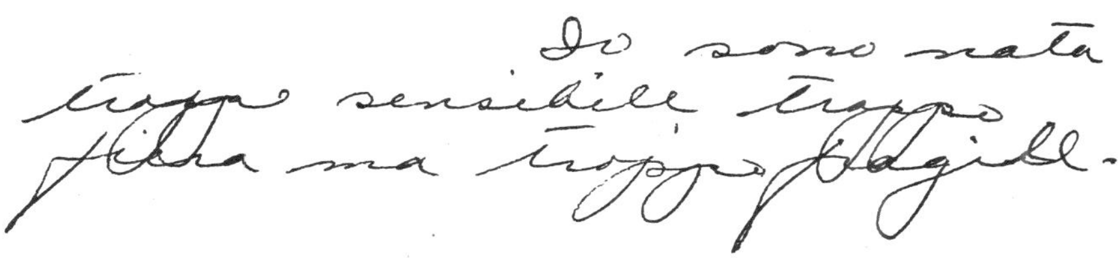
Io sono nata troppo sensibile troppo fiera ma troppo fragile.

De una carta inédita de Maria Callas, escrita a bordo del *Christina*, 12 de junio de 1963.

Prólogo

Milán, lunes 5 de septiembre de 1977

> Senza mamma, o bimbo, tu sei morto…
>
> GIACOMO PUCCINI, *Suor Angelica*

Luigi estaba nervioso. Eran las once y cinco y la Signora no había llegado aún. Aquella escena se repetía todos los primeros lunes de mes. Desde hacía diecisiete años. Era su pequeño, gran secreto. Había llevado una vida honrada: durante cuarenta años, para todo el mundo había sido simplemente il Ginetto, el viejo guardián del cementerio de Bruzzano, en la periferia norte de Milán. A Ginetto no le daban miedo los muertos. Le gustaba caminar por los senderos de guijarros entre las tumbas, hablando con ellos en voz alta. Por la noche se quedaba hasta tarde para colocar flores y encender luces, farfullando con convicción que en el mundo «solo había que tener miedo de los vivos». Todos lo tomaban por loco, pero a él no le importaba: en el fondo su vida, excepto dos o tres aventurillas con alguna viuda sin prejuicios, había transcurrido sin grandes sobresaltos. Pasar por extravagante le resultaba incluso cómodo. Sobre todo desde aquel día en que un gran secreto pasó a formar parte de su vida. «Son las once y diez y todavía ni rastro. Nunca ha llegado tarde. Es muy extraño», mascullaba para sus adentros.

Recordaba como si fuese ayer aquella mañana, diecisiete años antes. Era un lunes. El primer lunes de mayo. Hacía frío todavía, el cielo no auguraba nada bueno y Ginetto estaba pegado a la estufilla de su garita leyendo el periódico. Como todos los lunes por la mañana, no tenía nada que hacer: el cementerio estaba cerrado al público. Se estaba casi adormilando, mientras rogaba al buen Dios que no lloviera. Le tocaría cambiar todos los jarrones de flores de las tumbas, puesto que la gripe había causado estragos entre los guardianes. La perspectiva no le entusiasmaba. De repente, el ruido de un coche, un coche potente. Ginetto no daba crédito a sus ojos. Delante de la verja se hallaba una berlina, de esas que se veían el día de Difuntos en el Monumentale, el cementerio de los ricos: azul, con las cortinillas grises, para proteger la intimidad de los «señores», reluciente como si fuera nueva. No había visto nada igual en su vida.

—¿Es usted el guarda?

Un hombre alto, delgado, vestido con un elegante traje gris, interrumpió bruscamente sus pensamientos.

—Está todo cerrado. Es mejor que vuelvan luego, por la tarde —respondió Ginetto, molesto por aquella intrusión que rompía la monotonía del inicio de la semana.

—Ya lo sabemos. Pero es absolutamente necesario que la Signora visite el cementerio. Esto es por las molestias —dijo el chófer sin alterarse, depositando apresuradamente un sobre en su mano y mirando a su alrededor con aire circunspecto, por miedo a que un ojo indiscreto pudiera contemplar aquella escena.

Ginetto abrió rápidamente el sobre: dentro había quinientas mil liras en efectivo. Una barbaridad. Nunca había visto tanto dinero junto. Contando las propinas, lo que podía sisar de las luces y el sueldo del ayuntamiento, a duras penas conseguía reunir ciento ochenta mil liras a final de mes. Aquel hombre le ofrecía el sueldo de tres meses. Y ni siquiera tendría que pagar impuestos. Seguía contando, incrédulo aún ante tanta generosidad, cuando el anónimo chófer le interrumpió de nuevo.

—¿Y bien? ¿Podemos entrar? Si es capaz de guardar este secreto, nos verá llegar todos los primeros lunes de mes a las once de la mañana. Le garantizamos esta cantidad a cambio de la más absoluta discreción. Ni una sola palabra a nadie. ¿Acepta?

Ginetto echó cuentas: su vida cambiaría radicalmente. El pleno de las quinielas con el que siempre había soñado. ¿No era honrado? Bah, en el fondo no robaba nada a nadie. Solo se limitaba a complacer a una desconocida Signora. Sin pensarlo dos veces, abrió la pesada verja del cementerio.

—Les acompaño. ¿Adónde quieren ir? Esto es como mi casa —propuso.

—No se preocupe. La Signora sabe adónde ir.

Le hubiera gustado darle las gracias a la Signora, pero una cortinilla gris la ocultaba del resto del mundo. Y así durante diecisiete años. Todos los meses. Puntual como un reloj suizo, la berlina azul llegaba a las once. La ventanilla bajaba automáticamente, la mano del chófer alargaba el sobre, Ginetto lo deslizaba furtivamente en el bolsillo sintiéndose un ladrón, aunque por pocos segundos, y luego cerraba de nuevo aquella dichosa verja una media hora más tarde, cuando el coche salía zumbando dejando tras de sí una gran polvareda.

Aquellas cortinillas grises nunca se habían descorrido. Hubiera dado cualquier cosa por saber quién se ocultaba en aquel coche. Pero los pactos habían sido claros. Ninguna pregunta. Ni la más mínima muestra de curiosidad. Y hasta entonces había valido la pena. En pocos años había ahorrado un buen pico. Nadie compartía su secreto, ni su mujer Stefania ni sus tres hijos. El dinero estaba oculto en una pequeña sucursal del Banco di Lugano, adonde se dirigía todos los meses diciéndole a Stefania que iba a Suiza a comprar cubitos de caldo y chocolate. Y cuando el dolor de huesos fuera insoportable, diría adiós a todos y volaría al Caribe, como hacían Mike Bongiorno y las gemelas Kessler. Lo había leído en *Gente*.

«Son casi las once y media. ¿Qué habrá ocurrido?» Ginetto empezaba a preocuparse de verdad. En todos aquellos años, la Signora nunca había faltado a su cita.

Era un hermoso día de septiembre, cálido, luminoso. El cielo límpido y una ligera brisa hacían incluso agradable la hilera de cipreses.

«Este cementerio es un verdadero paraíso...», pensaba él.

De repente, el ruido de la berlina. Ginetto suspiró aliviado. Aquel mes también tenía asegurados los ingresos.

—Disculpe el retraso, Luigi. La Signora lo siente muchísimo. No volverá a suceder —dijo el chófer, mientras sacaba el sobre por la ventanilla.

«No volverá a suceder... No volverá a suceder... No volverá a suceder»: aquellas palabras se insinuaban machaconas entre los pensamientos de Maria. Sonaban como un terrible presagio en su cerebro, exhausto a causa de interminables noches de insomnio. «No volverá a suceder...»

—Señora, hemos llegado —dijo Ferruccio abriendo la puerta del coche.

Aquella mañana Maria acudía a la cita elegantísima, como siempre. Una camisa de seda de Hermès con dibujo de cachemir color crema, pantalones marrones anchos y un ligerísimo echarpe de cachemir para proteger la garganta. Aunque ya no había nada que proteger, porque hacía tiempo que la voz había desaparecido.

—Espérame aquí, Ferruccio.

Mientras descendía lentamente las escaleras del oscuro columbario, agarrada con fuerza al pasamanos por temor a caerse debido a sus repentinos mareos, Maria se preguntaba qué diría el mundo si lo supiera. Si supiera que ella, la divina, la celebrada Maria Callas, se encontraba en un cementerio en las afueras de Milán una mañana cualquiera de septiembre. Estaba cansada de hacerse preguntas. Estaba cansada de interrogarse sobre qué pensaba el mundo de ella. En el fondo solo se encontraba bien allí dentro, entre aquellas interminables hileras de celdillas, en medio de aquellos rostros anónimos, que la miraban sin expresión, sin pretender averiguar nada de ella. Solo los muertos no le pesaban en el alma.

«Aquí estoy, pequeño mío. Juntos de nuevo, Omero. Completamente solos los dos y afuera el mundo, como canta madame Butterfly a Pinkerton.»

Maria lloraba, como hacía siempre. Dejaba que las lágrimas se deslizasen por sus mejillas excavadas por la soledad. Detrás de aquella fotografía de un recién nacido muerto, detrás de aquel nombre, Omero, grabado en el mármol con letras de oro, se ocultaba una parte de su vida. Un secreto. Su hijo.

Sí, aquel hijo que se había visto obligada a ocultar a los ojos del mundo; aquel hijo que había hecho enterrar a escondidas en un rincón remoto de Milán, como si tuviera que avergonzarse de él. Aquel hijo al que no había podido abrazar ni una sola vez debido a la crueldad de su padre, Aristóteles Onassis. El hombre al que había amado perdidamente, el hombre que le había hecho olvidar que era la Callas. Mientras sacudía el polvo de la lápida con el pañuelo de encaje del que nunca se separaba, Maria repetía como una cantilena su canción de cuna: «Se solo fossi qui ad abbracciare la tua mamma. La tua mamma così sola... Ah, dimmi quando potrò vederti in cielo».* Había cantado muchas veces esa romanza de *Suor Angelica* de Puccini y en cada ocasión le faltaba el aliento. Solo en aquel largo pasillo del cementerio de Bruzzano centenares de marcos, de rostros sin vida tenían el privilegio de escuchar aquella voz. Desplegada con toda su potencia, exactamente como antes. Solo Omero era capaz de hacer aquel milagro. Solo delante de la lápida

* Si estuvieras aquí para abrazar a tu madre. Tu madre tan sola... Dime, cuándo podré verte en el cielo.

de aquel montoncito de huesos Maria volvía a ser la Callas, la madre, la mujer.

El sonido del claxon la devolvió bruscamente a la realidad. Y la herida se reabrió. De nuevo aquel sonido, que resonaba en el largo columbario, la separaría de Omero, el único amor verdadero de su vida. De repente afloró de nuevo la cantilena que le martilleaba el cerebro: «No volverá a suceder… No volverá a suceder… No volverá a suceder…». De pronto, aquellos rostros enmarcados de los muertos cobraban vida. Omero también abría repentinamente los ojos: y en su mirada no había amor. Tan solo el reproche por el abandono. Maria no podía seguir soportándolo. Y como siempre, como cada primer lunes de mes, corría gritando toda su locura, y sus gritos resonaban terribles en aquel largo pasillo de mudas presencias. Lo único que deseaba era salir de allí cuanto antes. Lo único que deseaba era aislarse del mundo.

—Ferruccio, a París. A París —gritó histérica al entrar en el coche, mientras se metía en la boca tres o cuatro somníferos con sus largos dedos, delgados y temblorosos.

Poco a poco se calmaría, todo habría pasado. El sopor invadiría de nuevo su cuerpo. Gotas de sudor helado perlaban su frente. Maria sacó del bolso el pequeño pañuelo de encaje con el que minutos antes había acariciado el rostro de su pequeño Omero. Se secó. Inmediatamente la invadió el olor de aquel perfume inconfundible. La fiel Bruna, su asistenta, solía verter todas las mañanas unas gotas de Roger&Gallet en aquel pañuelo de encaje. Aquel perfume, que tanto le gustaba a Maria, fue suficiente para regalarle un poco de tranquilidad. Cerró los ojos y dejó vagar la mente. Pronto desaparecería también para siempre aquella última voz, tan débil, que tanto costaba expulsar de su mente enferma: «No volverá a suceder… No volverá a suceder… No volverá a suceder…».

Una ventana al mundo

Nueva York, martes 29 de octubre de 1929

—No volverá a suceder. ¿Has entendido?

Mamá Litsa no había acabado aún de desahogar toda su rabia contra aquel engendro de hija cuando Maria ya había desaparecido. Aquella tarde también había dado un portazo y había salido corriendo a la calle, en Washington Heights, a calmar su rabia. No tenía todavía seis años, pero ya sabía lo que se hacía. Las calles de Nueva York no le daban miedo y eran un paraíso frente a las lamentaciones de su madre Litsa. Y además todo estaba calculado: cinco minutos de carrera, con los puños apretados, sin mirar a nadie, dos semáforos y llegaría a la botica de papá, donde los perfumes de las hierbas medicinales se mezclaban con los del ácido fénico y del tabaco. Qué tranquilidad. Aquella era su verdadera casa: sin los gritos de su madre, sin los caprichos y los aires de princesa de su hermana Jackie, que parecía divertirse haciéndola sentir la Cenicienta de la casa. Allí era la reina, mimada por todos: por los clientes de la botica, la mayoría inmigrantes griegos, que abarrotaban aquella pequeña farmacia porque solo se fiaban de los consejos de tata Geo, como todo el mundo llamaba a su padre. George Callas siempre tenía una palabra amable y un buen remedio para todos: un poco mago, un poco médico, un poco confesor, era un hombre de buen corazón que no perdía nunca la paciencia, con sus modales educados, su aire señorial y su bigote fino y bien cuidado que a tantas mujeres enamoraba.

Maria amaba con locura a su padre: le gustaba arrojarse a sus brazos, le gustaba respirar su perfume Roger&Gallet. Lo usaba con moderación, apenas unas gotas por la mañana después de afeitarse, pero era su marca inconfundible. Cuando estaba ocupado con algún proveedor, Maria cogía a escondidas el frasco de la estantería y se ponía unas gotas en el pañuelo. De este modo le parecía que siempre tenía a su padre al lado: cuando respiraba con fuerza aquel perfume se le olvidaban todos los miedos, incluso los gritos incesantes de mamá Litsa se desvanecían.

—¿Qué pasa, Mary? Me apuesto lo que sea a que es otra vez mamá.

Acababa de llegar a la botica y ya había leído en su interior. A papá no hacía falta darle explicaciones. Tenía el don de leerle en la cara todos sus pensamientos.

—La odio, no puedo más, papá. En toda la mañana no ha parado de decir gritando que estoy gorda como un cordero. Que al lado de mi hermana Jackie parezco una vaca. Que no tengo amigos porque soy fea y que cuando crezca tampoco encontraré novio, porque nadie me querrá. Y dice que tengo muy mal carácter, como tú. No puedo más.

Maria no podía contener su ira. No lloraba, le costaba mucho. Pero cada vez que mamá Litsa la comparaba con su padre en sentido negativo se sentía como un animalito herido. Sus ojos grandes y negros se volvían de pronto lagos profundos y transformaban a aquella niña rolliza de largas trenzas negras en una pequeña adulta afligida.

—Y además me ha dicho que su padre era un general y que su tío abuelo era el médico personal del rey de Grecia…

—Y ha acabado despotricando contra el destino que la llevó a casarse con un fracasado del Peloponeso, ¡con ese desgraciado farmacéutico de Meligala que es tu papá! —concluyó Geo con una sonora risotada.

—Exacto, eso es lo que ha dicho. Pero no me importa, porque ella no entiende nada. Tú eres mi papá y yo te quiero. —Sonrió Maria.

—Sí, pero para hacer enfadar tanto a mamá, algo habrás hecho tú también.

—Lo único que he hecho es mandar al diablo a nuestra vecina, Raynes. Estábamos comiendo, ya sabes que mamá quiere que esperemos a que Jackie llegue de la escuela. Acababa de servir la moussaka, cuando llega la vecina a pedir una aguja e hilo de coser. Mamá, como de costumbre, ha corrido a buscarlo: no lo entiendo, pero en cuanto esa señora le pide algo, se desvive por complacerla. Con nosotros no lo hace nunca. Así que, mientras ella no estaba, le he dicho a Raynes que se fuera a comprar la aguja y el hilo y nos dejara comer en paz. Nunca había visto a mamá tan enfadada. Me ha dicho cosas terribles delante de todos. No he podido aguantar más y me he escapado hasta aquí. Pero tú me quieres, ¿verdad? ¿Me defenderás de los malos?

Maria sabía cómo conquistar a su tata Geo: aún no tenía seis años, pero conocía ya muy bien las artes de la seducción y de la adulación.

—¿Sabes qué te digo? Que te perdono solo si cantas para tu papá la canción que te ha enseñado Rosalinda.

Rosalinda era la empleada de la botica, una espléndida muchacha de Asunción que dos veces por semana ayudaba al señor Callas en el negocio para completar el escaso sueldo de su marido, jefe de camareros en el hotel Plaza.

«Mantente lejos de esa zorra. Solo un imbécil como tu padre puede estar idiotizado por una mujerzuela como esa», le repetía sin cesar mamá Litsa. Maria, testaruda, hacía lo que quería, y Rosalinda acabó convirtiéndose en una de sus mejores amigas. Le gustaba escuchar sus historias: de cómo, de niña, ayudaba a su madre en el trabajo en una hacienda apartada en el campo de Paraguay, de la maldad de la dueña de la casa, o de cuando, con apenas quince años, se enamoró perdidamente del que luego se convertiría en su marido y huyó a Nueva York con él.

Fue precisamente Rosalinda la primera en darse cuenta, día tras día, de la voz extraña de aquella niña huraña. La sentaba sobre sus rodillas y la invitaba a cantar con ella su canción preferida, «La paloma».

«Una paloma blanca…» Cuando Maria empezaba a cantar, toda la botica enmudecía. La niña se ponía en pie, se colocaba en el centro de la botica y cantaba dulcemente a la vez que imitaba con los brazos el vuelo libre y despreocupado de la paloma blanca. Volaba y cantaba, olvidada de todo. Y al final de la canción seguía con los ojos a aquel espíritu libre del cielo, saludando con un rápido movimiento de la mano su elegante vuelo. Y así conquistaba el aplauso de todos.

Pero esa tarde algo no funcionaba. Y, sin embargo, Maria había cantado mejor que nunca. Su exhibición de ese día no había ido acompañada de aplausos. En el establecimiento no se veía ni la sombra de un cliente. En realidad, desde hacía unos días en casa tampoco se hablaba de otra cosa: desde que el jueves anterior se había hundido la Bolsa de Nueva York, los clientes habían desaparecido. Mamá Litsa había sido la primera en señalarlo. Pero papá George enseguida le había quitado importancia: «Tonterías. Con Bolsa o sin Bolsa, la gente seguirá enfermando. No hay nada que temer». Pero lo cierto es que durante todo el fin de semana hasta aquel martes, papá no había llevado a casa ni un mísero dólar.

En casa la tensión podía cortarse con un cuchillo: Litsa y Jackie no hacían otra cosa que hablar de la situación, de toda la gente que se había matado presa de la desesperación y de la miseria más negra. Un destino atroz que antes o después también acabaría afectándoles, estaban seguras. Pero Maria no quería escuchar. Prefería no pensar en la realidad, en el futuro. Había aprendido que la mejor manera de resolver los problemas era no pensar en ellos. Se quedaba pegada a la radio para escuchar a la famosa cantante Rosa Ponselle, que actuaba en el Metropolitan de Nueva York: le gustaba mucho la historia de una princesa etíope llamada Aida, obligada por la guerra a convertirse en la esclava de Amneris, hija de un faraón, y perdidamente enamorada de un caudillo egipcio, enemigo de su pueblo.

Algún día ella también sería una princesa, lo sabía, y viviría la más hermosa historia de amor que pudiera vivir una princesa. Su enamorado se la llevaría lejos de aquella casa y de los gritos de su madre, y construiría un castillo solo para ella.

—Basta. No quiero que vuelvas a salir de casa. ¿Has entendido?

Maria, ocupada aún en seguir con la mirada el vuelo de su paloma, no tuvo tiempo de oír aquellos gritos y de repente sintió un violento dolor. Un tremendo bofetón, que la hizo tambalearse unos segundos. Mamá Litsa, que se había presentado de improviso en la botica de papá, estaba furiosa. Parecía fuera de sí.

—No aguanto más tus caprichos de niña mimada. Ni a vosotros dos, tú y esta zorra barata, que la defendéis —gritó dirigiéndose a Rosalinda y a papá George, que se habían quedado aturdidos y mudos—. No puedo más. ¿Entiendes? —gritaba dirigiéndose a su marido—. No puedo sacar adelante la casa con el dinero que me das. Nuestras hijas van a la escuela, tienen hambre. Jackie además estudia piano y no sé cómo pagar a la maestra, que está entusiasmada con nuestra hija y dice que será una gran concertista. ¿Y yo qué hago? En cuanto acaba la clase, finjo estar hablando por teléfono porque no tengo ni un dólar en el bolso. No podemos ser la vergüenza del barrio. ¿Sabes lo que te digo? Nos volvemos a Grecia. Allí soy la señora Dimitriadis, hija del general Dimitriadis. Me marcho. Sí, me marcho con mis hijas. No sé qué hacer con un fracasado como tú.

Litsa no dio tiempo a que el marido replicara, y arrastró a Maria por un brazo fuera de la botica.

—Esta vez te vas a enterar, mocosa. Así aprenderás a no marcharte de casa dando un portazo. Muy pronto sabrás quién manda en tu casa.

Jackie, sentada al piano practicando solfeo, fingió estar transportada por la música y acogió a la hermana con la habitual sonrisa perdida en el vacío, como si Maria fuese transparente. La madre temblaba como una hoja.

—Jackie, cariño, ve a buscarme las pastillas. Corre, antes de que esa desgraciada de hermana tuya me mate a disgustos. Oh, Dios mío, creo que estoy a punto de desmayarme. No puedo más. —Y se echó a llorar.

Maria ya estaba acostumbrada. Unos días antes, habían tenido que ingresar a Litsa de urgencias en el hospital Saint Elizabeth por un intento de suicidio, pero no habían tardado ni media hora en devolverla a casa. Todo el mundo la conocía y nadie creía ya en sus amenazas de muerte. Aquel día incluso la servicial Jackie se fue con cierta calma a buscarle los tranquilizantes que estaban sobre el aparador.

Sin embargo, a partir de entonces algo cambió en casa de los Callas. Litsa se había vuelto implacable: George y Maria lo pagarían caro. No les dirigiría la palabra a ninguno de los dos. Resultado: tata Geo pasaba la mayor parte del tiempo fuera de casa. Para conseguir algunos dólares de más, había decidido dejar en la botica a la fiel Rosalinda y convertirse en representante de productos farmacéuticos. Su carácter amable le garantizaba un buen volumen de ventas, y unas semanas más tarde la economía doméstica se había recuperado. Litsa, enternecida, le preparaba incluso un plato de sopa caliente por la noche, pero él estaba tan cansado que casi nunca se la terminaba. Una noche, Maria se levantó para beber a escondidas un vaso de refresco de cidra y se encontró a su padre, vestido aún, con la cabeza apoyada sobre la mesa, junto al plato de sopa, durmiendo con la boca semiabierta y roncando ligeramente.

Los días transcurrían monótonos para Maria. Por la mañana iba a la escuela y las tardes las pasaba pegada a la radio soñando despierta. O hablando con Vasili, su hermano muerto unos años antes, a la tierna edad de tres años. Él ahora la protegía desde el cielo. Era su compañero de juegos preferido. Estarían unidos de por vida. Su tío George le había confiado con gran secreto que Vasili había muerto de tifus precisamente cuando Maria estaba en el vientre de su mamá; prácticamente se habían intercambiado las vidas. Hasta el punto de que mamá Litsa, siempre según el tío George, estaba convencida de que su lugar lo ocuparía otro niño. El día en que nació, su madre había echado de la habitación a la comadrona cuando esta trató de ponerle a Maria en brazos. No quiso saber nada de aquel muñeco de carne de cinco kilos y medio al menos durante una semana; aquella niña, según Litsa, nunca debería haber nacido. «Nunca sustituirá a mi Vasili», había confiado entre lágrimas al tío George. Rechazada desde el primer día. Condenada a la soledad desde la infancia. El destino de Maria Callas estaba marcado desde el principio.

En realidad, para la pequeña Mary Vasili nunca había muerto. Simplemente se había marchado a explorar otros mundos, pero quedándose para siempre a su lado. Este era el universo de la pequeña Maria. Hecho de pequeños grandes sueños, de castillos de arena, de fantasmas silenciosos.

Una tarde, mientras mamá Litsa peinaba los cabellos rebeldes de la preciosa Jackie delante del espejo, a Maria la invadió una repentina melancolía. Papá pasaba ya cada vez más tiempo fuera de casa. Un día, un día terrible, había espiado a mamá mientras esta contaba por teléfono que lo había sorprendido besándose en el restaurante con aquella furcia de Rosalinda.

—¿Sabes que papá tiene una amante? Mamá dice que anoche ni siquiera volvió a casa. Ha dormido con ella.

Jackie siempre estaba informadísima de las últimas novedades de la casa y había despertado a Maria en plena noche para decírselo. Le producía un placer sádico destruir la imagen de papá George, aquel padre que siempre había dedicado sus atenciones a Maria y no a ella.

—¿Y tú cómo lo sabes? —preguntó Maria, incrédula, a su hermana.

—He oído cómo mamá se lo contaba a Raynes.

Otra vez aquella maldita Raynes. Maria no quería dar crédito a aquella noticia. Ocultó la cabeza debajo de la almohada y se esforzó por no pensar. Daba vueltas y más vueltas en la cama, sin lograr conciliar el sueño. Tal vez Jackie tenía razón. Es más, le sobraba razón. Bien mirado, papá Geo ya no las quería. ¿La prueba? Ya no se mostraba tierno con su Mary, ya no la abrazaba como antes, ya no la acariciaba durante la noche, tratando de leer en sus sueños. Papá Geo se había convertido en un extraño. Al día siguiente, Maria estaba celosa incluso de la bella Rosalinda, que le había robado las únicas caricias de las que hasta entonces se había alimentado. Así que, un poco por aburrimiento, un poco por tristeza, de repente, mientras la maestra explicaba las restas, se acordó de aquella vieja canción de Asunción que solía cantar en la pequeña botica de tata Geo.

«Una paloma blanca...» Al regresar de la escuela, Maria quiso cantarla a la perfección. En el centro de su pequeña habitación, había una silla. Vacía. Era la silla de Vasili. Maria lo veía. Estaba allí. Rubio, con los ojos azules, con su camisa blanca y su corbatita roja: con aquella ropa lo habían depositado en el pequeño ataúd blanco, según la fotografía que mamá conservaba tan celosamente sobre la mesilla de noche de su dormitorio y que a veces le daba mucho, mucho miedo. Vasili era su espectador: estaba quieto con los brazos cruzados, en actitud de piadosa atención. Maria iba a cantar solamente para él su «Paloma». Abrió la ventana y se agachó junto al antepecho para imitar su vuelo. Apretaba entre las manos el pequeño pañuelo con el perfume de papá. Aspiró aquel perfume por última vez y empezó a cantar.

Durante unos minutos Washington Heights, la ruidosa calle de Nueva York, pareció detenerse por arte de magia. Un grupo reducido de personas se agolpó debajo de la ventana para escuchar en silencio aquella voz extraordinaria, infantil, pero ya tan dramática y sensual que se desplegaba en las notas de «La paloma». Al acabar, se oyó un largo, larguísimo aplauso. Maria se asomó a la ventana y no podía dar crédito a sus ojos. Aquella gente miraba hacia arriba y le sonreía. Aquel aplauso interminable, aquel entusiasmo eran solo para ella. La magia duró unos segundos, pero le hizo comprender que lo único que deseaba en la vida era la aprobación de la gente, el reconocimiento de un público. Y por ello lucharía hasta el final de sus días.

Mientras la pequeña Mary intentaba poner orden en sus pensamientos, se abrió de golpe la puerta de su habitación: eran Litsa y Jackie. Trastornadas. Lo habían comprendido todo. Y demasiado rápido. Maria buscó desesperadamente a Vasili con la mirada, pero él también se había marchado, dejándola sola e indefensa. Solo tenía ante sí miradas que la escrutaban: los ojos codiciosos, cargados de expectativas de una madre, y los ojos cargados de rencor y de envidia de una hermana. Desde aquel día, desde aquel preciso instante, su vida cambiaría para siempre. Y nada sería ya como antes.

Tres maestros de excepción

Nueva York, sábado 22 de diciembre de 1934

Maria daba vueltas y más vueltas al reloj Bulova entre las manos y no acababa de creérselo. Aquel Bulova era la prueba palpable de que sería famosa. Ahora estaba segura. Triunfaría en la vida. Había obtenido el segundo puesto en un concurso radiofónico en el que la había inscrito por sorpresa su hermana Jackie. Lo había hecho sin avisarla, probablemente para humillarla, para demostrarle que, a pesar de todas aquellas arias con su voz de ruiseñor, nunca lo conseguiría. Y no había sido así. Los había derrotado a todos con su «Voi lo sapete, o mamma» de *Cavalleria rusticana*. De los cincuenta que se habían presentado, al final solo habían quedado dos: ella y el hijo del maestro Mitchum, profesor de viola de gamba en el Metropolitan. Era obvio que ganaría él, a pesar de ser un tenorcillo sin porvenir alguno. Pero a Maria, hija de George Callas, visitador médico y farmacéutico fracasado, aquel segundo puesto le sabía a gloria. Tenía solo once años y, tras haber pasado cinco estudiando intensamente, había ganado un maravilloso Bulova.

—Mary, dale inmediatamente el reloj a mamá. Sé buena —la interrumpió mamá Litsa.

—Ni lo sueñes, mami. El reloj es mío. Lo he ganado. He estudiado años para conseguirlo.

Litsa no estaba dispuesta a escucharla siquiera. Sin muchos miramientos, le arrancó de las manos el Bulova y se dispuso a organizar el banquete de Navidad. Era el 22 de diciembre. No había tiempo que perder. En casa de los Callas, la Navidad se celebraba siempre del mismo modo. Papá George preparaba dos días antes dolmades y souvlaki, mientras que mamá Litsa era imbatible en la moussaka. Días y días en la cocina, entre yogur, cebollas y carne picada de cordero. Olores que impregnaban hasta las cortinas de la casa y que Maria, que se volvía loca por las hamburguesas, las patatas fritas y la mantequilla de cacahuetes, detestaba.

Maria no tenía ningunas ganas de fiesta. Desde aquel lejano día en que había cantado «La paloma» en su pequeña habitación, la vida se había convertido para ella en un infierno. Estudio, estudio, estudio. Solfeo, solfeo, solfeo. Vocalizaciones, vocalizaciones, vocalizaciones. Una pesadilla, un trágico guión que se repetía obsesivamente todos los días y que tenía dos únicos protagonistas: la pequeña Mary y mamá Litsa.

Mamá había comprendido que aquel monstruo, aquel pequeño cordero (como la llamaba) sin pizca de feminidad, que cada día era más feo y más gordo, acabaría dándole alguna satisfacción. La voz. Era el futuro de la casa Callas: gracias a aquella voz por fin todos serían ricos. Escalarían hasta la alta sociedad americana. Un verdadero don de Dios, que Mary todos los días sacaba de su garganta sin ningún esfuerzo y llenaba la casa con su potencia. Una voz que había que esculpir, que había que modelar, lógicamente. Pero que estaba allí.

El problema era educar aquella voz. Y con el poco dinero que papá Geo llevaba a casa era difícil cantar victoria. Sobre todo porque Jackie y su educación pasaban por delante de todo. Era la hija modelo, la muchacha que cualquier madre desearía tener. Alta, esbelta, elegante. Sabía sonreír y parpadear en el momento oportuno, sabía ruborizarse y sentarse a la mesa como una señorita. Incluso tocaba el piano.

—Maria, aprende de tu hermana. Mira lo guapa que es. Fíjate en su elegancia. Los vestidos le sientan de maravilla. Tú eres desgarbada, mírate en el espejo. Estás llena de granos. Solo comes porquerías. Pero ¿a quién has salido?

Siempre la misma queja. Pero en Maria no surtía efecto: hacía tiempo que había olvidado el espejo y ni siquiera miraba los escaparates de las tiendas por el terror que le producía verse reflejada en ellos. Le gustaba comer y no renunciaría a ello por nada del mundo. Cuando comía, desaparecían todos los dolores, todos los pensamientos negativos. Sabía que no era hermosa. Pero también sabía con la misma certeza que su voz la llevaría lejos. Es cierto que en casa las dos señoritas Callas recibían un trato distinto. Dos veces por semana acudía a la casa una profesora de piano para Jackie. Una mujer quejica, que andaba lamentándose de que mamá le pagaba siempre con retraso. Pero al menos era una profesora. En cambio, para Mary ningún gasto superfluo.

Un día su madre llegó orgullosa del mercado.

—Mary, cariño. Ven con mamá. Mira lo que te he comprado. Te he encontrado maestros de canto. Ellos te lo enseñarán todo.

Sobre la mesa había una jaula con tres canarios.

—Pero si son pájaros —protestó, sorprendida, Maria.

—Tienes que convertirte en ruiseñor. Aprende de ellos —abrevió Litsa, con su habitual sentido práctico. Tres canarios: uno negro y dos amarillos.

—Te llamarás David, como mi compañero de clase, con quien compartía el banco, que lleva en la cabeza la kipá negra porque es judío —dijo Maria al canario negro—. Y tú serás Elmina. Te pongo el primer nombre de mi madre, así gritarás más que nadie. En cuanto a ti, serás Stephanakos, porque estás desplumado como mi maestro calvo.

A partir de ese día, serían los canarios, junto con su hermano Vasili, los que le harían compañía. Le resultaba fascinante observar su garganta: cantaban horas y horas hinchando el delgado pecho. Sobre todo Elmina, la más pequeña. Maria había aprendido de ella a dejar que el aire penetrara en sus pulmones, para dejarlo salir despacio o muy rápido, según las notas. Cuando acompañaba a su hermana al piano, lo recordaba bien y todo parecía salir mejor. Y además, bastaba seguir a Rosa Ponselle en la radio. La pequeña Maria se sabía ya de memoria todas las óperas de Verdi, de Rossini, de Puccini. Frase por frase. Cuando cantaba, también hacía el papel del tenor y del barítono, no quería perderse nada de esa maravillosa música.

Pero Navidad no era alegre para Maria. Lloraba desconsoladamente ante los tres canarios. La noche antes, mamá Litsa le había arrebatado su Bulova. En el fondo lo había ganado gracias también a la ayuda de los pájaros. Cada día mejoraba, cada día dominaba mejor su voz gracias a su ejemplo. Ella también estaba en una jaula, como ellos. Y como ellos, solo tenía una manera de olvidarlo: cantar.

—Y ahora silencio. Que Maria canta el «Ave Maria».

También en Navidad Litsa era la sacerdotisa de la ceremonia. En torno a la mesa vestida de fiesta se había reunido toda la familia Callas al completo. Estaba presente incluso el tío George, que venía de la lejana Florida. Había llevado de Tarpon Springs una caja de excelente ron y todos andaban un poco achispados. Otro de los comensales era el doctor Lantzounis, que había ayudado a nacer a Maria, y su esposa, con su exquisito pastel de crema. Estaban asimismo los odiados Raynes, los vecinos: mamá, papá y el hijo Aristide, recién licenciado en derecho, que no quitaba los ojos de encima a Jackie, elegantísima con su traje de terciopelo de color amaranto. Mamá le había prestado su aderezo de esmeraldas: se había casado con aquellas joyas. Eran el orgullo de la casa. También asistían a la celebración Rosalinda y su marido; desde que habían comprado la licencia de la farmacia de tata Geo pagando en efectivo, y qué efectivo, mamá Litsa hasta se había olvidado de la «putilla» de Asunción. En el fondo, a Maria le gustaba aquella familia desquiciada.

—No cantaré solo el «Ave Maria», mami. También he preparado «Ritorna vincitor!» de *Aida* y «O mio babbino caro» de *Gianni Schicchi* —dijo Maria.

Depositó la jaula de sus tres canarios sobre el piano, se puso el chal de Litsa, que la hacía sentir una auténtica reina, y empezó a cantar. Gracias a la magia que solo la Navidad podía ofrecer, aquella noche en casa de los Callas se respiraba un ambiente de amor. Cuando Mary entonó la célebre romanza de *Gianni Schicchi*, se acercó a tata George y le cogió de la mano, cantando solo para él. Fue un crescendo. Los aplausos y los «¡Bravo!» fueron incontables. Maria era muy feliz.

—Ahora vamos a abrir los regalos —abrevió Litsa, a quien no le gustaban los sentimentalismos. Y además no había que dejar que a Maria se le subieran los humos a la cabeza. El estudio exigía concentración y los pies bien plantados en el suelo—. Empecemos por nuestra maravillosa Jackie.

Jackie se puso en pie y, parpadeando y ruborizándose tal como mamá le había enseñado a hacer, comenzó a abrir el regalo de Aristide, el hijo de los Raynes. Era una maravillosa estola bordada de cachemir. Sin duda costaba una verdadera fortuna. Maria observaba a su hermana, mientras se hacía la mosquita muerta dedicando mil zalamerías a aquel odioso abogadillo. Aristide era bajo, llevaba unas gafas ridículas con gruesos cristales y tartamudeaba continuamente cuando se sentía el centro de la atención. Maria se preguntaba cómo podía pronunciar un alegato ante un tribunal. Acabaría languideciendo en un despacho cualquiera de cualquier miserable administración. Y de repente comprendió por qué mamá Litsa siempre se mostraba tan servicial cuando se trataba de atender las absurdas peticiones de los vecinos Raynes: quería casar a Jackie. Los Raynes eran realmente ricos. La vieja llevaba un abrigo de piel distinto cada semana, el padre viajaba dos veces al año a Londres para negociar con joyas que llegaban de la lejana Jaipur. En resumen, emparentarse con los Raynes sería un buen negocio.

—Jackie, cariño. Abre los regalos de mamá.

Un sobre decorado con un gran lazo y una cajita asomaban bajo el árbol de Navidad. Jackie empezó por el sobre. Sacó de él una cartulina: era la matrícula para realizar un curso en una escuela de modelos.

—Oh, mami, te quiero tanto —balbuceó Jackie abrazando a su madre—. Quiero ser cada día más hermosa, para compensarte por todos los sacrificios que haces por mí —dijo mirando de reojo a Aristide.

—Vamos, vamos, acabarás haciendo llorar a tu madre. Y ahora abre el otro regalo.

Jackie se abalanzó sobre el paquete y, cuando abrió muy despacito la caja para ver el regalo antes que los otros, buscó con los ojos a Maria. En su mirada Maria pudo leer una expresión malvada, de sádico triunfo.

—Oh, mami. Un reloj Bulova. ¡Es precioso!

Maria no podía creer en aquella enésima crueldad de su madre. Sentía que el mundo se le caía encima. Quería morirse en aquel mismo instante. Tata Geo corrió a abrazarla.

—Ahora te toca a ti, Mary —le dijo con dulzura.

—Tenemos que recoger. No hay tiempo —replicó mamá Litsa.

—Sí que hay tiempo. Hay que buscarlo. ¿Sabéis lo que os digo? Descorcharemos la última botella de ron en cuanto Maria haya abierto sus paquetes y así acabamos de emborracharnos.

Debajo del árbol había dos regalos para Maria: el de Rosalinda y el de papá. Abrió primero el paquete de Rosalinda: era un disco grande de vinilo. Rosa Ponselle cantaba «La paloma». Y luego abrió el paquete de papá. Mientras lo iba desenvolviendo, el corazón le latía con fuerza. Papá siempre había adivinado sus pensamientos. No la decepcionaría. Cuando abrió su regalo no podía dar crédito a lo que veían sus ojos: dentro de la caja había un espléndido Bulova. El mismo modelo que había ganado en el concurso radiofónico y que mamá Litsa le había arrrebatado para regalárselo a su Jackie. Maria se sentía de nuevo la reina de la casa: abrazó con fuerza a su padre y le susurró al oído: «Papaíto, te prometo que este reloj me acompañará siempre. Toda la vida».

Aquella noche Maria se durmió tranquila, mientras en la otra habitación, mamá se peleaba con papá. Ella lavaba los platos y él la ayudaba a secarlos. Litsa le acusaba de querer arruinar a la familia con sus gastos inútiles: con el dinero de aquel reloj habrían podido vivir un par de semanas. Pero a Maria no le importaba. Le bastaba la felicidad que sentía en su corazón. La felicidad de sentirse amada. Contempló por última vez el brillo de la pulsera de su Bulova y tuvo los sueños más hermosos.

Un pañuelo de encaje

Nueva York, jueves 28 de enero de 1937

Aquel jueves, mamá Litsa se había levantado con el alba. Era el día de san Cirilo y ella, como buena griega ortodoxa, consideraba a aquel santo como alguien de la casa. Ante una buena taza de té con miel encendió tres velas al relicario del santo. Velas de esas marrones, muy delgadas, que le enviaban desde Atenas. «San Cirilo, escúchame y protege a mi Maria. Esta mañana su éxito será también el mío. Danos tu bendición.» Al término de aquella letanía, que duró unos cinco minutos, Litsa sonrió. Era la primera vez en su vida que invocaba a los santos para que intercedieran por su hija. Pero aquel no era un día como los demás. Era un día importante: Maria iba a obtener el diploma. No es que le interesasen demasiado los estudios de su hija. Al contrario; sabía perfectamente que para Mary los estudios se habían acabado. No le apetecía nada tener a su lado a una marisabidilla odiosa. Hacía años que sabía que para su hija no había más que un destino: cantar. Pero aquel inútil pedazo de papel representaba para Litsa una meta. Más aún: un salvoconducto. Dentro de poco, ella y Maria se marcharían a Grecia. Por fin se realizaba su sueño.

En Atenas todo sería distinto. Ella volvería a ser la señora Evangelia Dimitriadis, la hija del general Dimitriadis. La familia la ayudaría a costear los estudios de sus hijas. Gracias a su hermano Efthimios y a aquel dichoso diploma podría matricular a Maria en el conservatorio. Efthimios conocía bien a los músicos, porque por las noches frecuentaba las tabernas adonde acudían los alumnos del conservatorio a ganar unos dracmas para pagarse los estudios.

En el fondo, poca cosa la ataba a Nueva York. Con su marido hacía tiempo que las cosas iban mal. Seguían viviendo bajo el mismo techo, pero como dos extraños. Ella, demasiado ocupada en crearse un futuro lejos de aquella casa; él, demasiado ocupado en perseguir a las mujeres. Parecía que sentía una atracción por todas, excepto por ella. Además, últimamente las cosas se habían precipitado. Incluso Jackie en principio la había decepcionado. Había dejado a Aristide Raynes, el abogado, una bellísima persona. Un hombre tan bueno que se había ofrecido a pagar las clases de canto de Maria.

—Yo me ocuparé de tu hermana. Merece tener una buena profesora. Es una muchacha de enorme talento. Esos tres canarios, la radio y el gramófono no son suficientes —había comentado una tarde, tras haber escuchado a Maria solfeando.

Suficiente para despertar en Jackie unos celos absurdos. Desde aquel día las cosas cambiaron entre ellos: a Jackie se le había metido en la cabeza que Aristide miraba a Maria con otros ojos y con un interés excesivo. Aristide se había dado cuenta de que en esa casa no había lugar para los sentimientos auténticos y prefirió dejar que los Callas siguiesen su destino.

Sin el dinero de los Raynes, y sin la presencia de un hombre como George, Litsa consideró que la única solución era hacer las maletas y regresar a Grecia. Hacía unos meses que había enviado a Jackie a Atenas para inspeccionar el terreno. Y las noticias que le llegaban de allí eran como mínimo fantásticas. Litsa leía una y otra vez la última carta de su Jackie, con la que se había redimido a sus ojos:

> Queridísima mamá, tengo una noticia exclusivamente para ti. Desde hace una semana salgo con un chico que te gustará muchísi-

> mo. Se llama Milton. Es alto, ancho de hombros y estrecho de cintura. Parece un actor de Hollywood. Los domingos por la tarde me compra un helado. Ayer incluso me llevó a un restaurante del centro. Además, es campeón de tenis. Pero no te cuento más. No le digas nada a la abuela, mami. Más adelante te explicaré...

Esas pocas líneas eran suficientes para hacer soñar a Litsa. «Campeón de tenis...»: en Grecia muy poca gente podía permitirse el lujo de practicar aquel deporte. Seguro que Milton era un muchacho de muy buena familia. Jackie, en el fondo, merecía ascender en la escala social; se había convertido en una preciosa muchacha de veinte años. Desde que hizo aquel curso en la escuela de modelos, incluso había posado para un reportaje de moda en *Harper's Bazaar*. Y el hecho de que recién llegada a Atenas ya hubiera tenido un encuentro tan interesante no hacía más que confirmar la validez de sus intenciones de marcharse de Estados Unidos cuanto antes mejor.

—Mami, ¿qué me pongo?

Maria la distrajo de este y de otros pensamientos. La tenía allí delante. Por un momento se preguntó a quién se parecía aquella hija suya. Tenía trece años pero aparentaba veinticinco. Medía poco más de metro sesenta, tenía el pecho muy desarrollado y las caderas y los tobillos de una mujer adulta. El rostro era el de una vieja gruñona y no poseía ni una pizca del entusiasmo y de la alegría propios de las muchachas de su edad. Ya fuera por su falta absoluta de amigos, por su desinterés por las cosas fútiles o por aquel carácter obstinado tan parecido al de su padre, lo cierto es que Mary había crecido como un animal salvaje. Solo cuando cantaba era capaz de transformarse: ante el piano se convertía en una diosa, ya no pertenecía al mundo de los humanos y volaba hacia otras dimensiones, que solo sus ojos eran capaces de distinguir.

—¿Lo ves? Estás tan gorda que ya no tienes nada que ponerte —le reprochó su madre.

—La verdad es que Jackie vació los armarios y se llevó a Atenas incluso las sobras, es decir, mis vestidos —respondió enfadada Maria.

—Mary, ven aquí un momento.

Tata Geo era el único que todavía ejercía algún poder sobre ella. Acababa de cerrar la puerta de su habitación cuando vio sobre la cama un precioso jersey rosa de angora y una falda de loden. Completamente nuevos y solo para ella.

—Este es un gran día para ti. Y tu papá estará a tu lado —le dijo abrazándola.

La entrega de diplomas duró poquísimo. La escuela pública, situada en el 189 de Washington Heights, en Manhattan, no estaba para muchas ceremonias. Todo se resolvió en un apretón de manos y la felicitación de la profesora de inglés, que le recomendó a Maria que se matriculara en el bachillerato de letras. Pero, como siempre, a mamá Litsa le faltó tiempo para truncar sus ilusiones.

—Cariño, este es el regalo de tu mamá.

Maria fue prácticamente arrancada de la compañía de su profesora, mientras su madre le introducía un sobre en el bolsillo. Intrigada por aquella insólita prisa, abrió el sobre. Ojalá nunca lo hubiera hecho. Abrir aquel sobre fue como ver derrumbarse todos sus sueños. Mamá Litsa le había regalado un pasaje para el *Saturnia*. Travesía oceánica. Llevaba fecha del 2 de febrero, es decir, al cabo de cuatro días abandonarían juntas Nueva York para dirigirse a Patrás, en Grecia. Tenía que despedirse para siempre de su habitación. Decir adiós a aquella ventana en la que tantas veces había cantado atrayendo la atención de «su» público. Y, sobre todo, separarse de su adorado tata Geo, su papá, la única persona en el mundo por la que se sentía realmente amada.

«¿Por qué, Dios mío? ¿Por qué te diviertes haciéndome tanto daño?»; el suyo no era el grito de una adolescente. Era el llanto de una muchacha a la que el carácter y la vida habían hecho crecer demasiado deprisa y que sentía que una parte de su juventud moriría para siempre. Aquella noche, Maria no se acostó. Quiso esperar a su padre en la oscuridad de la antecámara. Sabía que antes o después llegaría. Y así fue. En cuanto entró en la casa, a las tres de la mañana, Maria se arrojó en sus brazos, llorando.

—Papá, no quiero separarme de ti. Te lo ruego, ven con nosotras a Grecia. Déjalo todo tú también. No puedo vivir sin ti.

Hablaba en voz baja para no despertar a Litsa, a quien esa escena le habría parecido simplemente desagradable.

—Mary, mi dulce y pequeña Mary. Aunque te vayas a Grecia, dejarás aquí tu corazón. De este modo papá no estará nunca solo. Y tú tampoco lo estarás. No llores —le dijo, secándole las lágrimas con el pequeño pañuelo de encaje que llevaba siempre en el bolsillo—. Toma. Tu tata Geo te lo regala. Sabes el cariño que le tengo, Mary. Tu abuela me lo bordó para el día de mi boda. Con este pañuelo secarás las lágrimas de alegría y de dolor. Crecerás con él y de este modo yo estaré siempre contigo. Te lo prometo. ¿Estás contenta? ¿Estás más tranquila ahora?

Maria ya no contestaba: se había dormido, apoyando la cabeza sobre los hombros de su padre y apretando entre los dedos aquel pequeño pañuelo de encaje, que la acompañaría hasta el último día de su vida.

Bienvenida a Grecia

Atenas, miércoles 24 de febrero de 1937

La llegada a Patrás fue para Litsa una auténtica decepción. No había nadie en el muelle esperándolas. Los inviernos suaves del Mediterráneo que habían acariciado su piel de muchacha parecían ser solo un recuerdo aquella mañana: el puerto estaba inmerso en la niebla.

—Es imposible que el tío Efthimios no haya venido a recogernos. Le envié un telegrama por medio del capitán hace dos días. Su mujer, la tía Olympia, es la bruja que todos conocemos. Siempre tuvo celos de tu madre: yo siempre fui más hermosa, más rica, tenía mil posibilidades más… Efthimios debería estar aquí —se lamentaba con Maria.

—¿La tía Olympia también es una putilla? —preguntó, sádica, Maria forzando su vocecita infantil, mientras acariciaba a David, su canario preferido.

—Maria, no te permito que le hables a tu madre en este tono. Ya no estamos en América. Estamos en Grecia. La tierra de tus antepasados. Y recuerda que aquí soy la señora Dimitriadis, hija…

—Del general Dimitriadis, y tu tío era además el médico del rey…

Maria se sabía aquella historia de memoria. Cogió la jaula de sus canarios y se apresuró a descender del *Saturnia*, dejando a su madre, estupefacta, sobre el puente.

Maria no tenía una idea muy clara de lo que encontraría en Grecia, pero a primera vista, lo que tenía ante sus ojos no le gustaba nada. El puerto de Patrás estaba repleto de cargueros y de mujeres vestidas con horribles batas negras y pañuelos en la cabeza. Parecían murciélagos enloquecidos. Y además el aire no olía a romero, como tantas veces le había repetido mamá Litsa, sino tan solo a carburante y a aceite quemado. Para colmo, hablar en griego le resultaba antinatural: en casa de los Callas, en Nueva York, se hablaba a menudo en griego, pero Maria estaba acostumbrada a razonar en inglés. A partir de ese día, debería cambiar incluso su forma de pensar. Pero se armó de valor. Al fin y al cabo, Grecia también era una tierra de conquista y ella se había jurado a sí misma que en la vida siempre se divertiría aceptando los retos y saliendo vencedora. «Fea, pero vencedora»: ese era su lema.

Media hora después, no quedaba nadie en el muelle. Tan solo ellas dos, con tres míseras maletas de imitación de piel atadas con cordel, y un extraño individuo que las observaba desde que habían puesto pie en tierra firme.

—¿Son ustedes la señora y la señorita Callas? —gritó desde lejos.

Maria se echó a reír. Nunca la habían llamado «señorita Callas». Oír a alguien llamarla así le causaba un extraño efecto. Ante ellas se hallaba un señor de modales más bien afectados, pero amable y recién afeitado. Con una gorra en la cabeza y una gruesa bufanda de lana en torno al cuello, parecía uno de los muchos obreros portuarios de Nueva York en busca de trabajo en algún carguero. Pero tenía cierta dignidad, cierta elegancia.

—¿Y usted quién es? No hablamos con desconocidos. Por lo menos preséntese —respondió Litsa con afectación.

—Tiene usted razón, señora. Discúlpeme. Soy Michele y me envía el doctor Milton Embirikos. Me ha encargado que las recoja y las acompañe a casa del señor Efthimios. ¿Me permite? —E hizo el gesto de coger las maletas, bajo la mirada aturdida de Litsa.

Tras haber cargado los bultos en una lujosa berlina gris, Michele se volvió hacia las dos mujeres, paralizadas a causa de la sorpresa.

—¿Dónde puedo recoger el resto del equipaje?

—Nos han robado las otras maletas dos marineros, aprovechando la confusión de la llegada. Estoy desesperada. Llevábamos en ellas todas nuestras cosas —respondió con rapidez Litsa.

—Eso no es cierto, mamá. No tenemos más que estas tres maletas.

Maria apenas tuvo tiempo de terminar la frase cuando se encontró con los cinco dedos de su madre estampados en la cara. «Bienvenida a Grecia», susurró Maria en voz baja, conteniendo el llanto.

—¿Cómo dice, señorita? —preguntó Michele.

Pero Maria no respondió. Estaba demasiado concentrada haciendo esfuerzos por no llorar; no dar una satisfacción a su madre en ese momento era más importante que mostrarse bien educada con un desconocido.

Litsa pasó todo el viaje fantaseando acerca de «su» Milton. Porque Milton ya era suyo. «¿Me llamará mamá? No sé si permitirle estas confianzas. Además, antes debo conocer a su familia. Tendré que ir a la modista a hacerme un vestido decente. Tienen chófer, un buen coche. Deben de ser riquísimos. No deben enterarse de que somos pobres. Ojalá no hubiese empeñado las esmeraldas para comprar los pasajes del *Saturnia*. Quedarían perfectas sobre un vestido escotado. Solo espero que aquella desgraciada de Olympia no les haya contado nada de nosotros. Porque si es así la hago pedazos y…»

—Hemos llegado.

Michele interrumpió bruscamente los pensamientos de Litsa, que no quería dar crédito a lo que veían sus ojos.

—Esta casa no es la de mi hermano. Se ha equivocado. Nosotros siempre hemos vivido en Patission, en el centro. En El Pireo vivían nuestros sirvientes —observó.

—Yo no sé nada, señora Callas. Lo único que me han dicho es que las trajera aquí. Buenos días.

Maria observaba a su madre de reojo. En el fondo se lo estaba pasando en grande. Era su venganza por el bofetón de antes.

—Mami, mami querida. ¡Qué contenta estoy!

Jackie había salido corriendo al encuentro de su madre, gritando de alegría.

—Deja que te vea, cariño. ¡Pero si estás hecha una preciosidad!

Litsa no se equivocaba. Jackie se había convertido realmente en una hermosa muchacha: el pecho, espléndido, destacaba bajo el jersey verde esmeralda. El nuevo corte de cabello hacía más luminoso su rostro y tenía un trasero realmente increíble. Maria la observaba apartada, manteniéndose bien alejada, ella y su jaula de canarios, de aquella muchacha a la que consideraba más una extraña que una hermana.

—Cariño, quiero saberlo todo de tu Milton. ¿Cómo es? ¿A qué se dedica? ¿Quiénes son sus padres? ¿No le habrás dejado entrar en este cuchitril?— Se preocupó de inmediato Litsa.

—¿Estás loca, mamá? No ha pasado de la puerta. Oh, mami, tengo que contarte un montón de cosas. Milton es tan amable conmigo, tan educado. Pero, subamos...

Jackie y Litsa se alejaron, dejando a Mary en medio del patio con tres maletas y una jaula de canarios en busca de alojamiento.

La vida en casa del tío Efthimios era un infierno. A los pocos días Maria ya se había dado cuenta. En un mísero apartamento de cincuenta metros cuadrados vivían ocho personas: el tío con su mujer Olympia, sus hijos, Antonios y Ludovikos, la abuela Irene, y Maria con Litsa y Jackie. La casa familiar en Patission se había vendido unos años antes, cuando Efthimios enfermó gravemente y tuvo que pagar los gastos del tratamiento. Todos se habían retirado a vivir a esta modesta vivienda, obligados a bajar la cabeza y los humos. Todos, excepto Litsa.

—Tendríais que haberme avisado de la venta. Una parte me corresponde legalmente a mí —puntualizó de inmediato la señora Callas.

—Pero si no teníamos dinero ni para comer. ¿Qué pretendías de nosotros? —rebatía Efthimios, alargando los brazos.

Y encima, su mujer Olympia y mamá Callas se pasaban todo el día peleando.

—Menudo negocio hiciste casándote con mi hermano; querías ser una Dimitriadis a toda costa para que te mantuvieran —decía la una.

—Calla, desgraciada. Eres una pobre cornuda. Tu marido ha preferido echarte de casa antes que tenerte a su lado. Y ahora vuelves aquí con tus hijas para que te mantengan —rebatía la otra.

Estas eran las frases más amables que Maria escuchaba todos los días. Por no hablar de los dos primos, dos gemelos de quince años que parecían haber nacido con la única misión de tocar las narices. Antonios, en el fondo, era más simpático. Ludovikos había recibido a Maria a su manera.

—¿No podía llegar una prima más adefesio?

Antonios había suavizado de inmediato.

—No te preocupes, prima Mary. Este ya tiene bastante con espiar por el ojo de la cerradura a tu hermana cuando va al baño a lavarse. Aunque un poco menos adefesio sí que podías ser…

La abuela Irene era sorda. Le decías «Buenos días», y te contestaba: «No quiero judías». Cualquier intento de diálogo con ella era inútil. Para colmo, en aquella casa no había nadie aficionado a la ópera. Era prácticamente imposible practicar con la radio y los canarios. Un día en que Mary estaba cantando «La paloma», el tío Efthimios sentenció:

—Si tú y tu madre habéis venido aquí a buscar fortuna, has de saber que en Grecia hay miles de muchachas que cantan mejor que tú.

Maria lo detestaba. No soportaba que no la comprendieran. Ni siquiera Litsa había llegado tan lejos.

—Bueno, me contentaré con tener algo más de suerte que tú. En realidad, no será difícil...

Mary sabía cómo hacer callar a las personas, y con el tío Efthimios le resultaba fácil.

Si de día la vida en aquella pequeña chabola de El Pireo era insoportable, de noche resultaba todo aún más tragicómico. Parecía una competición para ver quién roncaba más. Ni los canarios conseguían dormir. Y trinaban hasta las cinco de la mañana, cuando, exhaustos, caían del columpio, muertos de cansancio. Una mañana, Maria encontró al pobre Stephanakos patas arriba, tieso. No había podido soportar el estrés. Mary estaba cada día más triste. Añoraba terriblemente a tata Geo. Echaba de menos sus abrazos, su perfume, sus besos. Por suerte, se distraía con Jackie; pasaba el tiempo escuchando a escondidas sus interminables conversaciones telefónicas con Milton.

—Oh, Milton, mamá ha llegado con regalos impresionantes. También te ha traído tres discos de Rosa Ponselle. Mamá es muy atenta y ya te quiere un montón.

Maria lo entendió enseguida. Se había traído de Nueva York, además de sus trapos, el Bulova, los tres discos de la Ponselle, la jaula de los canarios y un pañuelo de encaje con un frasquito de Roger&Gallet, que había robado de la mesilla de noche de su padre. Por nada del mundo se desprendería de aquellos objetos. A la mañana siguiente vio a su madre acercarse como un buitre a su armario. Maria se lo había llevado todo. Había escondido sus objetos debajo del colchón y debajo de la cama.

—¿Dónde están los discos de la Ponselle? Te conviene sacarlos de inmediato. Sabes perfectamente que mi único deseo es que aprendas a cantar bien. Hemos venido aquí para matricularte en el conservatorio y convertirte en una estrella del canto. Pero tienes que obedecer a mamá, que te quiere mucho.

—Mary, escucha a mamá. Milton es un tesoro. Le gusta mucho la lírica. Ya verás cuántas cosas hará por ti, si te portas bien —añadió Jackie.

Maria estaba indecisa. Por un lado no quería separarse de su vida, es decir, de la música, y contentar a aquellas dos brujas. Por otro lado, si aquel gesto le pudiera servir para conseguir una plaza en el conservatorio o cualquier otro favor, de buena gana se desprendería de los discos. Finalmente, ni siquiera le dio tiempo a pensarlo mucho: Litsa ya se había metido debajo de la cama y había recuperado los objetos. Maria pasó todo el día pensando en qué diablos iba a hacer el misterioso Milton con sus discos. Ahora ya lo sabía todo de él. Sabía que era guapísimo y que se parecía mucho a Errol Flynn. Era el único hijo de Andreas Embirikos, una de las familias más ricas de Grecia. Armadores.

Cuando mamá Litsa se enteró, por poco le da un infarto: siempre había admirado las fotografías de los Embirikos en los periódicos, en las crónicas sociales. No podía creer que su Jackie hubiera pescado un pez tan gordo. Además, Milton, que era abogado y campeón de tenis y de esgrima, se mostraba muy generoso. Había colmado a Jackie de impresionantes regalos: jersey de cachemir, pañuelo de seda, y hasta una pequeña pulsera de zafiros, que mamá fue a vender inmediatamente para pagar los tres meses de alquiler por adelantado de la nueva casa en el centro, a la que se trasladarían en unos meses. Milton, que aún no había sido invitado a casa de los Callas, nunca vería aquella suciedad, aquella miserable casa. Sería recibido con todos los honores en un edificio del centro. Como correspondía a las hijas de una Dimitriadis.

Mientras tanto, los días iban pasando entre los gritos de la madre, las pullas de los primos y las historias cada vez más increíbles que Jackie contaba de su novio. Milton se había convertido en el hombre invisible de la casa. Una especie de tío bueno y rico que dejaba sentir su presencia mediante continuos regalos, pero que nunca se materializaba. Nadie lo había visto nunca. Solo Jackie en sus salidas dominicales o, más raramente, algún sábado por la noche. Una cosa era cierta: Milton era rico. Increíblemente rico.

A pesar de todo, Maria no sentía celos de su hermana. Estaba demasiado concentrada en sus objetivos: como no podía cantar ni ejercitarse en aquel cuartucho, pasaba las horas escribiendo cartas interminables a tata Geo, hablando con su Vasili, que la había acompañado hasta Grecia, y cuidando de sus dos canarios. Y además, estaba la comida. Se había adaptado enseguida a las costumbres locales: los dulces de miel literalmente la volvían loca, y en la cocina siempre había un plato de moussaka fría. Devoraba cualquier cosa a cualquier hora del día: cerca de su casa había un pequeño horno al que se dirigía todas las mañanas para atiborrarse de rosquillas de sésamo. En pocos meses se había puesto como un tonel. Las piernas eran pura celulitis, los tobillos, hinchados, apenas podían sostener el peso de su cuerpo. La piel, debido a la gran cantidad de chocolate y salsas de yogur que engullía, se había cubierto de granos y de un fino y desagradable vello. Y sobre todo, echaba terriblemente de menos la música. Hacía meses que sus discos habían desaparecido, en casa del tío Efthimios no había radio: la había vendido tiempo atrás. Echaba de menos a Aida, a Santuzza, a Lucia y sus maravillosas historias de amor. Muy pronto se encontraría de nuevo con ellas, estaba segura. De momento, lo mejor era hacer de tripas corazón y no pensar más en ello.

Cinco dracmas y un plato de sopa

Atenas, miércoles 2 de junio de 1937

Finalmente, había llegado el gran día. Jackie y Maria estaban despiertas desde las seis de la mañana. Habían vaciado los armarios y lo habían metido todo en sus maletas. Esperaban sentadas en la cocina, mientras mamá Litsa echaba el último vistazo. No quería dejar nada suyo en aquella horrible casa. La había odiado demasiado. Dentro de pocas horas regresarían al 61 de Patission, en el centro, al barrio donde siempre había vivido desde pequeña.

George Callas enviaba todos los meses a Atenas un giro postal, que a duras penas cubría el importe del alquiler. Apretándose un poco el cinturón podrían salir adelante. Y además, la satisfacción de vivir en una casa con portería y alfombra roja en la entrada... Ahora sí que podría recibir a Milton sin tener que avergonzarse de nada. Y tal vez incluso a sus padres. Para la ocasión hasta alquilaría un camarero de frac. Sí, todo sucedía según los planes de Litsa. Además, hacía unos días que había llegado de América el diploma de Maria y con él podría matricularla en el Conservatorio de Atenas.

—Vamos, niñas. ¿Ha llegado nuestro chófer? —gritó Litsa para que Olympia pudiera oírla bien y se muriera de envidia.

Maria sacó la conclusión de que su madre era realmente fantástica: eran tres desgraciadas llegadas de Nueva York y Litsa mandaba a Michele, el empleado de Milton, como si estuviera a sus órdenes. «Lo importante es creérselo», pensó.

Al llegar a su nueva casa, Jackie se mostró entusiasmada. Todo en aquel edificio la fascinaba. Las escaleras eran de mármol auténtico. Y las alfombras que las cubrían ni siquiera estaban muy raídas. Las placas de latón sobre las macizas puertas de madera estaban cubiertas de títulos honoríficos: abogados, médicos y profesores.

—Tenemos tres habitaciones más los servicios —exclamó Litsa con orgullo ante sus hijas—. Tú, Maria, dormirás conmigo; Jackie tiene su propia habitación. Es mayor y conviene que, cuando Milton venga a visitarnos, puedan disponer de cierta intimidad. ¿No es cierto, cariño?

—Oh, mami...

Desde pequeña, Jackie había aprendido a ruborizarse en el momento oportuno. A Maria le disgustaban sus remilgos, pero más se disgustó cuando se abrió por fin la puerta de su nuevo piso. La casa estaba desoladoramente vacía. Recién pintada, pero no había ni una silla. Tan solo un pequeño hornillo de camping en la cocina y una estufa de queroseno en el baño.

—Pero mamá, ¿dónde están las camas? ¿Dónde vamos a dormir? —preguntó Mary.

—Dormiremos en el suelo, estúpida. Estamos en junio. En pleno verano. Un poco de fresco en el trasero no nos hará daño. Con frío se razona mejor. Y cuando llegue el otoño, tendremos dinero para comprarnos algunos muebles más.

Entonces Maria explotó. Ya no pudo callarse más lo que llevaba dentro desde hacía tiempo.

—¿Cómo? Nos marchamos de Nueva York porque, según tú, llevábamos una vida de pordioseros. Te quejabas de que con el dinero de papá nos habíamos convertido en la vergüenza de todo el barrio. ¿Y ahora queréis vivir aquí? Es aquí, querida mamá, donde somos unos mendigos. Es aquí donde deberíamos avergonzarnos. No nos podemos permitir todo esto. Y tú lo sabes perfectamente. No quiero ir a un restaurante de lujo, sentarme a la mesa y no pedir nada porque la comida es demasiado cara. Y eso es exactamente lo que estás haciendo tú.

—Eres una ingrata —la reprendió Jackie, furiosa—. Mamá se ha desvivido por ti. Empeñó sus joyas de familia para traerte a Grecia. Yo tuve que marcharme de Nueva York para animarte a ti a estudiar música y acompañarte al piano. Todos nos estamos desviviendo por ti, foca testaruda, y tú ¿qué haces? ¿Montas en cólera, como si ya fueses una *prima donna*? Empieza a ganarte el pan con tus canciones, si realmente vales algo como crees.

Mientras su hermana gritaba a los cuatro vientos estas y otras lindezas, Maria sentía cómo la sangre le subía a la cabeza.

—Basta ya —gritó Litsa—. ¿Queréis que todo el vecindario nos conozca desde el primer día? A partir de hoy, aquí va a cambiar todo. Tú, ahora, te vienes conmigo. —Y agarró a Maria por un brazo, arrastrándola tras de sí.

Litsa y Maria estuvieron caminando durante horas bajo el sol de Atenas sin decirse ni una palabra. La madre seguía siendo la hija del general Dimitriadis y en el paso de marcha era imbatible. Hacia las tres de la tarde llegaron a las tabernas del puerto. Algunas comenzaban a abrir las puertas justo en ese momento. Litsa no sabía lo que era la vergüenza. Había llegado el momento de que aquella hija suya marisabidilla exhibiera su natural talento y lo poco que había aprendido. La necesidad haría el resto. No le importaba que Maria se muriera de vergüenza.

—¿Le interesa una cantante para la noche? Mi hija sabe cantar «La paloma» y otras romanzas de ópera. Ha estudiado en el Conservatorio de Nueva York. También se mueve muy bien en el escenario —decía al tabernero de turno. Las respuestas eran muy variadas, pero siempre humillantes.

—¿Para qué queremos una gordita como su hija? A nuestros marineros les gusta divertirse. A los clientes los atraigo con culos y tetas, no con esa barriga...

—¿Ópera? ¿«La paloma»? Aquí se baila el sirtaki. Y su hija con esa mole podría hundirnos el tablado. Ja, ja...

Aunque Maria no quería darle a su madre la satisfacción de verla llorar, no podía contener las lágrimas. Sollozaba, con la cabeza baja, incapaz de levantar la vista. Parecía un animal herido: Litsa la estaba ofreciendo al mejor postor, como si fuera un mono amaestrado.

—¿Cuánto pide?

Finalmente, parecía que alguien estaba interesado en la compra.

—Diez dracmas por noche —aventuró mamá Callas.

—Dejémoslo en cinco y un plato de sopa tres noches a la semana. El trabajo es desde las siete hasta medianoche. Pero usted viene a buscarla. O bien regresa sola a casa. Lo toma o lo deja.

Litsa tenía prisa por cerrar el trato.

—De acuerdo. Mañana por la noche empieza.

Sesenta dracmas al mes: no estaba mal para empezar.

—Cariño, hoy y mañana tendrás que ensayar a fondo. ¿Qué te parece si aprendemos otras canciones? Oh, qué emoción... ¿No estás contenta?

Maria estaba aterrorizada. La idea de tener que exhibirse ante un público compuesto por marineros vociferantes, medio borrachos, a los que poco les importaba ella y su música, la horrorizaba.

—No quiero, mami. No me hagas ir mañana, te lo suplico. Haré lo que sea. Si quieres, trabajaré duro sirviendo mesas o limpiando en la cocina. Volvamos atrás. Pregúntale si quiere contratarme como pinche. Pero no me hagas cantar delante de esa gente. Te lo suplico.

—La única que decide por ti es tu madre. Tienes que hacer lo que yo te diga. Si lo hago es solo por tu bien. Ya verás como te irá bien incluso para la voz —cortó Litsa.

Maria desistió de seguir luchando. Era demasiado débil frente a las ambiciones desmesuradas de su madre. La batalla siempre estaba perdida de antemano.

A pesar del cansancio, pasó la noche en vela. Y la mañana siguiente fue aún peor. Ensayaba una y otra vez su reducido repertorio, algunas viejas canciones sudamericanas, un poco de *Aida* y de *Cavalleria rusticana*. Se preguntaba qué le importaba a aquella gente tan ignorante, deseosa solo de emborracharse y de meter mano a alguna furcia, escuchar «Ritorna vincitor!».

—Maria, espabílate. Es hora de prepararnos. Ponte esto.

Maria habría deseado que ese momento no llegara nunca. Pero Litsa era implacable. Le había arrojado el mismo vestido de siempre, verde oscuro con manga corta, pero le había cortado la falda y las piernas quedaban impúdicamente al descubierto.

—Mamá, ¿te has vuelto loca? No me pondré nunca, he dicho nunca, una cosa así. La falda es demasiado corta y se me ven las piernas.

Maria tenía muy mala relación con sus tobillos. Simplemente los detestaba: demasiado gruesos, mastodónticos. En vez de piernas, tenía dos troncos. Enseñarlas así, sin recato, la hacía sentirse prácticamente desnuda.

—No me vengas con cuentos. No puedes ir a cantar a una taberna vestida como una monja —rebatió Litsa, mientras Jackie sonreía pérfidamente.

—Jackie, préstale un poco de carmín a esa pelma de tu hermana —añadió.

¿Carmín? Maria no se había maquillado en su vida. Lo había intentado en una ocasión, pero tuvo que lavarse la cara a toda prisa porque era alérgica, e inmediatamente los labios se le hincharon como globos.

—Toma, Mary, cariño. Este es antialérgico —dijo Jackie cortando de raíz cualquier intento de protesta.

En aquella maldita casa no había ni siquiera un espejo. De modo que, mirándose en el reflejo de la ventana, Maria Callas trató de adoptar por primera vez aires de diva.

Menudo desastre. Se veía hecha un fantoche. Además, las calles ardían bajo el sol de principios de junio. Su única esperanza era que aquella noche no hubiera nadie en la taberna.

A la entrada, Maria sintió un escalofrío. Fuera del local había dos carteles recién pintados: «Viernes, sábado y domingo, música en vivo: la bella Maria canta para ustedes». Aunque no le dio ni tiempo de pensarlo ya que, en cuanto entró en el local, la asaltó un terrible olor a humo que se mezclaba con el del alcohol y de las cebollas. «¿Cómo voy a cantar aquí? El aire es irrespirable», se preguntó.

—Cariño, mamá se marcha. No podría resistir la emoción de verte cantar ante un público de verdad. Mis nervios son frágiles, ya lo sabes. Volveré a recogerte a medianoche.

Litsa la dejó así, sola ante el peligro, como en el foso de los leones. La sala estaba llena a rebosar. Parecía que todos los barcos de El Pireo se habían vaciado de repente de su peor chusma, que se había dado cita en aquella taberna.

Dentro, el estrépito era infernal. El ruido de los platos y de las jarras de cerveza se mezclaba con las risotadas de los borrachines; uno eructaba; otro incluso había vomitado y lo estaban sacando a la calle para que respirara un poco de aire fresco. En medio de aquella confusión, el señor Anselmo, dueño, según decía, de la mejor taberna del Egeo, mandó callar a todo el mundo golpeando una mesa con el cucharón.

—Atención, silencio. Esta noche tenemos con nosotros una estrella. Viene de lejos, de América. Y está aquí para cantar para vosotros. Os aviso, no lo intentéis. Maria muerde y gruñe como una perra rabiosa si alargáis las manos.

De la pianola se encargaba Ioannis, un viejo pianista con la piel amarillenta a causa del sol y del tabaco. Maria no se atrevía a salir. Apretaba con fuerza el pañuelo de encaje de su tata Geo. Se dio ánimos mirando el Bulova que llevaba en la muñeca: a fin de cuentas, había quedado segunda en un concurso radiofónico de Nueva York con su «Paloma».

Cuando salió, fue recibida con una lluvia de silbidos y risotadas.

—¿Quién va a tocarla, Anselmo? ¿No ves que da asco?

Todo el mundo se burlaba. Unos golpeaban la mesa con los puños. Otros silbaban hasta perforar los oídos. Alguien llegó incluso a arrojarle tenedores. Maria ya no iba a llorar. Buscó desesperadamente con sus grandes ojos negros la mirada del viejo Ioannis. Él comprendió. Y empezó a tocar con toda su fuerza los primeros compases de «La paloma», para superar el ruido o para encantar a alguna alma más sensible que las otras. En vano. Nadie parecía dispuesto a escuchar.

De repente, Maria entró como en trance. Se aproximó a la vieja pianola desvencijada, procuró modular la voz con las notas de «La paloma» y empezó a cantar. Ante ella ya no había nadie, solo cielos inmensos que jugaban con nubes de mil colores. Era hermoso contemplar el mundo desde lo alto, volar con las alas desplegadas, en plena libertad, como hacía aquella paloma blanca. Era hermoso cantar al amor y a la felicidad de sentirse amados. Pero el encanto se desvaneció de golpe. Se encontró de nuevo en medio de la humareda de aquel local. Había terminado la canción, pero no se oía ni una mosca. Ante ella, solo centenares de ojos, que la contemplaban incrédulos. Alguna boca abierta. El mundo parecía haberse detenido. Luego, un tímido aplauso, y otro. Al final el local se vino abajo. Un éxito. Sobre las arrugas excavadas por el sol y el mar de los viejos marineros incluso había asomado alguna lágrima. Maria había realizado su primer milagro.

Aquella noche, como todas las demás, tuvo un éxito extraordinario. Al cabo de una semana, Anselmo comenzó a hacer negocio con «la bella Maria». No, no era bella, pero todos la llamaban así. Porque todos, hasta los espíritus más vulgares, se daban cuenta de que cuando aquella muchacha de trece años empezaba a cantar, ocurría algo misterioso, hipnótico. Maria se transfiguraba. Entraba en otro mundo. En el mundo del arte, desconocido para la mayoría. Y esto la hacía hermosa. La muchacha más hermosa de Atenas.

Litsa estaba en el séptimo cielo. En El Pireo, Maria se había convertido en una verdadera atracción. Incluso una taberna había intentado arrebatársela a Anselmo, ofreciéndole seis dracmas por noche. Pero Maria no había querido ni oír hablar de ello. Estaba bien allí.

—Litsa, no te preocupes. A partir de septiembre te pagaré ocho dracmas por noche y, si quieres, acompañaré yo mismo a Patission a tu hija —le aseguró Anselmo.

Hasta Jackie se sentía orgullosa de su hermana. Gracias a su sueldo y a algunas joyas regaladas por Milton, que inmediatamente eran revendidas, las tres Callas se habían comprado algunos muebles y un espejo. E incluso tres catres. Era el primer peldaño en su escalada social.

Un domingo por la noche, mientras Maria se estaba preparando para la velada, vio entrar en el local a un joven extraordinariamente elegante. Nada que ver con los simples grumetes o los capitanes de barcos mercantes. Su traje de lino beige, la camisa blanca y los mocasines de piel que llevaba sin calcetines lo hacían diferente a los demás. Apenas le dedicó un momento de atención, porque cuando la pianola de Ioannis comenzaba a sonar, Maria ya no pensaba en otra cosa. Aquella noche por primera vez la «bella Maria» había añadido dos piezas nuevas a su repertorio: el «Vissi d'arte» de *Tosca* y «Bésame mucho». La gente aplaudía a rabiar al contemplarla: era imposible explicarlo, pero aquella mocetona que pesaba casi un quintal sabía transformarse cuando cantaba «Bésame mucho». Ojos, manos, sonrisa, caderas: todo en ella se movía con una sensualidad y una gracia extraordinariamente naturales.

—Maria, ¿puedo presentarme?

No podía creerlo. El joven elegante, que hasta ese momento había seguido el espectáculo en una mesa junto a la entrada, estaba allí, exactamente delante de ella. Guapísimo. Labios carnosos, piel olivácea, cabellos engominados y nariz aquilina e imponente. Maria, exhausta tras su exhibición, lo miraba y no lograba quitarle los ojos de encima.

—Encantado, Mary. Soy Milton, el novio de tu hermana Jackie.

¡Así que Milton existía de verdad! «Oh, Dios mío —pensó—. Si estuviese aquí mamá Litsa. Quién sabe qué diría.»

—Mary, he venido a escucharte porque hacía tiempo que deseaba conocerte. Gracias por las emociones que has sabido regalarme esta noche. Yo también tengo un pequeño regalo para ti y me gustaría dártelo antes de que te marches a casa. O mejor, ¿sabes qué te digo? Si te parece bien, yo mismo puedo acompañarte.

Maria no pudo ni contestarle. Le siguió, casi hipnotizada. Al cabo de unos minutos, se encontró sentada en la berlina gris de Milton, a su lado, con un paquete sobre las rodillas.

—Ábrelo —le dijo él con aire divertido.

El paquete contenía la colección completa de los discos de Rosa Ponselle. Todos los discos que la célebre soprano había grabado en su larga carrera en el Metropolitan de Nueva York. Mary se echó a llorar, como una niña.

—¡Pero si este es mi sueño! Oh, Milton. ¿Qué puedo hacer por ti? ¿Cómo puedo corresponder a un regalo tan hermoso?

—Lo único que tienes que hacer es cantar, siempre y solo cantar. A partir de mañana, me ocuparé de buscarte un profesor de canto. Yo pagaré las clases. Esta noche en casa encontrarás otra sorpresa. Maria, tienes mucho talento y no permitiré que tu arte se desperdicie entre esa gente.

Milton no aceptaba réplicas.

—Pero mamá necesita el dinero que gano. Desde que tata George enfermó de pulmonía, no nos ha enviado ni un dólar. Vivimos de esto y de los trabajos de limpieza que hace mamá a escondidas en casa del doctor Kabanis, nuestro vecino.

El novio de Jackie estaba estupefacto. Así que la riqueza de la familia Callas de la que tanto le había hablado su Jackie no era más que una mentira piadosa. Debería haberlo imaginado. Jackie le había dicho que Maria deseaba a toda costa exhibirse en aquella taberna del puerto porque estaba enamorada del hijo del dueño. No era amor: era el hambre lo que la empujaba.

—Maria, ahora vete a casa. Y no te preocupes. A partir de mañana, Milton se ocupará de ti.

De modo que las hadas existían de verdad. Podía haber un final feliz incluso en las historias más sórdidas. Maria pensaba en todo esto e iba dando traspiés mientras subía las escaleras, leyendo concentrada la relación de las arias de ópera que contenían aquellos discos. Cuánta música nueva por la que dejarse arrebatar, cuántas emociones nuevas que sentir y regalar a su público. Entró en casa de puntillas, sin hacer ruido. Jackie estaba encerrada en su habitación y mamá Litsa roncaba en su dormitorio. Como todas las noches. Y sin embargo, aquella noche se respiraba un aire distinto. En medio del pequeño salón, sobre el escritorio había un voluminoso gramófono y un piano de pared. Milton había cumplido su promesa: era un auténtico príncipe azul. Después de tantos meses de lágrimas, Mary se sentía realmente feliz. Abrió la ventana de la cocina y, contemplando el cielo repleto de estrellas, respiró a pleno pulmón la ligera brisa. Aquella noche, por primera vez, el aire de Atenas olía verdaderamente a romero.

La más bella de las criaturas

Atenas, jueves 14 de noviembre de 1940

—Mami, lee esto, por favor. No puedo creerlo.

Jackie mostró orgullosa un papel arrugado. En sus ojos brillaba la pérfida satisfacción de quien sabe que ha hecho un descubrimiento extraordinariamente interesante.

—Lo he encontrado en el bolsillo del delantal, en la cocina. Debe de haberlo dejado allí Mary.

Litsa cogió aquel papel. Le dio vueltas entre las manos.

> Maria adorada, desde el día en que pude besar tus manos en el portal de casa no vivo más que para ti. No creí que pudiera volver a confiar en una mujer. Pero tu sonrisa y tu complacencia han teñido de rosa mi vida. Me despierto por la mañana y se me aparecen tus ojos radiantes y tu sonrisa luminosa. Me duermo por la noche con tu perfume. Eres la más bella de las criaturas. Sí, eres pura como las heroínas que cantas y que tanto amas. Tu Dimitri.

Todas aquellas zalamerías baratas dejaban a Litsa más bien indiferente. Aunque había una palabra que no podía digerir.

—¿Tu complacencia? ¿Qué quiere decir complacencia?

—Quiere decir que corresponde a sus sentimientos. Mamá, te digo que es así. Se hace la mosquita muerta y nos está fastidiando a todos. ¿Y la sonrisa luminosa? ¿Alguna vez has visto a Maria sonreír a alguien? En casa siempre pone cara de pocos amigos. Y hasta se deja besar en el portal de casa. Es una vergüenza, mami. ¿Qué será del honor y del respeto de nuestro nombre? Oh, Dios mío, no quiero ni pensar qué ocurriría si nuestro Milton se enterase de un escándalo de estas proporciones. Sería nuestro final.

Jackie había jugado su carta ganadora: Milton. Hacía ya más de tres años que Milton había entrado en sus vidas. Y cada vez con más intensidad. Se encargaba de todas las cuestiones prácticas de las Callas. Y esto bastaba para ser muy querido. Desde las clases de canto de Maria con la profesora Elvira de Hidalgo, una auténtica estrella del conservatorio, a las de declamación y movimiento escénico con George Karakaudis. Y Mary, gracias a esa ayuda y a su talento natural, mejoraba día tras día. En mayo había cantado en la radio una obra entera de Puccini, *Suor Angelica*, la historia de una joven madre obligada por su familia a tomar los hábitos, sin haber podido abrazar nunca a su hijo. Desde hacía unos meses, formaba parte del coro del Teatro Lírico de Atenas, y era el orgullo de todo el edificio. Entre los «favores» del buen Milton estaba además el crédito en los comercios: las Callas podían comprar lo que quisieran en todas las tiendas de alimentación del centro. A finales de mes, Michele, el empleado del doctor Embirikos, se ocupaba de liquidar las cuentas.

En tiempos de guerra, no era una cuestión menor: desde que los italianos habían invadido Grecia, en Atenas no se podía vivir. Los precios en el mercado negro eran desorbitados, y la gente literalmente pasaba hambre. Pero de momento, gracias al dinero de Milton, las Callas no tenían problemas. Realmente el pozo de los Embirikos parecía no tener fondo: además de la comida, había joyas para Jackie, flores y pastelillos los domingos para mamá Litsa y la cuenta de la peluquería de ambas (Maria no estaba incluida, ya que se peinaba ella misma). A Milton le gustaba mimar a sus mujeres. Lástima que el novio de Jackie nunca hubiera puesto los pies en aquella casa. Milton, sometido a la voluntad de Andreas Embirikos, un padre déspota y a la antigua, que no aprobaba que tres mujeres mayores de edad viviesen solas sin que un hombre se ocupara de ellas (hacía tiempo que tata Geo no enviaba a Grecia ni un centavo), había prometido a su dulce media naranja que atendería todas sus necesidades, pero que de momento prefería no frecuentar a su excéntrica familia. A cambio de toda aquella abundancia, se contentaba con exhibir a su novia en las fiestas mundanas ante los cronistas cotillas de *To Vima*, el periódico de Atenas. Litsa, en lo más profundo de su corazón, estaba convencida de que tanta generosidad ocultaba, en realidad, un secreto escandaloso.

«Yo creo que es gay. Y utiliza a mi Jackie como tapadera», pensaba de vez en cuando. Por otra parte, cuando preguntaba a su hija por las relaciones «personales» con su novio, esta se ruborizaba, como le había enseñado su madre, y se limitaba a repetir: «Oh, mami. Es tan sensible, tan delicado. Un auténtico caballero». No es que a Litsa le importara mucho. Lo importante era no echar mano del billetero, y en ese sentido Milton era una auténtica gallina de los huevos de oro. Por eso no debía enterarse nunca de que la joven Mary se había dejado besar («¿Solo las manos?», se preguntaba, dando vueltas en la cama) en el portal de casa.

En la mente de Milton, Mary era una joven muchacha de casi diecisiete años consagrada al arte: una especie de sacerdotisa virgen, que nadie podía corromper. Nada de besos, sonrisas y perfumes… Era necesario saber a toda costa quién era aquel Dimitri, que osaba apartar a la pequeña Maria de su misión: convertirse en una famosa cantante para enriquecer a su pobre mamá.

—Mami, lo sé todo: es el dentista del tercer piso —sentenció un día Jackie con tono triunfal.

—¿El dentista? ¿Ese pobre desgraciado que se pasa el día llorando porque su novia lo abandonó al descubrir que no tenía un dracma? Oh, Dios mío, aparta esas desgracias de nuestra familia.

Su hija tenía un novio pobre, y además llorón: para mamá Litsa era la peor de las desgracias. Había que alejar para siempre de sus vidas al doctor Dimitri Dustabanis. Sí, pero ¿cómo?

Maria tenía el corazón en un puño. El camino desde el conservatorio hasta Patission era largo. Como todas las noches, llegaba tarde. Junto a su profesora, la señora De Hidalgo, el tiempo volaba sin darse cuenta. Una vez acabada su clase, le gustaba quedarse en el aula para escuchar los novelescos relatos de la fulgurante carrera de doña Elvira o para seguir las clases de los otros compañeros de curso. Estaba convencida de que solo conociendo los trucos del canto de los tenores, barítonos y mezzosopranos podría adentrarse profundamente en los secretos de la música y destacar sobre todos los demás. Aunque la naturaleza no había sido generosa con ella —con todos aquellos kilos de más y aquellos granos seguía siendo una muchacha grandota y fea—, poseía una determinación y una tenacidad sin igual: estaba segura de que triunfaría en la vida. Estaba íntimamente convencida: solo el estudio intenso le proporcionaría la llave necesaria para abrir la puerta del éxito.

«Son casi las siete. Dimitri me espera en la parada del autobús dentro de diez minutos», se repetía apretando el paso y sosteniendo en la mano un grueso cuaderno de apuntes, donde anotaba con meticulosa precisión todos los consejos sobre el *bel canto* que le daba su generosa profesora. Dimitri: le bastaba pronunciar ese nombre para sentirse mejor. La lejanía de su padre, la única persona en el mundo que había llenado de amor su vida, había transformado a Maria en una muchacha profundamente solitaria y necesitada de afecto. Por supuesto, podía contar con Milton, que sentía por ella un amor purísimo y una veneración sin par. Pero Maria estaba convencida de que la había idealizado, transformándola en una vestal de la música.

Desde que Dimitri había aparecido en su vida, por primera vez se sentía comprendida. Él la había conquistado con su ternura. En cierta ocasión le había confesado, llorando, sus penas de amor: Ioana, su novia, lo había abandonado, tras cuatro años de noviazgo, sin razón aparente. Y pensar que había hecho tantos sacrificios por ella: con el dinero que le sobró, tras haber pagado las letras y a los proveedores de su consulta dental, incluso le había comprado a plazos un anillo con una aguamarina. Pero ella no quiso saber nada y se marchó sin más explicaciones. Tres días después del suceso, se la había encontrado por casualidad en el centro, del brazo de un señor de mediana edad, envuelta en un abrigo de visón que le llegaba hasta los pies.

«No podía permitírselo. Seguramente era un regalo de su nuevo acompañante. Maria, enseguida comprendí que me había abandonado por el vil dinero.»

Ese abandono suscitó en la joven Maria un profundo sentimiento de compasión. Así que existía sobre la faz de la tierra otro ser abandonado como ella, solo y necesitado de un poco de atención. Aquellos tímidos besos en la mano —nada más, por Dios—, robados a escondidas en la oscuridad del portal de su casa iluminaban la vida de Maria, hecha de pequeñas alegrías: las felicitaciones de doña Elvira, la admiración de sus compañeros de curso, el amor a sus dos canarios. Y ahora también Dimitri, que todas las noches la esperaba en la parada del autobús número 24.

—No quiero que atravieses sola la ciudad, querida Maria. Con el toque de queda podrías tener algún encuentro desagradable —le decía Dimitri.

No es que Maria tuviese miedo de los soldados: ingleses e italianos se mantenían bien alejados de aquella mocetona, que infundía un temor casi reverencial a cualquiera que se tropezase con ella. Pero pensar que alguien se preocupaba por su integridad la hacía sentirse admirada y el centro de atención, como todas las muchachas de su edad.

Esa noche Dimitri le parecía más guapo que de costumbre: envuelto en un ajustado abrigo raído, la esperaba triunfal con un paquete de pan debajo del brazo.

—Mira, Maria, lo he conseguido en el mercado negro. Es pan de centeno, un poco duro, pero auténtico. Hecho sin serrín. Y sé que te gusta mucho.

A Maria le daba vergüenza: el pobre Dimitri no podía saber que en casa de las Callas, gracias a la generosidad de Milton, se comía pan blanco y crujiente todas las noches, y apretó el paquete entre sus manos sin decir palabra.

—Dimitri, dime una cosa. ¿Para qué quieres a una muchacha como yo? No soy guapa, no me entrego como hacen todas las chicas de mi edad. Y además soy rara, siempre tengo la música en la cabeza. Vivo en un mundo que es solo mío. Siempre he pensado que en mi vida no habría lugar para el amor. Y, si he de ser sincera, sigo pensándolo. Yo nunca te decepcionaré como Ioana: el canto siempre ocupará el primer lugar para mí. Siempre ha sido así y siempre lo será.

Había pronunciado esas palabras de un tirón, con la cabeza baja, sin mirarlo, temiendo que él pudiera replicarle.

—Maria, no quiero meterte prisa. Puedo esperar y sé que vale la pena. Eres la muchacha con la que sueño formar una familia, serás la madre de mis hijos. Mi consulta está bien encaminada: podré asegurarte una vida tranquila, sin demasiados sobresaltos. Tú me esperarás en casa por la noche y cantarás para nuestros hijos tus maravillosas nanas. Hoy he ido a El Pireo: quiero alquilar una casa frente al mar. Solo para nosotros.

Dimitri la tomó por un brazo y la acompañó en silencio a casa. Mientras caminaban, pensaba en lo hermoso que sería comenzar una nueva vida junto a aquella muchacha. Pero Maria tenía la cabeza en otra parte. Sentía en su interior que esas palabras nunca se harían realidad. Ella se convertiría en una gran cantante, entregaría al mundo su arte. Porque esta era la misión que sentía dentro de sí con gran fuerza: transmitir a la gente las maravillas de aquel mundo al que la música la transportaba. Un mundo que solo sus ojos podían ver, pero que se materializaba por encanto a través de ella y de su voz. Maria no lo sabía, pero aquella era la última noche que vería a Dimitri.

Al día siguiente, en el tercer piso del número 61 de Patission, había mucho movimiento. Maria, al salir de casa a las siete y media como todas las mañanas, se encontró con un grupo de soldados que clavaban maderos y sellos en la puerta de la consulta Dustabanis.

—¿Qué ocurre? ¿Por qué hacen esto? ¿Lo sabe el doctor Dimitri? —preguntó Maria llorando con gran angustia.

—Nosotros no sabemos nada, señorita. Son órdenes del coronel Bonalti.

A las ocho y media la señora De Hidalgo la esperaba en el conservatorio para dar la clase, pero Maria no atendió a razones. Se fue corriendo a casa de Dimitri, y llamó a la puerta del pequeño apartamento que compartía con Gianni, un joven arqueólogo de origen italiano. Fue justamente él quien abrió la puerta.

—Dimitri no está. Se ha marchado. ¿Es usted por casualidad Maria? —le preguntó a bocajarro.

Maria estaba muy confusa: ¿cómo era posible que la conociera, que supiera de su existencia?

—Anoche vinieron unos soldados italianos a registrar la casa —prosiguió Gianni—. Interrogaron a Dimitri durante un par de horas. Les acompañaba un coronel, se llamaba Bonalti. Finalmente, me dijo muy trastornado: «Gianni, no me esperes. No regresaré nunca. Solo te pido un último favor. No tengo familia, nadie en el mundo se preocupará de mí, de mi desaparición. Solo hay una persona que podría llamar a esta puerta: es Maria, una dulce muchacha a la que quiero mucho. Si es tal como creo, con toda seguridad vendrá a buscarme aquí, te preguntará por mí. Te ruego que le digas que no se preocupe. Dile que estaré siempre a su lado y dale esto de mi parte». Mire, me entregó este paquete y esta carta con lágrimas en los ojos. No creí que viniera usted tan pronto.

Maria se sintió morir: una vez más la vida, el destino la había privado de la única persona en el mundo que, además de su tata Geo, la quería un poco. Se alejó de aquella modesta casa con el corazón destrozado. No se atrevía a abrir la carta. Pero lo hizo.

> Mi adorada Maria, esta tarde he ido a ver la casa de El Pireo. Estamos en noviembre y hace mucho frío. Sin embargo, al entrar, un rayo de sol ha salido de improviso de entre las nubes y la ha iluminado por completo. Inmediatamente he pensado que era un buen presagio para mí, para los dos. Es una casa muy bonita. Estoy impaciente por enseñártela. Tal vez, si me atrevo, el próximo fin de semana te pediré que vengas a verla conmigo. Ya lo sé; estarás pensando que corro demasiado. Pero soñar despierto no cuesta nada. ¿Sabes qué es lo más curioso? Sobre una vieja mesa de la entrada había un libro abandonado. En cuanto lo he visto, he pensado en ti y en mis sueños. Te quiero mucho, mi pequeña y dulce Mary. Tu Dimitri.

Maria sentía cómo las lágrimas resbalaban por sus mejillas. Ardientes como si fuesen de lava. Abrió el paquete. Dentro había un libro de canciones de cuna. Las canciones de cuna que ella nunca cantaría. Se encontró sola, en medio de la calle, en una helada y desagradable mañana de noviembre con un libro en la mano y la desesperación en el corazón. De repente, vio con claridad que en la maleta de su vida aquel viejo libro de canciones para niños tendría su sitio junto al reloj Bulova y el pañuelo de encaje que su padre le había regalado antes de abandonar Nueva York para siempre. Dentro de unos días cumpliría diecisiete años: una maleta tan vacía causaba espanto incluso a una muchacha dura como ella. Solo el canto podía hacerle olvidar ese tormento. Llegó corriendo al conservatorio. Subió las escaleras jadeando. Doña Elvira la esperaba al piano, silenciosa, desde hacía unos minutos. No pronunció palabra.

—He preparado el aria de *Oberon* «Oceano! O mostro!» —dijo Maria.

Sin añadir nada más, empezó a cantar. «All'occhio sei uno spettacolo sublime, quando dormi amico nella luce del mattino. Ma quando in furia ti sollevi, o mare! E inghiotti i miseri come tua offerta, stritolando la possente nave como fosse un giunco, allora, oceano, tu sei una spaventosa immagine...»*

Maria cantó para Dimitri, con toda la desesperación que sentía en su corazón. Cantaba la crueldad de la vida que no le había ahorrado ningún dolor, cantaba su soledad, su desesperada necesidad de amor. Al final de la larga y maravillosa aria de Rezia, la que lloraba era su profesora. Su larga carrera le había regalado aplausos y emociones en los mayores teatros del mundo, en la Scala, en el Metropolitan o en el Colón de Buenos Aires. No obstante, Elvira no había oído nada tan extraordinario en toda su vida. Ahora tenía la absoluta certeza de que aquella muchacha gorda, bien plantada sobre sus piernas como columnas, no pertenecía al mundo de los humanos. Era una diosa. Una criatura que un Dios desconocido había entregado al mundo para explicar una parte de sí mismo.

—Gracias, Maria. Hoy mi corazón ya no puede resistir más —dijo con un hilo de voz la señora De Hidalgo.

Y el piano se cerró. Era la primera actuación auténtica de Maria Callas.

* Eres un espectáculo sublime a la vista, cuando duermes tranquilo a la luz de la mañana. Pero cuando te levantas furioso, ¡oh mar! Y engulles a los míseros como ofrenda tuya, triturando la poderosa nave como si fuera un junco, entonces, océano, eres una imagen espantosa.

Una virgen de cuartel

Atenas, lunes 6 de marzo de 1944

Todo el mundo sufría las consecuencias de la guerra. La resistencia de los griegos, sometida a dura prueba por los invasores italianos, ingleses y alemanes, se estaba acabando. En todas partes reinaba la miseria y afectaba a todos sin distinción. Incluido Milton Embirikos. Su padre, que en pocos meses había contemplado impotente el hundimiento de sus negocios, había cerrado el grifo del dinero, impidiendo a su hijo atender no solo a los caprichos sino incluso a las necesidades de las «señoritas Callas», como las llamaba con evidente desprecio. Desaparecieron de golpe las joyas y el peluquero, pero también las *focacce* y el pan de sésamo. Maria recordaba a menudo con nostalgia aquel pan de centeno que el bueno de Dimitri le había regalado un día ya muy lejano en la parada del tranvía. Entre las clases del conservatorio y los ensayos con el Teatro Lírico debía hallar un hueco para ir a los campos cercanos a El Pireo a buscar algún tubérculo silvestre para que mamá Litsa pudiera preparar una sopa. Maria rebuscaba y rebuscaba y, mientras hundía las manos en la tierra, deseaba con todo su corazón encontrar algo con que aplacar las punzadas del hambre.

—Mary, esta noche tendremos invitados. He enviado a Jackie a casa del tío Efthimios para pedirle un pollo. Es absolutamente necesario que te saltes la clase de Elvira de Hidalgo. Vete a buscar un poco de verdura para cocer. Ve al mercado y, si puedes, tráeme también ensalada. Pero rápido. Quiero preparar una cena decente. No podemos quedar en ridículo.

—¿Y el dinero? —preguntó Maria.

—Cariño, estamos en guerra. Aquí sobrevive el más fuerte. Tienes manos para rebuscar. Utiliza también el cerebro. Si es preciso, métete en alguna tienda y roba. ¿Es que tengo que enseñarte cómo se hace para sobrevivir? —gritó Litsa.

Maria salió dando un portazo. No robaría nunca. Antes preferiría morir de hambre. Era demasiado orgullosa para extender la mano. Además, aquella mañana tenía que repasar todo el primer acto de *Turandot* con doña Elvira: no es que la princesa de hielo la volviera loca, pero existía la posibilidad real de representar la ópera como protagonista. La guerra era un obstáculo imprevisto y estaba ralentizando su carrera. «Desde luego no voy a echar por tierra mis planes por dos patatas silvestres y unas hojas de lechuga», estalló, dirigiéndose decidida al conservatorio.

Regresó a casa, con calculada astucia, a las nueve de la noche, cuando el daño ya estaba hecho y los invitados tan esperados ya habían llegado a casa. Cuando mamá Litsa la vio entrar, la fulminó con la mirada, pero disimuló delante de los invitados y la acogió con una sonrisa forzada. Exactamente lo que deseaba Maria.

—Entra Mary, cariño. Te presento a mi queridísimo amigo, el coronel Mattia Bonalti, y su ayudante, el teniente Carlo Durante.

Maria se puso repentinamente pálida.

—¿Qué te pasa, cariño? ¿No te encuentras bien?

El coronel Bonalti era el responsable de la desaparición de Dimitri, años atrás. Y era asimismo el que había ordenado la clausura de su consulta. Y ahora lo tenía delante. ¿Cómo era posible que su madre lo conociera tan bien?

—¿Dónde ha escondido a Dimitri? —le preguntó fríamente, mirándole a los ojos. El rostro del coronel no reveló la más mínima emoción.

—No conozco a ningún Dimitri, señorita. Probablemente me confunde con otro.

—No diga tonterías. Fue usted quien le interrogó durante horas y se lo llevó de su casa. Fue usted quien clausuró su consulta. Me lo dijeron sus soldados. Quiero saber dónde está Dimitri —prosiguió nerviosa Maria.

—Mary, cariño, creo que no te encuentras muy bien. Es mejor que te vayas a tu habitación a descansar. No molestes a nuestros invitados —intervino mamá Litsa para resolver esa situación que estaba resultando embarazosa para todos.

—No, mamá. Quiero saberlo. Una persona no puede esfumarse de la noche a la mañana. Dimitri...

—Nosotras no conocemos a ningún Dimitri. Y ahora vete a tu habitación y no te muevas de allí hasta que tu madre te lo ordene. ¿Está claro? —atajó con dureza Litsa, sin conceder a su hija la más mínima oportunidad de réplica.

Maria sintió que la odiaba profundamente. En ese momento echaba terriblemente de menos a su padre George: si él hubiera estado allí, no habría permitido que la trataran de ese modo. La habría defendido. Abandonó la estancia, convencida de que detrás de la misteriosa desaparición de Dimitri se escondía una maniobra oculta de su madre.

Maria todavía no conocía bien la determinación de mamá Litsa. Su madre era una mujer acostumbrada a lidiar sola con la vida. No había dudado en librarse del marido, cuando se dio cuenta de que no sería más que un estorbo para el ascenso social, el suyo y el de sus hijas. Había mandado al diablo a los únicos parientes que le quedaban sobre la faz de la tierra y que la hacían quedar en ridículo. Desde luego, no retrocedería ante el mal genio de una hija que tenía una pataleta por sus manías justicieras. Por eso a la mañana siguiente, a la hora del desayuno, provocó a Maria, decidida a resolver sus diferencias a su manera, antes de que la situación se le escapara de las manos.

—No me interesa nada, nada en absoluto, lo que pienses —le dijo sin más, yendo directamente al grano—. Hasta que se demuestre lo contrario, la que te mantiene es tu madre. Si hubiésemos tenido que esperar al petimetre y fracasado de tu padre que se quedó en Nueva York, ya nos habríamos muerto de hambre. Si quieres hacer lo que te dé la gana, coges tus cosas y te vas. El problema es que todavía no eres mayor de edad. Eso significa que durante algún tiempo tendrás aún que obedecerme. No quiero oír ni una palabra más. De ahora en adelante, estudiarás como has hecho siempre, pero también tendrás que espabilarte para traer algún dinero a casa. Ayer llegamos a un acuerdo con el coronel Bonalti. Dos o tres noches por semana, en vez de quedarte encerrada en la habitación holgazaneando con los canarios, irás con el coronel. En el cuartel organiza fiestas divertidas con sus soldados. Le ayudarás a entretenerlos. Y ahora vete con Hidalgo.

Maria habría querido responderle, pero Litsa no le dio ocasión. Se levantó y la dejó sola en la cocina, antes de que pudiese abrir la boca.

«¿Qué significa "entretener a los soldados"?», seguía preguntándose Maria, mientras se apresuraba a recuperar el tiempo perdido, caminando a paso rápido para presentarse puntual ante su adorada profesora. Por suerte, la música lograba distraerla de sus pensamientos. Precisamente ese día debía empezar a estudiar la partitura de *Tosca*. Ya había devorado el drama de Victorien Sardou, del que procedía la ópera de Puccini. Estaba ansiosa por conocer los secretos de aquella mujer posesiva y celosa, que tanto se parecía a ella en arrebatos y pasión. Pero el día pasó demasiado rápido. Cuando aquella misma noche Maria regresó a casa, tras una larga y fatigosa jornada, se encontró sobre la cama un vestido nuevo de lamé, que mamá Litsa le había hecho con sus propias manos. No había comida caliente para ella.

—Comerás con el coronel. Te están esperando. Vete. Y a ver si te maquillas un poco. Ponte mucho pintalabios; eso siempre gusta a los hombres —sugirió.

Maria ya no pudo contener las lágrimas. Reunió las pocas fuerzas que aún le quedaban y gritó con todas sus fuerzas:

—No soy una furcia. No puedes venderme a unos soldados desconocidos. Sigo siendo tu hija. Y además, ¿por qué no buscas tú también un trabajo, en vez de enviarme a mí a primera línea a luchar por la supervivencia? Dios mío, pero ¿qué clase de madre eres? ¿Cómo puedes ser tan mala? ¿Para qué me trajiste al mundo?

Pero su madre ya no la escuchaba. Jackie había salido con Milton y aún no había vuelto. Debía prepararle la cena. No tenía tiempo que perder. Además, ya estaba acostumbrada a las lamentaciones de aquella hija egocéntrica y obstinada. «¡Igualita que su padre!», fueron las únicas palabras que dejó escapar, para que la hija pudiese oírlas con claridad. Las únicas palabras, lo sabía muy bien, que herirían profundamente a Mary.

Delante de la puerta del cuartel de Agios Georgios, Maria se sentía una furcia. El vestido de lamé que le había hecho Litsa era demasiado grande, y le sentaba como un saco informe. El maquillaje había desaparecido a causa de las lágrimas derramadas. No sabía por qué estaba allí. No sabía por qué no había huido a cualquier otro lugar. Su sentido del deber, profundamente arraigado, la obligaba a hacerse daño. Pero solo así lograba estar en paz consigo misma.

La recibió un soldado italiano, rubito.

—Entra, Maria.

Lo sabían todo de ella. Cuando entró en la sala de oficiales, vio al fondo una orquestina reducida. El olor a tabaco que inundaba la sala le trajo a la memoria el pequeño local de El Pireo donde había debutado unos años antes como cantante. Pero en aquella estancia, la gente era distinta. Prostitutas abrazadas a jóvenes militares, hundidos en sus escotes, viejos generales de mirada ausente arrellanados en sus butacas, con enormes vasos de coñac en la mano. El coronel Bonalti vislumbró a Maria desde lejos y se acercó rápidamente a saludarla.

—Buenas noches, coronel —le dijo ella alargándole graciosamente la mano.

—¿Cómo coronel? Llámame Mattia —respondió él ignorando su mano y besándola en el cuello sin ningún miramiento.

Su aliento apestaba a whisky, su piel era áspera y estaba sudado. De repente a Maria se le encendió una luz: comprendió que su madre la había enviado allí para venderse. Simple mercancía: su cuerpo, aquel cuerpo que Litsa tanto despreciaba, a cambio de un puñado de dracmas.

—¿Cuánto valgo, Mattia? —preguntó Maria apuntando la mano contra su pecho. En sus ojos no había pasión, solo un siniestro brillo de locura.

—¡Ja, ja! ¿Qué puede valer una mujer como tú? A lo sumo cien dracmas. Y solo porque eres virgen. O eso al menos me han asegurado.

Sin inmutarse, Maria le hizo una propuesta:

—Déjame cantar. Me pagarás por cantar. Me acompañará esta orquesta.

—Y yo para qué quiero una cantante. Ya tengo el gramófono. Lo único que quiero es follar, ¿comprendes? —le dijo desnudándola con la mirada.

Maria no se dejó intimidar. Subió al tablado, escapando de su abrazo. Se puso de acuerdo con la orquesta y empezó a cantar «Vissi d'arte». Inmediatamente se hizo un silencio en la sala de oficiales del cuartel de Agios Georgios de Atenas. En el escenario solo estaba ella. Más sensual que *Tosca*, más dramática que Sarah Bernhardt, Maria Callas consiguió aquella noche cautivar a todos los jóvenes oficiales italianos. Y luego *La Traviata*, *Turandot*, *Aida* y hasta *Fidelio* de Beethoven. Todos seducidos por ella, todos subyugados por su capacidad de fabulación, todos arrebatados por su canto mágico, trágico e inhumano. Igual que aquella lejana noche en la taberna de El Pireo, también en el cuartel fue un auténtico triunfo.

—Maria, eres increíble. ¿Sabes qué te digo? Que se me han pasado hasta las ganas de follar. Quiero tenerte aquí todas las noches —le dijo entusiasmado el coronel.

Aquella noche, sobre la mesa de la cocina de las Callas, en el 61 de Patission, había tres pollos, dos conejos, tomates y queso: todo procedente de las cocinas del cuartel de Agios Georgios.

«Se vendió bien mi Mary...», pensó Litsa, al levantarse a la mañana siguiente y contemplar tal abundancia.

A la conquista de América

Atenas, viernes 14 de septiembre de 1945

Maria, asomada sobre el puente del *Stockholm*, contemplaba con aire melancólico cómo se iba alejando El Pireo. Todavía recordaba aquella mañana, ocho años atrás, cuando ella y mamá Litsa habían desembarcado con sus tres maletas cargadas de esperanzas. Cuántos rostros, cuántas historias había vivido: el buen Dimitri, que había desaparecido de la noche a la mañana, dejando el recuerdo de su amor puro y sincero. Milton, su bienhechor: guapísimo, elegante y enamorado del arte, que veía representado en ella. Gracias a él, a sus palabras de aliento y a su dinero, se había convertido en una cantante de verdad. Su primer fan, devoto y fiel como un perrito obediente, el coronel Bonalti, que le había abierto las puertas del teatro de Atenas, transformándola de corista en auténtica *prima donna*. Todos aquellos años, sobre el escenario había sido Leonora, Santuzza, Tosca. En todas partes había cosechado éxitos, aplausos, delirios. Para todo el mundo, desde Atenas hasta Salónica, era ya solamente la Callas: el talento más prometedor de su país. Y también recordaba a la querida señora Elvira, su profesora, que había depositado tantas esperanzas en aquella alumna de aspecto mastodóntico y carácter huraño, asegurando que la convertiría en una diva. Nunca se separarían del todo: dondequiera que estuviera Maria, siempre se mantendrían en contacto a través de una carta, un telegrama, una llamada telefónica.

«Dentro de unos minutos, Atenas desaparecerá de mi vista», pensaba Maria sin excesiva nostalgia. En esta ocasión había tenido que llevar la pesada maleta a El Pireo ella sola: Michele, el brazo derecho de Milton, había muerto en un bombardeo, y Milton hacía tiempo que había dejado a Jackie. Sin una explicación. Su hermana y su madre no habían hecho un drama del abandono: la guerra había reducido a la miseria a los Embiriko y ellas, gracias al dinero que ganaba Maria, podían permitirse un buen nivel de vida. Además, Jackie empezaba a estar un poco harta del papel de novia casta y fiel. Milton era sin duda un buen muchacho, pero nunca iba al grano. Y ella era una espléndida muchacha de veintiocho años, con todo el ardor juvenil... Desde hacía un tiempo salía con un oficial de la marina británica muy apuesto, Anthony Barlow, que hasta era un lord. Le había conocido en el club de tenis, que frecuentaba con Betty, su mejor amiga: fue ella la que le aconsejó ese lugar, convencida de que tarde o temprano encontraría el novio adecuado. Cuando Maria la oía regresar a casa al amanecer y al día siguiente veía las marcas en el cuello, sabiamente disimuladas con pañuelos de seda, pensaba, sonriendo para sus adentros, que Jackie estaba recuperando con creces el tiempo perdido.

«Tu hermana sale con un lord. Ha llegado la hora, querida Maria, de que empieces tú también a plantearte la cuestión», le repetía continuamente Litsa. Pero a Maria no le interesaba el amor. Sus únicas obsesiones eran el canto y el éxito. A los veintidós años, no tenía ningunas ganas de correr detrás de un hombre. Los militares que había conocido no habían dejado en ella huella alguna, y tampoco sus colegas de gloria. Estaban todos tan ocupados persiguiendo sus sueños que no tenían ni tiempo de mirar a su alrededor. Además, Maria estaba convencida de que se entregaría al hombre que supiera ver en ella ante todo el talento, su valor como artista. Al hombre que ante todo la pusiera en un pedestal, tratándola como a una diosa. Una especie de Milton, igual de rico, pero un poco más decidido.

Desde que había nacido, Maria navegaba por otro planeta. Si mamá Litsa y su hermana Jackie se contentaban con el éxito que había conseguido en Grecia, a Maria ese éxito le importaba poco. No tenía bastante con ser la número uno en Atenas: estaba segura de que su valor la llevaría a alcanzar objetivos más ambiciosos. Los teatros más importantes del mundo la aguardaban para venerarla, para consagrarla como estrella mundial: el Metropolitan de Nueva York, la Scala de Milán, el Covent Garden de Londres, la Opéra de París. Aquellos teatros se convertirían en su hogar. Ella lo sabía, estaba íntimamente convencida. Los sacrificios que tendría que hacer para alcanzar la cumbre no la asustaban; estaba acostumbrada a las dificultades, a las renuncias. Sabía muy bien lo que era luchar y resistir. Había aprendido desde pequeña a conseguirlo todo a costa de renuncias y sufrimientos. Desde aquellos escenarios provocaría el delirio, cautivaría a millones de personas, se convertiría en una diosa.

—¿Para qué quiero un contrato de diez años en el teatro de Atenas? Tengo que marcharme de aquí. Tengo que abandonar Grecia; no puedo perder el tiempo —repetía a Litsa, que agitaba obsesivamente ante sus ojos aquellos papeles que solo esperaban ser firmados.

—Aquí eres la reina de la lírica. Eres parte de esta gente. Ellos son los que te han proporcionado el éxito.

—Mamá, yo pertenezco al mundo.

—Tú perteneces a Grecia. No lo olvides nunca —le dijo Litsa, adoptando de repente un aire sombrío—. Nosotros, los griegos, estamos estrechamente unidos a nuestra tierra. No podemos escapar de ella. Es nuestro destino. Triunfarás, Maria, alcanzarás las cumbres del Olimpo, pero siempre tendrás que regresar. Porque esta es tu tierra y a ella perteneces por la fuerza del destino.

Estas palabras surtieron un extraño efecto en Maria: mientras las escuchaba sentía una especie de escalofrío que le recorría la espalda. Pero no quiso prestarle atención. Y abrevió.

—Mamá, el éxito no me lo ha regalado nadie. Es fruto exclusivo de mi sudor, de mi tenacidad y de mi soledad.

Maria sabía que aquellas palabras no impresionarían a su madre, demasiado interesada en defender con uñas y dientes ese estatus, esa posición de privilegio social que el éxito de su hija le había asegurado. Por eso, cuando un día llegó de Nueva York una carta de tata Geo dirigida a Maria, en la que le comunicaba que su nacionalidad norteamericana estaba a punto de caducar, fue como una señal del destino.

—Tengo que reunirme con papá. Es demasiado importante para mi carrera. América ha ganado la guerra y yo nací en América. Mi pasaporte será un buen salvoconducto incluso para mi trabajo.

Litsa sabía que era inútil luchar contra la testarudez de aquella hija ingrata. Y la dejó por imposible. En realidad, si en Grecia ya era una gallina de los huevos de oro, en América se convertiría en un auténtico tesoro. Había hecho muchos sacrificios por su Maria y el destino la estaba recompensando por ello. «He invertido, pero ahora ha llegado el momento de recoger las ganancias», se repetía complacida.

Aquella mañana, la salida del transatlántico *Stockholm* fue saludada en el Pireo con tres salvas de cañón y el repique de campanas de todas las pequeñas iglesias ortodoxas que se asomaban al puerto. Era una escena de intensa alegría: parecía que toda Atenas estuviese allí para despedirla.

«Tú perteneces a Grecia, no lo olvides nunca. No puedes escapar a tu destino»: las palabras de Litsa resonaban constantemente en sus oídos. Estaba acostumbrada a las escenas de su madre. Nunca le habían importado. Sin embargo, esas palabras se le quedaron grabadas. «Quién sabe cuándo volveré... —se preguntaba Maria, dejando que el viento del Egeo enredara sus cabellos—. Quién sabe cuándo volveré a ver mi casa...» Pero no había tiempo para la melancolía. Al otro lado del mundo la estaba esperando su tata Geo. Hacía ocho años que no lo veía, que no respiraba su inconfundible perfume, que no sentía el calor de sus abrazos. Un padre esperaba a Maria. Pero ¿esperaba América a la Callas?

Objetivo Metropolitan

Nueva York, lunes 28 de enero de 1946

Daba vueltas y más vueltas en la cama. Era realmente grande. Su tata Geo la trataba como a una princesa: le había regalado un dormitorio maravilloso, completamente amarillo, con las mantas de color crema, como los que aparecían en las revistas de moda. Llevaba un buen rato despierta. Le gustaba permanecer bajo las mantas, mientras la nieve cubría de blanco Washington Heights. Era un barrio popular, pero desde primeras horas de la mañana, cuando se instalaban los mercados, las calles se llenaban de ruido y de colores. Maria tenía la impresión de que en América estaba prohibido quedarse de brazos cruzados. Aquel era un día importante para ella: tenía una cita con Edward Johnson, el jefe de los jefes, el director general del Metropolitan. No estaba muy asustada, aunque unos años antes la simple mención de aquel teatro hacía que le temblaran las piernas. Ahora las cosas habían cambiado. Había asistido a algunas representaciones, suficientes para acabar con el mito. Maria era una perfeccionista incurable y obstinada. Desde que Elvira de Hidalgo le había enseñado a cantar utilizando correctamente el diafragma y a no abrir tanto la boca, como hacían los cantantes alemanes, había dedicado todo su tiempo a estudiar y a repasar partituras. Había descubierto una ópera casi olvidada, *Norma* de Vincenzo Bellini. Estaba firmemente convencida de que aquella era «su» ópera y de que encarnando a la infeliz sacerdotisa de los druidas se convertiría en la número uno del mundo. Llevaba ya unos meses en América y no había grandes novedades en su vida. Sin embargo, Maria continuaba impertérrita con su duro trabajo de estudio y de ejercicio, sin descanso. Su única distracción consistía en hacer cola, siempre con la partitura debajo del brazo a fin de aprovechar los tiempos muertos, para asistir a alguna representación en el Metropolitan. Cada vez que se asomaba al gallinero, en aquel teatro que desde Atenas le parecía un castillo que había que conquistar a golpes de si bemol, salía profundamente decepcionada.

«Los directores de orquesta son *routiniers*, excepto Arturo Toscanini, que es un genio. Y de los cantantes mejor no hablar. Si el público aplaude a rabiar a Licia Albanese, quiere decir que ya no hay esperanzas», dijo una noche Maria a su padre, tras haber asistido a una representación de *La Bohème*, interpretada por la célebre cantante italiana. Tata Geo la escuchaba sin gran entusiasmo: la lírica era una fijación de su mujer Litsa. A él le gustaban más las canciones latinoamericanas y nunca en su vida había puesto los pies en el Metropolitan: prefería las salas de fiesta.

Aquella fría mañana de enero, el pensamiento de Maria no estaba ocupado en la entrevista con Johnson, que en cierto modo iba a influir en su futuro, sino en Ricky. Lo había conocido precisamente en las oficinas del Metropolitan, cuando Maria trataba de conseguir una cita con el director. Llevaba dos meses haciendo cola pacientemente delante de su secretaría, con la vana pretensión de ser recibida, tras haber fallado en una audición. Por otra parte, no era habitual que una cantante con buenas perspectivas pidiese en persona una cita al director general del teatro. Por lo general, los trámites se hacían de otro modo. Pero ella no atendía a razones: era Maria Callas, la reina del Teatro de la Ópera de Atenas. Un día, mientras aguardaba incansablemente su turno, se encontró frente a un muchachote torpe, lleno de granos, que la observaba con evidente simpatía.

—Me apuesto algo a que quieres ser cantante —le soltó a bocajarro, mientras le ofrecía unas patatas fritas grasientas, exactamente como le gustaban a Maria.

—No quiero ser cantante. Soy cantante, que es distinto —respondió Maria mirándole de arriba abajo, convencida de que no podía haber peor comienzo.

—Aquí en América hay sitio para todas. Desde las gallinas hasta los ruiseñores. ¿Tú a qué categoría perteneces?

Aquella insistencia desconcertante la divertía; Maria decidió que Ricky le caía simpático. En pocos minutos se enteró de toda su vida. Estaba matriculado en la facultad de derecho, jugaba al rugby, había besado por primera vez con la lengua a una chica a los doce años. Tenía muchos granos, es cierto, pero había leído en algún sitio que Rodolfo Valentino también había padecido acné juvenil, de modo que aún albergaba ciertas esperanzas. Esos y otros chismes apenas interesaban a Maria, que nunca perdía de vista su único objetivo: la música.

—¿Qué haces aquí, en el Met? —le preguntó ella de improviso.

—Ayudo un poco a mi viejo para pagarme mis gastos. Mi padre es Eddie Bagarozy. ¿Lo conoces?

—No.

—Es un abogado famoso en Nueva York. Se ocupa de los contratos de un montón de cantantes. Tiene una debilidad: la lírica. De modo que al final resulta que frecuenta más los teatros y las salas de conciertos que los tribunales. Incluso se casó con una cantante: mamá Louise es mezzosoprano, y renunció a su carrera para cuidarnos a mí y a mi hermana. Todavía da algunas clases de canto, pero solo a los más meritorios. Todas las mañanas mi padre me envía aquí en busca de nuevos talentos para su agencia. Pero no te había visto nunca. Será que esta mañana me he despertado temprano… Quién sabe, tal vez podrías convenirme… —dijo Ricky, observándola con cierto interés.

Maria había aprendido a desconfiar de agentes y otras personas por el estilo: mamá Litsa le había enseñado a no confiar en los extraños, especialmente en aquellos extraños desocupados que llenaban los teatros prometiendo, como el gato y la zorra, ganancias fáciles y grandes perspectivas a los estudiantes del conservatorio. Por eso fue categórica.

—No, gracias. No me interesa un agente. Yo hablo personalmente con los directores de los teatros. No soy una principiante. En Grecia, mi país, ya me han aplaudido en muchos teatros y soy la número uno. ¿No has oído hablar nunca de Maria Callas?

—Ja, ja, ja… —Una risa sonora en la cara. Esa fue la respuesta de Ricky Bagarozy a su actitud de marisabidilla.

—¿Maria Callas? ¿Y quién te conoce? Cariño, América es grande. Aquí no vales más que el portero de este teatro. Baja del pedestal y ponte a trabajar duro. Si crees que mister Johnson caerá de rodillas en cuanto te vea, solo porque has cantado en un teatro delante de cuatro soldados borrachos de Salónica, olvídate. Él dirige este tinglado, pero no entiende nada de música. Es cierto que fue tenor, hasta interpretó el don José de *Carmen*, como recuerda a todo el mundo. Pero la música no le interesa: lo único que le importa es el dinero. En cuanto a los contratos, es un auténtico negrero: pretende pagar mal a los artistas para embolsarse el dinero que ellos no cobran.

Esa pedante arrogancia fastidiaba a Maria. Ese Ricky era el típico sabihondo, hijo de papá, que creía saberlo todo. Sin embargo, tanta seguridad acabó por seducirla.

—Dame tu número de teléfono —le dijo inesperadamente Maria.

—Entonces, ¿qué? ¿Probamos? —le respondió Ricky con toda su caradura.

—Despacio. No me interesas para nada. Pero nunca se sabe. Si la carta Callas no surte un gran efecto, intentaré jugar la carta Bagarozy

—argumentó Maria sonriendo. Ricky cogió un trozo de papel, lo puso contra la pared y escribió el número de su casa. Lo dobló en cuatro y lo metió furtivamente en la blusa de Mary.

—Hermosas tetas. Lo digo en serio.

¡Qué desvergonzado! De buena gana le habría dado un bofetón, pero se contuvo. Al fin y al cabo, era el hijo de un conocido abogado, y además acreditado agente de cantantes de lírica. Consigna: no cerrarse nunca las puertas. Quién sabe, tal vez un día necesitaría aquel número. Y para escalar el Olimpo, Maria Callas estaba dispuesta a todo.

«Son ya las ocho. Dios mío, es preciso que me ponga en marcha.» Pensar en Ricky le había hecho perder mucho tiempo. Se levantó de la cama y fue a vestirse a toda prisa. Mordisqueó una manzana y se precipitó a la calle, corriendo entre la nieve. Debajo del brazo llevaba la voluminosa partitura de *Norma*; si Johnson le pedía que cantara algo, tenía preparada la «Casta diva». La cita era a las diez. A las nueve y cuarenta Maria estaba ya a las puertas de su despacho.

—Señorita Callas, debe tener un poco de paciencia. El doctor Johnson todavía no ha llegado. Esta mañana Nueva York está paralizada por la nieve. Seguro que no tardará en llegar.

La secretaria del director conocía ya muy bien a Maria y la apreciaba por su estoica capacidad de encajar todas las negativas de su jefe. La observó atentamente: estaba convencida de que aquella muchacha tenía verdadero talento, porque, si había que juzgarla solo por su aspecto, resultaba sumamente descuidada e insignificante. A los veintidós años todavía vestía calcetines cortos, como las colegialas. El cabello, largo y negro, lo llevaba recogido con una pinza. Tenía el rostro mofletudo y cubierto de granos. Los brazos torneados. Por las piernas también asomaba un ligero vello. Debía de ser muy peluda, a juzgar por las cejas, demasiado gruesas y descuidadas.

—Hola, Mary. Ha llegado el gran día, ¿no?

Maria sonrió: compartir aquella espera enervante con una persona alegre como Ricky en el fondo le causaba un gran placer.

—¿Qué haces aquí? —le preguntó.

—¿Creías que iba a dejar a «mi» artista en manos de ese negrero? No estoy loco. Estoy aquí para defenderte.

—Escucha, Ricky. Vamos a dejar las cosas claras de entrada: yo no soy la artista de nadie. Y mucho menos la tuya. Sé cuidar de mí misma y sé velar muy bien por mis intereses. En Grecia tampoco tenía a nadie que supervisara mis contratos. Me encargaba yo. Soy suficientemente espabilada para hacerlo. No veo por qué debería darte una comisión por realizar un trabajo que sé hacer perfectamente. De modo que lárgate y déjame en paz.

—Vaya, qué susceptible. ¿Qué te pasa? ¿Qué mosca te ha picado? En cualquier caso, no pienso moverme de aquí. Busco jóvenes cantantes y tú no eres la única bajo el cielo de Nueva York. Te has enterado de que mañana llega Toscanini con…

La secretaria de Edward Johnson la devolvió bruscamente a la realidad.

—Señorita Callas, pase por favor.

Maria fue introducida en el elegante despacho del director general del Metropolitan. Johnson estaba sentado detrás de una gran mesa, arrellanado en un enorme sillón de cuero, envuelto en la nube de humo de su cigarro.

—Veamos, señorita Callas. He oído hablar de usted. Me han dicho que su voz es prodigiosa, y que solo cada doscientos años nace alguien como usted. ¿Qué le gustaría cantar en el Metropolitan?

Maria no se esperaba que le planteara este tipo de cuestión. Le hubiera gustado preguntarle por qué su talento no había sido apreciado en la audición realizada unos meses antes. Pero decidió no crear problemas: no era el momento oportuno.

—Bueno, traigo la partitura de *Norma*. Si quiere, puedo cantarle la cabaletta o «Casta diva». *Norma* es una ópera que me va como anillo al dedo. Estoy segura de que puedo triunfar con este personaje.

—Querida señorita, está usted hablando con un empresario. Yo tengo que sacar adelante este teatro. Solo tengo dos consignas: dinero y éxito. Para hacer una gran temporada necesito dinero, y el dinero me lo proporciona el público. ¿Usted cree que con una ópera como *Norma* puedo llenar el Metropolitan? —le preguntó Johnson sin muchas contemplaciones.

—Bueno, si la canto yo, tal vez sí —se atrevió a decir Maria.

—Hágame el favor. Vamos. Tratemos de ser razonables. Le propongo dos óperas de gran tradición. *Madame Butterfly* y *Otelo*. ¿Qué le parece?

—Es que no las conozco. Y además, ¿por qué quiere que cante estas obras? Míreme, soy grande y gorda, estaría ridícula como madame Butterfly. Prefiero cerrar la boca para siempre antes que cantar esas dos óperas.

Maria sabía lo que se hacía. Vivía con la música desde que había nacido; no necesitaba ningún director para tener las ideas más claras sobre su futuro y sus posibilidades.

—Sería mejor que interpretase los papeles que tengo ya en mi repertorio. Como *Tosca* o *Cavalleria rusticana*.

—Bien, usted ha cantado también *Fidelio* de Beethoven. ¿Por qué, en vez de cantarlo en alemán, no lo canta en inglés?

—Mire, señor Johnson, no nos entendemos. Yo estoy aquí para intentar aportar mi contribución a la música, al arte. No puede obligarme a hacer una operación comercial. El respeto a la música pasa por encima de todo. Aquí, en América, no soy nadie, es cierto. Pero en Atenas sigo siendo Maria Callas —puntualizó Maria.

—Si cree que va a deslumbrarme con esos aires de *prima donna*, se equivoca de medio a medio, señorita Callas. No tengo por costumbre correr detrás de los cantantes. Tal vez será mejor que se dirija a otro teatro —le respondió, acompañándola con decisión a la puerta.

Maria no soportaba aquella actitud prepotente, que no tenía la más mínima consideración con las aspiraciones de una artista de su categoría.

—¿Sabe que le digo? Llegará un día en que el Metropolitan se pondrá de rodillas para contratarme. Y entonces solo aceptaré imponiendo mis condiciones: si alguna vez canto en este teatro, lo haré con *Norma* y con un caché exorbitante. Así aprenderá a no tratar a Maria Callas de esta manera.

—Haga lo que le parezca, no me impresiona. El mundo, y los teatros en especial, están llenos de locos como usted.

Maria salió dando un fuerte portazo.

—Eh, despacio. ¿Quieres cargarte la cerradura?

Ricky la miró con su sonrisa burlona. El muchacho tenía el poder de devolverle el buen humor incluso en las situaciones más desesperadas. Por eso en cierto modo le tenía afecto.

—¿Sabes lo que te digo, Ricky? Que tal vez sea mejor celebrarlo. En realidad, el Metropolitan no será más que un teatrillo de provincias hasta que cante en él Maria Callas —dijo Maria fingiendo que no pasaba nada.

Al poco rato, se encontraban ambos en un elegante bar de la Quinta Avenida bromeando sobre la primera auténtica decepción de Maria.

—Me parece que si no quiero pasar hambre, tarde o temprano tendré que jugar la carta Bagarozy, ¿no? —dijo Maria a Ricky.

—Me parece que sí. Entretanto yo, por si acaso, le he pedido a mi padre que te diera una cita para la próxima semana. ¿Te va bien el martes? Él y mamá te esperan a las cinco, a tomar el té.

Maria aceptó la invitación con sumo placer: tal vez había esperado demasiado de América. Había que entrar de puntillas. No era culpa suya: desde que nació, estaba acostumbrada a ser el centro de atención. Cualquier exhibición suya acaparaba la atención de la gente. No podía pasar desapercibida. Por eso no le preocupaba el «gran rechazo» de mister Johnson. Todavía no la había oído cantar. Era solo cuestión de tiempo. Muy pronto llegaría el día del gran salto. Tenía la profunda convicción de que así sería.

La carta Bagarozy

Nueva York, martes 5 de febrero de 1946

Allí estaba el abogado Bagarozy, saboreando una taza de té y sin quitarle los ojos de encima. Su mujer, Louise, no había parado de hablar desde que Maria entró en la casa: la crisis de las voces, el hambre de la guerra, el invierno tan duro de Nueva York. Maria asentía, sin interés. Nunca le había gustado el parloteo de salón: cuando mamá Litsa y Jackie recibían a las amigas los sábados por la tarde, Mary siempre encontraba una excusa para marcharse. Incluso Ricky, habitualmente tan locuaz y seguro de sí mismo, entre las cuatro paredes de su casa se convertía en un corderito, dejando que fuera su madre la que dictara las leyes. Mary sentía sobre su cuerpo las miradas de Eddie y no sabía cómo librarse de ellas. Notaba un extraño calor en su interior. Cuando se cruzaba con sus ojos, negros y profundos, se ruborizaba intensamente. Aquel hombre despertaba en ella sensaciones desconocidas: el corazón le latía desbocado, las mejillas le ardían, sudaba como si tuviese en su interior una estufa. Eddie era un hombre muy elegante. Llevaba un traje de lana fina hecho a medida. Había atenuado la seriedad del gris con una corbata de color geranio, que combinaba a la perfección. Del mismo color eran los gemelos de coral, que destacaban sobre los puños de una camisa perfectamente planchada.

—Louise, deja que Maria nos hable un poco de ella —dijo con su voz cálida y aterciopelada.

—Oh, yo no tengo mucho que contar, abogado Bagarozy. Mi vida y la música están indisolublemente unidas. Mi voz es la que habla por mí. Creo que soy bastante más locuaz cantando —respondió Maria.

Se aproximó al piano y, finalmente, cantó su «Casta diva». Era la primera vez que los Bagarozy la oían cantar, y fue para todos una experiencia inolvidable. Incluso Ricky, al verla tan absorta, tan arrebatada por aquellas notas, se sintió un miserable pensando en el momento en que, la semana anterior, había deslizado una nota en el seno de Maria. «No entendí nada. Es una verdadera artista. Es simplemente extraordinaria», pensó.

—A partir de hoy, Maria, invertiremos todos los minutos en prepararte para el gran debut. Tu talento es natural, pero ha de perfeccionarse. Louise te ayudará con unas clases de fraseo: tienes que aprender mejor el italiano y apropiarte de la musicalidad de la lengua. La técnica es buena: se ve que la señora De Hidalgo hizo un buen trabajo contigo —sentenció Bagarozy.

—¿Lo dice en serio, señor? ¿Realmente cree que pronto podré debutar?

Maria estaba impaciente por cantar. Sabía que después todo sería mucho más sencillo para ella.

—Y basta ya de señor. Llámame Eddie —le dijo estrechándole la mano entre las suyas.

Tenía unas manos grandes, bien cuidadas, cálidas; le gustaba rozarlas. Sentirse admirada por un hombre de clase, por una persona tan instruida y acomodada la halagaba: puede que ella también tuviera cartas que jugar.

Al llegar a casa, se miró en el espejo. Hacía mucho tiempo que no realizaba ese gesto. Siempre había detestado los espejos. Se examinó con mucha atención y descubrió que, en efecto, toda ella era un desastre. El pecho era lo que salía mejor parado, teniendo en cuenta que los hombres siempre fijaban en él su miraba. Tenía que comprarse cuanto antes un sostén de esos reforzados con varillas, un corsé que modelase su cuerpo, y ponerse jerséis más ajustados. El cabello lo tenía demasiado encrespado: lo recogería en dos grandes trenzas, que le darían un aspecto más arreglado. Y además tenía que adelgazar. No quería seguir viéndose tan maciza: debía afinar las caderas cuanto antes, para resaltar también la cintura, que estaba hundida entre la grasa. Asimismo debía cuidarse la piel: le pediría a Louise que la ayudara. Le entusiasmaba la idea de implicarla en su metamorfosis; aquella mujer la ayudaría sin saberlo a conquistar a Eddie, su marido. Se trataba de un juego peligroso, pero extraordinariamente fascinante. Sí, por primera vez en su vida quería gustar a un hombre. Nunca lo había deseado de verdad. Pero los ojos de aquel famoso abogado de Nueva York la habían convencido. Maria quería divertirse y, tal vez, había llegado el momento de hacerlo.

Desde aquel día del té, las clases en casa de los Bagarozy se sucedieron a un ritmo frenético. Eddie era una persona extraordinariamente práctica. No le gustaba perder el tiempo. Sacó la partitura de *Turandot* y se la dio a su mujer.

—Prepárala. Cantará en Chicago. Tiene voz para hacerlo.

Maria había tenido que arrinconar su sueño de debutar con *Norma*: los norteamericanos no querían ni oír hablar de Bellini ni de *bel canto*. Los más apreciados eran Verdi y Puccini. Y ella se adaptaba al mercado. *Turandot* era una ópera extenuante: había que cantar con la máxima potencia de voz desde el principio hasta el final, superar a la orquesta usando solo el diafragma. Era arriesgado, como jugar a la ruleta rusa.

—Juro que cuando sea rica y famosa no cantaré nunca más una ópera como esta. Es terrible. La odio con toda mi alma. Pero es lo que hay. Y procuro cogerle el gusto.

Maria se confiaba a Ricky, que se había convertido en un buen amigo.

—Oye, ¿tu padre por qué no está nunca en casa? —le preguntó de repente.

—Ah, se pasa la vida en su despacho. Llega muy tarde, hacia las once de la noche. Mamá lo espera para cenar, pero siempre se queja de sus horarios, pobrecilla.

Mientras regresaba a casa de tata Geo, tenía un único pensamiento: sorprender a Eddie a la salida del despacho. En todos aquellos meses no había vuelto a verlo. Lo esperaba, en vano, hasta acabar la clase, a veces incluso aceptaba quedarse a tomar un aperitivo con Louise, pero la puerta no se abría nunca. Eddie era su obsesión. Maria se había convertido en una muchacha de aspecto muy cuidado, había perdido más de seis kilos (le había bastado suprimir la mantequilla de cacahuete y el jarabe de arce), y se sentía hasta hermosa. Louise también le había enseñado a depilarse las cejas con pinzas: nunca las había usado, le parecían un instrumento de tortura dolorosa e infernal, aunque necesaria para la belleza del rostro. Gracias a una crema milagrosa que había robado un día de la repisa del baño de los Bagarozy, habían desaparecido incluso los granos. Maria lo había hecho todo por él. Y quería saber si había valido la pena. Deseaba sentir de nuevo su mirada sobre su cuerpo. Deseaba estrechar al menos una vez sus manos. No es que estuviese enamorada, qué va. Maria no creía en el amor, nunca había creído. Simplemente, quería poner a prueba su capacidad de seducción, que había estado enterrada demasiado tiempo.

La persistente lluvia y el viento la ponían nerviosa. Maria se sentía vulnerable por primera vez en toda su vida. En otras palabras, una pobre estúpida. Caminaba arriba y abajo por la Undécima Avenida delante de la entrada del despacho de Bagarozy. Eran las diez y media de la noche y el tiempo no auguraba nada bueno. Y para colmo, los zapatos nuevos sobre el pavimento mojado le estaban creando muchos problemas. No estaba acostumbrada a llevar tacones y caminaba como si estuviera ebria, dando tumbos. Se preguntaba qué demonios estaba haciendo allí: preferiría estar en cualquier otra parte antes que delante de aquel portal. No obstante, hacía días que se preparaba para aquella noche. Había cuidado todos los detalles. En los grandes almacenes se había comprado un bonito impermeable, una falda y una blusa estampada con flores. Y además un fular liso, como le gustaban a él, de color albaricoque. Había estudiado incluso el itinerario: debía coger dos tranvías y luego recorrer a pie un buen trecho. Y ahora estaba allí, empapada, esperando que se abriese una puerta. Había estado una hora maquillándose inútilmente ante el espejo, porque la lluvia había borrado de su rostro cualquier arma de seducción.

De repente, se apagaron las luces del despacho, en el tercer piso. En unos minutos aparecería ante ella Eddie. El corazón le latía desbocado. Se había preparado un largo discurso, pero no recordaba ni una palabra.

—¿Maria? ¿Qué haces aquí? —Una vez más la había pillado por sorpresa.

—He venido a ver a una amiga. Y estaba volviendo a casa. ¿Trabajas por aquí? —le dijo de un tirón.

—Estás mojada como un polluelo —le dijo, abrazándola—. Vas a pillar algo. Corre, sube al coche. Te llevaré a casa.

Maria estaba emocionada como una niña. No se atrevía a mirarlo a la cara, temía desmayarse de inmediato. Le bastaba respirar su perfume: el coche olía a tabaco y a sándalo. Era su rastro inconfundible. Lo miraba de reojo: era guapísimo. El cansancio de la jornada no hacía sino aumentar su atractivo. Algunas arrugas surcaban su rostro bronceado. Eddie encendió un cigarrillo.

—No deberías hacer esto. Soy una cantante y ese humo acabará por perjudicarme la garganta —dijo Maria con un hilo de voz.

Se sentía incapaz incluso de hablar con normalidad. Era simplemente ridícula. Eddie no hizo caso de su recomendación y siguió aspirando el humo de su cigarrillo, sin preocuparse de ella ni de sus inquietudes. Aquella seguridad y arrogancia le gustaban.

—¿Cómo van las clases? ¿Te llevas bien con Louise?

Habría querido decirle que deseaba estar entre sus brazos, que besarlo y rozar sus labios carnosos era lo que más deseaba en el mundo. Habría querido que se percatara de que se había convertido en una mujer solo para él. Pero Eddie parecía no darse cuenta.

—Ya sé, *Turandot* agota. Pero para la voz es un buen ejercicio. Si sobrevives a una ópera como esta, serás capaz de cantar cualquier cosa en el futuro. Te acordarás de mis palabras. ¿Qué te pasa, Maria? ¿Por qué no hablas? ¿Hay algo que no va bien?

Nada iba bien. Eddie no se había fijado en ella ni por un momento. Hablaba de música, de Chicago, de teatros. Solo eso. Maria quería algo más de él. Prefirió no responderle.

—Bien, hemos llegado. Baja, tu padre estará preocupado si ve que no estás en la cama.

Maria estaba abriendo, decepcionada, la puerta del coche.

—Espera —le dijo Eddie de repente.

Se volvió y se encontró de pronto entre sus brazos. Su boca la buscaba con avidez. Ella, que lo deseaba desde hacía meses, se abandonó a aquel arrebato. Su lengua sabía a tabaco, sus labios la devoraban. Y ella correspondía a aquellos besos con el mismo afán, con el mismo deseo.

—Ahora sube a casa. Corre.

Sus órdenes eran tajantes. Maria no esperaba dulzura de aquel hombre. Esperaba exactamente eso: alguien capaz de dominarla. Un hombre que exigiera de ella, sin dar nada. Le gustaba depender así de un hombre. Le gustaba prestarse a sus exigencias.

Daba vueltas a esos pensamientos, que por sí solos ya la ruborizaban, mientras abría muy despacio la puerta de su casa. Tata Geo llevaba ya un buen rato durmiendo. La casa estaba inmersa en el silencio. La lluvia golpeaba contra los cristales agitada por el viento; nunca Nueva York había sido tan ruidosa de noche. Maria se desnudó lentamente y se deslizó bajo las mantas. Se sentía aturdida, embargada por una extraña sensación de euforia. Era como si hubiese bebido. Exaltada. Sí, exaltada era la palabra justa. Se despojó lentamente del pesado camisón de franela y comenzó a acariciarse, a tocarse como nunca había hecho. Deseaba las manos de aquel hombre sobre su cuerpo. ¿Qué estaba sucediendo? Jamás había experimentado nada igual. A mamá Litsa no le habría parecido bien. Lo consideraría bastante indecoroso. Luego pensó en Milton, en su nariz aquilina y en sus labios carnosos, pensó en la lengua del coronel Bonalti sobre su cuello, en las marcas sobre la piel de su hermana Jackie y en sus encuentros clandestinos con aquel apuesto oficial de la marina. Imaginó su cuerpo esculpido por el deporte sobre el cuerpo suave de su hermana. Se abandonó a sus pensamientos, hasta los más obscenos. Y fue maravilloso.

—Esto es en honor de Maria. Y luego, cuando llegue a Italia, nos dirá si mis canelones son mejores que los de los restaurantes —dijo Louise.

Habían pasado cinco meses desde aquel beso robado en una noche de lluvia. Maria no había vuelto a ver a Eddie. Mientras tanto, también se había frustrado el *Turandot* de Chicago. Pero no había día en que no pensara en él. Muchas veces se había plantado a las once de la noche ante su despacho. Pero en todas las ocasiones las ventanas del tercer piso estaban desoladoramente a oscuras. Había llegado incluso hasta el portal de su casa, pero sin éxito. Le había escrito dos, tres cartas: todo inútil. Parecía que hacía todo lo posible por evitarla. Luego, de repente, una llamada.

—Hola, querida Maria, soy Eddie. Mañana por la noche no te comprometas.

De nuevo su voz, tan masculina, tan segura. Por fin, después de tanto tiempo se había decidido a llamarla. Es decir, que él tampoco podía vivir sin verla, sin besarla... Él también la deseaba.

—¿Dónde quieres que nos veamos? —le preguntó Maria sin titubear, mostrando un dominio de sí misma que ciertamente no tenía.

—En casa. Quiero presentarte a dos amigos míos, Nicola Rossi Lemeni, un bajo, y Giovanni Zenatello. Este último es el director de la Arena de Verona y se encuentra en América en busca de nuevos cantantes para inaugurar la temporada de verano. Hay mucha expectación. Se trata de la reapertura después de la guerra. Giovanni pretende llevarse a Italia a Zinka Milanov, pero yo quiero que te oiga y le convenceré para que apueste por ti. Ponte guapa, pequeña.

No le dio ni siquiera tiempo a contestar: estaba a punto de preguntarle si no se avergonzaba de no haber dado señales después de lo ocurrido entre ellos, quería confesarle que le echaba de menos y que desde que se habían besado sus noches ya no eran las mismas, pero él ya había colgado el auricular. Eddie era así: no admitía que nadie discutiera sus órdenes. Y eso era lo que más la seducía.

Al día siguiente, en casa de los Bagarozy se respiraba el ambiente de las grandes ocasiones. Louise había preparado la mesa con la vajilla de borde dorado y la cristalería de Baccarat. Claveles y rosas estaban esparcidos por doquier. Maria y Louise estaban ocupadas en la cocina, mientras Eddie y su amigo Zenatello charlaban en el salón en presencia de Rossi Lemeni.

—Maria tiene una voz extraordinaria. Un auténtico fenómeno de la naturaleza. Ya verás, cuando la oigas cantar te conquistará —le dijo a su amigo.

—Sí, pero ya le he prometido el papel a Milanov. Es una apuesta segura. En el Metropolitan ha triunfado. Johnson la respalda. No pasa día sin que me llame para recomendármela.

Zenatello mantenía aún una actitud indecisa.

—Giovanni, Zinka tiene cuarenta años. Es una gran artista, sin duda, pero ¿cuántas temporadas podrá mantenerse? Maria tiene veintitrés años y su voz es extraordinaria. Está destinada a convertirse en la reina de la lírica. ¿Con qué ópera quieres inaugurar la temporada?

—Con *La Gioconda*.

—Muy bien, es perfecta para ella. Tiene una voz oscura, rebelde. Si canta *Norma*, cómo no va a cantar *La Gioconda*.

—Señores, ha llegado el momento de dar paso a la divina Maria —dijo Louise, quitándose el delantal y sentándose al piano—. Cantará «Suicidio», en honor a Giovanni y a *La Gioconda*, que por derecho le corresponde a ella.

Maria se acercó al piano. Solo el verla caminar infundía en cuantos la observaban un temor reverencial. Junto al piano, seguía la introducción de su aria con los ojos, con las manos, con todo el cuerpo: dejaba que la música penetrase en ella y saliera con un maravilloso fluir. Su mirada, sus gestos se convertían por sí mismos en música.

«In questi fieri momenti tu sol mi resti…» En este momento de desesperación solo me quedas tú. Zenatello cerró los ojos y se imaginó aquella voz arcaica, potente, única, perdiéndose entre las gradas del teatro romano, fundiéndose con la magia del cielo estrellado, evocando mundos que ya no existían.

—Querida señorita Callas, el papel es suyo. No hay duda.

Todo se había desarrollado según había previsto Maria. Solo quedaba una cuenta pendiente: Eddie Bagarozy. No quería marcharse sin revivir al menos otra vez las emociones de aquella noche. No quería que desapareciera para siempre de su vida. Parecía que este era su destino: empezar cada vez desde el principio.

—Eddie, quiero volver a verte. Aunque sea la última vez.

Maria lo detuvo en la cocina, mientras los demás estaban en el salón ocupados en cotilleos sobre las presuntas amantes de Arturo Toscanini. Eddie, con la camisa arremangada y un jersey de cachemir sobre los hombros, resultaba aún más fascinante. Acababa de jugar un partido de squash y olía a limpio. Llevaba el cabello todavía ligeramente mojado pegado a la nuca. Eddie la agarró con fuerza por los brazos, mirándola directamente a los ojos. Sus manos parecían tenazas. La presión comenzaba a dolerle.

—¿Todavía no has comprendido que no quiero verte nunca más? ¿Crees que te mando a Italia porque me interesa tu carrera? Me importa un bledo tu carrera. Solo quiero perderte de vista. Y no pienses en escaquearte. Louise irá contigo: será tu acompañante en Italia, aunque antes tiene que ir a Salerno a ver a unos parientes. Quiero tener la seguridad de que llegas a Italia y de que no harás tonterías.

—Pero tú eres mi agente. Hemos firmado un contrato. Has pedido el diez por ciento de mis ganancias. Tendrás que seguirme —protestó Maria.

—Louise estará contigo en Verona. ¿Eres tan estúpida como para creer que dejaría el despacho y Nueva York para seguirte?

—Después de lo que hubo entre nosotros, Eddie, esperaba una actitud distinta por tu parte.

—¿Y qué hubo? No sé qué me pasó aquella noche. No me interesas. Tengo una mujer a la que quiero, un hijo idiota que nunca seguirá mis pasos. La familia está a salvo. Cuando tengo ganas, follo con mis secretarias. Mujeres de verdad, que me vuelven loco. Me apuesto cualquier cosa a que todavía eres virgen, ¿no? Y empiezas a tomarle el gusto, ¿no es cierto?

Esas palabras la traspasaban como cuchillos. Se sentía herida, ultrajada, ni siquiera podía llorar.

—Bien, búscate a otro que satisfaga tus deseos. Yo tengo otras cosas en que pensar.

Eddie se marchó dejándola así, destrozada, con la mente en blanco. Maria recogió sus cosas y se fue, alegando un dolor de cabeza. Ya no oía las palabras de Zenatello, que le rogaba que pasara por la agencia para reservar un camarote de tercera clase. Incluso las recomendaciones de Louise sobre la respiración correcta la dejaban indiferente. Solo tenía ganas de marcharse de allí. De marcharse de Nueva York. Ya no había ninguna razón para permanecer en aquella ciudad. Incluso su padre, su tata Geo, hacía su propia vida y ya no la rodeaba con sus cálidos abrazos como antes. Mamá Litsa había regresado a América hacía unos meses, pero era como si no estuviera, ocupada siempre en seguir las correrías de su marido.

Italia la esperaba. Allí empezaría una vida completamente nueva. Allí se convertiría para todo el mundo en la Callas. En el fondo, era mejor así. Viviría para el canto y se gastaría y consumiría en su trabajo. De una cosa estaba segura: ya no habría en su vida lugar para el amor ni para la pasión devastadora. El canto no admitía distracciones. Lo había comprendido en su propia piel. Y esa maldita lección le serviría para siempre.

«Encantada, commendator Meneghini, soy Maria Callas»

Verona, junio-julio de 1947

Finalmente, se había librado de Louise. La odiaba con todas sus fuerzas. Desde que habían iniciado la travesía hacia Italia, no había perdido de vista a Maria ni un segundo, se había pegado a sus faldas y no tenía ninguna intención de alejarse. El repertorio de las preocupaciones de esa mujer era infinito: desde las corrientes de aire, que perjudicaban la voz, hasta su pobre Eddie, que durante unos meses se vería obligado a alimentarse de congelados, hasta que ella regresara. Maria se preguntaba cómo una mujer tan aburrida, encarnación de la típica ama de casa norteamericana, podía haber seducido a un hombre tan interesante como Eddie Bagarozy. A lo largo de aquellos días, no había hecho otra cosa que pensar en él. Y estar siempre delante de su mujer desde luego no le facilitaba las cosas. Además, tenía que hacerle compañía, ya que la pobrecilla se mareaba y obligaba a Maria a acompañarla a la enfermería, donde conversaba largamente con el médico de turno enumerándole minuciosamente todas sus dolencias.

El transatlántico *Russia* había atracado por fin en el puerto de Nápoles. La vista luminosa del golfo le llenó el corazón de sana alegría y de un intenso deseo de vivir. La animación y el vaivén en Mergellina eran increíbles: vendedores de pescado que ofrecían su mercancía a precios reventados, muchachitos bravucones que se disputaban a golpes la propina del ricachón de turno, taxistas que atraían la atención de los turistas tocando el claxon. Marineros que alborotaban y mujeres maravillosas, de espléndidos senos y dientes blanquísimos. Hasta el aire era hermoso: el cielo límpido se reflejaba en el mar, transformándolo en un espejo ligeramente encrespado e iridiscente. Se respiraba una alegría de vivir, un frenesí excitante, que infundían un buen humor inmediato.

«Me ha entrado hambre. Me voy a comer una buena pizza», pensó Maria, delante de una Louise cada vez más exangüe y llorosa.

—Querida, tengo que marcharme. No me resigno a dejarte así, sola, indefensa. Nos veremos en Verona dentro de diez días. Te lo ruego, Mary: no confíes en nadie, no hables con desconocidos. Ve directamente a la estación y parte enseguida hacia Milán. Recuerda que en la estación Central tienes que enlazar con el tren de Verona. No te expongas a corrientes de aire, sabes que te perjudican la garganta. Ponte siempre…

Maria la interrumpió. Era incapaz de seguir escuchando ni un minuto más esa cantilena.

—Louise, estate tranquila. Me portaré bien. Tú piensa en ti y en tu familia. Disfruta del viaje a Salerno. Te esperaré. Estoy deseando que llegues a Verona; lo pasaremos bien juntas.

La besó distraídamente: el contacto de las lágrimas de la mujer sobre las mejillas le molestó. Le entraron ganas de correr de inmediato hacia una fuente para enjuagarse la cara.

¡Qué espectáculo el Vesubio! Maria estaba allí parada, en el muelle de Mergellina, con un trozo de pizza en la mano, ensimismada. Por primera vez en toda su vida se sentía realmente libre. Respirar a pleno pulmón el aire de Nápoles la hacía sentir bien, la llenaba de fuerza, de euforia. Le hubiera gustado quedarse un rato más saboreando esa embriaguez, pero finalmente se impuso el sentido del deber al que por naturaleza se sentía inclinada. Aquella férrea voluntad que la hacía resistir a las tentaciones y que hasta entonces la había llevado a ser siempre la primera y a vencer a los demás.

Se encaminó presurosa hacia el autobús que la conduciría a la estación. Nada de taxis: en el bolsillo solo llevaba cincuenta dólares. Aquel puñado de billetes verdes tenía que durarle al menos cinco días, es decir, hasta que empezara los ensayos de *La Gioconda* en la Arena de Verona y pudiera pedir un anticipo sobre su caché. En aquella maleta de cartón, que sujetaba con fuerza entre las piernas en el autobús, Maria llevaba todo lo que poseía: algunos vestidos viejos, un jersey de angora rosa apelmazado ya, que papá Geo le había regalado el día en que obtuvo el diploma, y el viejo libro de nanas de Dimitri. Era lo que más pesaba, pero por nada del mundo se habría desprendido de él.

La estación de Nápoles le pareció inmensa: bullía de gente y resultaba muy difícil orientarse. Pero lo más desesperante era conseguir encontrar a alguien que hablara italiano. Todo el mundo utilizaba un extraño dialecto, incomprensible para ella. Probó con el inglés, pero el resultado fue todavía peor.

Le estaba preguntando a un revisor de dónde partía el tren para Milán cuando sintió un violento tirón. Maria cayó al suelo y se golpeó el hombro. Fue cuestión de segundos. De repente, se agolpó mucha gente a su alrededor, se produjo una gran confusión, algunos gritos. El tiempo de ponerse en pie y su maleta de cartón había desaparecido.

—¡Socorro! ¡Mi maleta! ¡Socorro! —se puso a gritar, pero nadie pareció hacerle caso.

Maria se dirigió al jefe de estación.

—Señor, se lo ruego, ayúdeme. Me han robado la maleta.

—¿Quién ha sido, señorita?

—No lo sé. Un muchacho me ha empujado, he perdido por un momento el conocimiento y la maleta ha desaparecido.

—¡Ja, ja, ja! Bienvenida a Nápoles —le respondió el jefe de estación, dejándola junto a la marquesina.

Por suerte, los dólares los llevaba bien sujetos en el bolsillo de la chaqueta, junto con un billete de tercera clase a Verona y su contrato por cinco representaciones de *La Gioconda*. Se pasó todo el viaje llorando, en parte de tristeza, en parte por las punzadas de dolor que sentía en el hombro, con la nariz pegada a la ventanilla de un tren que la llevaba lejos, al norte, a una ciudad desconocida. Ya no tenía nada. Maria Callas se presentaría en Verona solamente con su cuerpo y los cuatro trapos que llevaba encima.

«Tal vez —pensó—, es una señal del destino. Es el comienzo de una nueva vida. Si voy a renacer, es justo que renazca desnuda. Corto con todo. Con América, con mi pasado, con Dimitri. Que Dios me ayude», concluyó, santiguándose apresuradamente con el puño a la manera ortodoxa.

Se metió la mano en el bolsillo: en realidad, el bien más preciado era justamente aquel pañuelo de encaje con el que unos minutos antes se había secado las lágrimas. Recuerdo de tata Geo, un padre idealizado desde la infancia, el único que la había querido de verdad. Aquel pequeño cuadrado de tela era suficiente para hacer que se sintiera bien, para hacerla feliz; junto con el reloj Bulova de estilo más bien masculino, del que no se separaba nunca, y que le recordaba constantemente que ella, Maria Callas, superaría cualquier obstáculo solo con su fuerza de voluntad. Había que conquistar Verona, exactamente igual que Atenas o Nueva York. Al fin y al cabo, no era más que una pequeña ciudad de provincias: no se iba a asustar por tan poco.

—Nada de amantes en la habitación. Si quiere lavarse usted misma la ropa interior, no puede tenderla en el balconcillo del pasillo. Y a medianoche se cierra, porque nosotros nos levantamos temprano para trabajar. ¡No como ustedes, los artistas, que no hacen nada en todo el día!

La patrona de la Accademia, una pequeña pensión junto a la piazza Bra, era una mujer de carácter hosco, que no hacía ningún esfuerzo por mostrarse simpática. Por otra parte, era el único establecimiento en toda Verona donde no le habían pedido un mes de anticipo por el alquiler. Además, la habitación no estaba mal. Disponía incluso de un pequeño escritorio, sobre el que Maria había colocado enseguida dos fotografías: la de su familia y la del pequeño Vasili. Hacía ya tiempo que no «vivía» con ella, pero podía oír claramente su voz. A menudo lo encontraba en los extraños mundos adonde la arrastraban las notas. En los mundos donde todo era posible, incluso olvidar los propios dolores.

—Señora Anita, ¿no tiene ninguna habitación con baño? —preguntó tímidamente Maria, cuando bajó a cenar esa noche.

—Querida muchacha, me paga mil quinientas liras diarias y ¿quiere además un baño? Al fondo del pasillo hay uno para todos los huéspedes. Pónganse de acuerdo con los horarios: ya verá como acaba acostumbrándose.

Maria estaba desconcertada. No le apetecía compartir su intimidad con otras personas. Antes preferiría morirse de dolor de barriga. Pero a los pocos días, no sin sentir vergüenza, se rindió y dejó que la naturaleza siguiese su curso.

Sus días en Verona se parecían a los de un militar en el cuartel: levantarse a las ocho, desayuno frugal y ensayo en el teatro hasta las siete de la tarde. Una única pausa a la una, cuando la compañía de canto se iba a comer a una *trattoria*. Maria siempre encontraba una excusa: un día le dolía la cabeza, otro día tenía que llamar a su hermana a Grecia, o bien había quedado con una vieja amiga de la familia. La verdad era que no tenía ni un céntimo. No era fácil sobrevivir con tan poco dinero. Para colmo, Zenatello, el director de la Arena, le había comunicado que le pagaría por representación. Así que hasta el 2 de agosto, el día del estreno, no vería ni una lira.

—Maria, se lo ruego, coja este sobre. Siempre estoy muy ocupado y no tengo tiempo de ir a las misiones de los franciscanos. Hágalo usted por mí.

El maestro Tullio Serafin, que dirigía *La Gioconda*, le había alargado un sobre a escondidas, como si se avergonzara de aquel gesto. Maria lo abrió. Dentro había cien mil liras.

—Maestro, es que yo no suelo ir a las misiones. Creo que se equivoca —le dijo Maria.

—Entonces, haga lo que mejor le parezca —le respondió, guiñándole el ojo con aire cómplice.

Serafin se había hecho cargo de la situación. En tiempos mejores, el orgullo de la Callas le habría impedido aceptar. Pero en esa ocasión Maria decidió coger el dinero para satisfacer sus necesidades. Se prometió a sí misma que nunca olvidaría ese gesto. Lo único que podía hacer para compensar la confianza de su director de orquesta era dar lo mejor de sí misma en los ensayos. Aunque esto no le costaba ningún esfuerzo. *La Gioconda* era una obra que le iba muy bien: la había estudiado una y otra vez en Nueva York con Louise Bagarozy, la había repasado incluso durante la travesía del Atlántico. Todos sus compañeros, desde Nicola Rossi Lemeni a Richard Tucker y Elena Nicolai, se dieron cuenta enseguida de que aquella muchachota de casi veinticuatro años que venía de lejos les llevaba ventaja. Y muy pronto se dio cuenta también el maestro Serafin. Desde que Toscanini se había trasladado a Nueva York porque no toleraba los atropellos del fascismo, Serafin había asumido la dirección musical de la Scala de Milán. Había dirigido a cantantes de indiscutible talento, desde Enrico Caruso hasta Rosa Ponselle, que tanto gustaba a Maria, pero enseguida se dio cuenta de que aquella joven Callas tenía una voz especial: de una potencia extraordinaria, a veces estridente, como todos los elementos más puros de la naturaleza, pero nunca inexpresiva. Reconocía en ella una capacidad innata para transmitir emociones. Aunque tímido y de pocas palabras, a veces incluso algo brusco, Serafin se prometió a sí mismo que convertiría a Maria Callas en un astro de la música de todos los tiempos.

Hacía ocho días que había llegado a Verona. Se aproximaba el fin de semana. Maria aprovecharía para hacer la colada. Convenía lavar la chaqueta y el vestido de lunares amarillos y blancos con que había llegado de América y que no se había quitado en toda la semana. El sábado y el domingo no se movería de su habitación de la pensión Accademia, mientras se secaba la ropa, que volvería a ponerse el lunes por la mañana.

—Maria, esta noche vienes con nosotros. No digas que no. Estás siempre encerrada en tu habitación. No eres una monja de clausura —le reprochó Nicola Rossi Lemeni, que en *La Gioconda* interpretaba a Alvise y al que Maria había conocido en Nueva York en casa de Bagarozy—. Iremos a un restaurante. Paga Zenatello. Anímate, comeremos *moeche* ¡con un buen vaso de tocai fresco!

Finalmente Maria, en parte por hambre y en parte por la ilusión de estar en compañía, se dejó arrastrar. Al fin y al cabo, el sábado por la mañana podría dormir un poco más.

Hacía tiempo que no comía tan a gusto: en Pomari, el restaurante del centro donde se habían dado cita, el único problema era escoger. Además, todos estaban algo achispados: la buena marcha de los ensayos, el primer verano sin la pesadilla de los bombardeos y la excelente cocina favorecían una actitud general de relajamiento.

—Maria, ven, aquí tienes a un admirador muy especial —gritaba Zenatello, con la cara roja como un tomate, desde la otra punta de la mesa.

Junto a él estaba sentado un señor algo mayor, elegantemente vestido con un traje de lino blanco. Uno de los pocos, y Maria lo había observado, que no se había dejado llevar por la trivialidad, a veces pesada, de los comensales.

—Es un *commendatore*. Un poco tímido, pero una gran persona.

Para evitar una situación embarazosa, Maria se levantó y se acercó hasta él.

—Es un placer, señorita. Soy Giovanni Battista Meneghini —le dijo besándole la mano.

Tata Geo, que era un experto en temas de galantería, le había explicado que al besar la mano los labios del caballero apenas han de rozar la piel de la mujer. Al oír el beso sonoro del *commendatore* a Maria le entraron ganas de reír, pero no se podía pedir demasiado. Verona no era Nueva York.

—El placer es mío, *commendator* Meneghini. Soy Maria Callas.

—Oh, la conozco muy bien. Si supiera cuántas veces he ido a los ensayos a escucharla. Me siento al fondo de la Arena. Me lo enseñó mi madre Giuseppina. Las voces de las mediocres no llegan, pero la suya, ¡vaya si la he oído!

Aquel hombre de cabello blanco y untado de brillantina le recordaba vagamente a su padre por sus modales amables. Empezaron a hablar aislándose del resto de la compañía. En menos de una hora Maria se enteró de que el *commendator* Meneghini era un industrial que poseía más de doce fábricas de ladrillos en Zevio, cerca de Verona («con todas esas vacas no pasará nunca hambre», observó Maria. «¡Cómo vacas! Yo fabrico ladrillos», sonrió, permitiendo que Maria especulara con la cantidad de casas que debía de poseer).*

A los cincuenta y un años seguía soltero: vivía todavía con su madre Giuseppina, que lo llamaba Titta y lo adoraba. Su única pasión era la lírica.

—Soy uno de los mecenas de la Arena. Hemos luchado mucho para volver a traer la música a nuestra ciudad. Y es un orgullo que,

* Confusión entre *industria laterizia*, industria de ladrillos, e *industria lattiera*, industria lechera, términos que en italiano presentan cierta semejanza. *(N. de la T.)*

después de tantos años, lo haga precisamente usted con su voz, que es una maravilla.

A Maria le pareció un milagro encontrar a una persona tan sencilla y al mismo tiempo tan rica. Era evidente que aquel hombre tenía un montón de dinero. No solo por el reloj de oro macizo que llevaba en la muñeca sino también por la calidad del traje hecho a medida, por el anillo chevalier de rubíes que llevaba en el dedo meñique (un meñique con la uña un poco más larga: «Es para limpiarme mejor la oreja», le confesó Meneghini con ingenuidad). Además, ni siquiera pestañeó cuando aquella noche pagó la cuenta de toda la compañía. Era un hombre vinculado a la familia, a los valores que también Maria, nómada por necesidad, tenía profundamente arraigados. «Es como yo, con la única diferencia de que tiene dinero», pensó.

—Maria, ya que parece que habéis congeniado, ¿por qué no te unes a la compañía y vienes mañana con nosotros a Venecia?

Niccola Rossi Lemeni, entre grappa y grappa, lanzó la propuesta, que contó con la aprobación entusiasta de Meneghini.

—Oh, no, gracias. Mañana tengo todo el día ocupado. Tengo que estudiar y he de hacer algunos encargos —se excusó Maria, recordando que al día siguiente debía lavar la ropa para poder presentarse decentemente vestida a los ensayos el lunes. El único que insistió fue Giovanni Battista.

—Se lo ruego, señorita. Me complacería mucho. Yo mismo pasaré a recogerla personalmente con el coche. Es un coche deportivo.

—¿Tiene chófer? —aventuró Maria.

—No, por favor. Somos industriales del norte, nos hemos hecho de la nada. No tiramos el dinero. Además, a mí me gusta conducir. Ahora bien, cuando se trata de coches no escatimo en gastos. Siempre tengo el último modelo. El que acabo de comprarme es de una fábrica nueva, un Ferrari. No le digo lo que cuesta. Ni siquiera se lo he dicho a mi madre, porque si se entera me echa de casa.

Había en aquel hombre una mezcla de ingenuidad y de determinación que acabaron conquistando a Maria. A ratos lo encontraba horrendo, de aspecto y de modales. Llevaba demasiada brillantina en el cabello, su aliento no era muy fresco, tenía barriga y llevaba el cinturón excesivamente apretado. En otros momentos le parecía adorable: mencionaba a su madre cada dos por tres y hablaba con una sinceridad que desarmaba, como un niño que no ha acabado de crecer.

—Mire, *commendatore*, quiero ser sincera con usted. He llevado toda la ropa a la tintorería, no tendría nada que ponerme. Por eso prefiero quedarme mañana tranquilamente en el hotel —le confesó.

—Es una lástima, señorita Maria. Venecia es una ciudad realmente preciosa. Muy romántica. O eso dicen, ¡porque nunca he llevado allí a mi novia!

Al salir del restaurante, el *commendator* Meneghini se ofreció a acompañar a Maria hasta la puerta de la Accademia.

—Buenas noches, *commendatore*. Hasta la próxima.

Maria le despidió sin más.

—Será muy, muy pronto. ¡Buenas noches! —le respondió él estrechándole la mano como una tenaza.

«Me la ha destrozado —pensaba Maria mientras subía las escaleras—. ¿Nadie le ha dicho a ese individuo que a una señora no se le estruja así la mano?»

Vasili llamaba a la puerta con un gran ramo de flores, le sonreía y la llenaba de besos, arrojándose a sus brazos. Era una sensación tan fuerte y real que le parecía que estaban llamando de verdad.

—Maria, abra. ¡Abra enseguida!

O sea que no estaba soñando. Era la señora Anita y parecía estar fuera de sí. Maria se restregó los ojos y miró su Bulova. Eran las nueve y media.

—No voy a desayunar esta mañana. Prefiero dormir un poco más —le respondió Maria, con una voz que parecía salir de ultratumba.

—Dese prisa, demonios —insistía Anita.

Maria se calzó las zapatillas. Estaba maldiciendo ya a todos los santos cuando, al abrir la puerta, vio a tres mozos cargados de ropa.

—Déjenlo sobre la cama —ordenó, atónita—. ¡Dios mío, si es un guardarropa completo!

—Y también han traído esto —añadió Anita, que llevaba un enorme ramo de flores en la mano.

¿Quién podía ser? Maria despidió a todo el mundo y abrió ansiosa la tarjeta: «Muy distinguida señorita Callas, perdone la libertad que me he permitido. Pero una visita a Venecia bien vale un gesto de mala educación. Su devotísimo, Titta Meneghini». «¡Ah, hemos pasado al "Titta"!», exclamó satisfecha Maria.

Sobre la cama se extendía un guardarropa completo. Vestidos de seda, de seda pura. Algo nunca visto. Maria se los fue probando uno tras otro, saboreando la maravillosa sensación de sentir la seda sobre su piel. No había sido tan feliz en toda su vida. Se sentía casi aturdida, como una niña delante de un enorme pastel de nata, con mucha hambre atrasada. Para la excursión a Venecia eligió una blusa de color verde pastel a juego con una falda al bies. Le sentaban de maravilla. El *commendator* Meneghini había pensado en todo: cada vestido llevaba a juego un fular, un bolso y un par de zapatos («Pedí las medidas a la sastrería de la Arena», le confesaría mucho más tarde). A las once Titta, su Titta, estaba esperándola en la puerta de la pensión con el flamante Ferrari.

—Señora Anita, ayúdeme a poner un poco de orden en el armario, por favor. Yo tengo que marcharme.

Anita no desperdició la ocasión de mostrarse tan desagradable como de costumbre.

—¿Qué orden tengo que poner, si hasta esta mañana en el armario no había nada? —le gritó desde la escalera.

Mientras abría la puerta, pensaba en la suerte que había tenido

Maria. «Llegan de América para llevarse a nuestros hombres. La próxima vez que nazca, quiero ser artista», rezongaba en voz alta, mientras colocaba los vestidos. De repente, sus ojos se posaron en la cama, que todavía no había hecho, y sobre la que Maria había olvidado una tarjeta, escrita con letra menuda. La tentación de saber quién era el desconocido que enviaba toda aquella abundancia era demasiado fuerte. Anita no se lo pensó dos veces. Lo leyó de corrido, sin respirar. Y se quedó sin palabras. «No es posible. ¿Titta Meneghini? ¿El *commendatore*? ¿El hijo de Peppina? Oh, Señor. Es una desgracia...»

Anita bajó las escaleras corriendo. Y descolgó el auricular de la recepción.

—¿Peppina? —Y con los ojos inyectados en sangre derramó todo el veneno que llevaba dentro sobre la pobre Maria.

—¿Te das cuenta, Peppina? Tu hijo ha perdido la cabeza. Ten cuidado, porque estas mujeres son peligrosas. Son mujeres caras. Y están esperando el patrimonio.

Si había algo que no debía hacerse con la señora Peppina era precisamente hablarle de dinero. Ella y su pobre marido habían pasado hambre, habían comido arroz con leche durante años para que su Titta pudiera estudiar contabilidad. ¿Y ahora venía una de América a llevárselo todo? No, no. Tendrían que pasar por encima de su cadáver. Por un extraño juego del destino, aquella mañana Maria descubriría Venecia, la ciudad del amor, la devoción de un hombre, la emoción de sentirse una mujer admirada. Pero también aquella mañana entraría en su vida Giuseppina, su primera enemiga auténtica.

Giuseppina, la primera enemiga

Verona, domingo 17 de agosto de 1947

Maria estaba en su camerino de la Arena. Acababa de terminar la última representación de *La Gioconda*. Un verdadero éxito, como las otras cuatro. Estaba literalmente rodeada de flores. Sobre todo de su Titta. Le suplicaba a menudo: «No me mandes tantas flores. Cada vez le tengo que dar cincuenta liras de propina al botones. ¿Quieres arruinarme?», pero era inútil. La miseria en la que había crecido, aunque digna, la había educado en la sobriedad: no le gustaba gastar el dinero innecesariamente. En Verona era ya una auténtica diva. Cuando por la noche llegaba a la piazza Bra del brazo del *commendator* Meneghini, la gente aplaudía, pedía autógrafos, la multitud se apartaba para dejarla pasar. Y ella se sentía una verdadera reina. Una vez acabada *La Gioconda*, pasaría unas breves vacaciones en Ischia con Titta: le había prometido que la llevaría a las termas, a un hotel sobre el mar. Una verdadera panacea para su piel rebelde. Y luego empezaría a estudiar *Tristán*, con la que debutaría el 30 de diciembre en la Fenice de Venecia, dirigida también por Serafin.

Serafin se había convertido en su ángel custodio. Había mantenido la promesa que se hizo a sí mismo: Maria, paso a paso, estaba construyéndose una carrera de *prima donna*.

Se miró en el espejo: tenía la cara descompuesta. Por más que dijeran los críticos, *La Gioconda* era una ópera que destrozaba, y Verona en agosto era un horno. Estaba deseando marcharse unos días a zambullirse en el espléndido mar que le había dado la bienvenida a Italia. Desde que Titta la había besado, una cálida tarde de julio en un bosquecillo junto al lago de Garda, se habían hecho novios. Él estaba loco por Maria: no sabía cómo satisfacer sus caprichos, sus antojos infantiles, que atribuía a las privaciones sufridas en la infancia.

—Oh, Titta. Mimas demasiado a tu nena —le repetía a continuación Maria, con su vocecita infantil.

Pero él no la escuchaba. Llegó incluso a proponerle un extraño contrato: él se ocuparía de todas sus necesidades materiales, desde la ropa hasta las clases de canto, y ella solo tendría que estudiar. Tanta devoción la conmovía.

No estaba enamorada de aquel hombre. No. Estaba enamorada de la idea de ser siempre el centro de sus atenciones. Le dejaba hacer, le incitaba. Sentirse tan amada la hacía sentirse más segura de sí misma. Incluso le había escrito a Litsa en un telegrama, solo para darse una satisfacción: «Estoy prometida con un *commendator*, uno de los industriales más importantes de Italia. Tiene tres chóferes y seis criados». No era cierto, pero tenía muchas ganas de exagerar.

Mientras saludaba a los últimos fans, que se apretujaban en su camerino, Maria se preparaba para recibir aquella noche a la única persona que deseaba conocer: la señora Giuseppina. Todavía no conocía a la madre de Titta, aunque siempre estaba presente en sus conversaciones. Suponía que era la mujer a la que había que conquistar, teniendo en cuenta la dependencia que de ella tenía su hijo.

—Mamá ira verte al camerino el domingo. Dice que la última representación siempre es la mejor.

Y tenía razón: aquella noche Maria había cantado divinamente. Después del aria del «Suicidio» recibió una ovación de veinte minutos. La gente no quería parar de aplaudir; saber que entre aquella multitud apasionada se encontraba también Giuseppina le proporcionaba una sensación extraordinaria de omnipotencia. Acababa de quitarse la peluca de la representación cuando llamaron a la puerta.

—Maria, somos nosotros —dijo Titta, con su voz amable y obsequiosa.

—Hola, mi amor. ¿Es tu madre?

Ante ella una mujer robusta, de aspecto severo, la examinaba de los pies a la cabeza.

—Aléjese de mi hijo —fueron las primeras palabras que le dirigió—. No quiero que salga con él. Las mujeres del espectáculo como usted no están hechas para sacar adelante una familia. Quiero al lado de mi Titta a una mujer como yo: una mujer que le ponga un plato caliente por la noche, cuando regresa a casa de sus fábricas, una mujer que le planche las camisas y no permita que sean las criadas las que hagan lo que corresponde a una esposa. Una mujer que cuando esté enfermo le dé una medicina en vez de dar vueltas por el mundo como usted. Quiero cerrar los ojos sabiendo que mi Titta puede prescindir de su madre, sabiendo que a su lado tiene a una mujer digna de su nombre y del mío.

Maria estaba desencajada. Observaba a su prometido, pero él, violento, evitaba su mirada. La parte racional y diplomática de su ser la exhortaba a mantener la calma y a actuar con diplomacia, pero finalmente no pudo contener su rabia y salió la fiera que llevaba dentro.

—Querida señora —le dijo mirándola a los ojos con desprecio—. Probablemente me ha confundido con una criada. Lo siento por usted. Pero no he comido toda la mierda que he comido en la vida para quedarme en casa alimentando a su hijo. Sí, lo ha entendido muy bien: m-i-e-r-d-a, m-i-e-r-d-a —repitió recalcando bien las letras—. Todo lo que tengo lo he ganado honestamente. Es cierto que todavía no tengo un abrigo de marta cibelina, pero no tardaré en tenerlo. Y lo haré yo sola. He viajado por el mundo y seguiré haciéndolo. Siempre será mejor que marchitarme en un cascarón como Verona. Y ahora, si me permite, estoy cansada. Tengo que cambiarme; quisiera ir al hotel a descansar.

Maria no sabía que la mujer que tenía delante no estaba dispuesta a arrojar la toalla.

—Empiece a quitarse todo lo que le ha regalado mi hijo. Estoy segura de que no lo hará. Tendría que salir desnuda de aquí.

No, eso no lo iba a tolerar. Agarró por un brazo a Battista.

—Se lo has contado todo, ¿no? ¿Qué clase de hombre eres? Muy bien, pues vete con ella, como un niño bueno. Pero si lo haces, olvídate de mí para siempre.

Titta ya no sabía adónde mirar. Prefirió dejarlas solas, allí, una frente a la otra, y salió por piernas del camerino.

Ya no podía prescindir de ella. Maria lo era todo para él y él lo era todo para Maria: era el padre lejano, la familia que no había tenido nunca, la seguridad económica, el amante. Sí, también esto. Él siempre había sido tímido con las mujeres. Había tenido una novia, que murió de leucemia muy joven. Y desde entonces, nada: solo la casa y las fábricas. Ladrillos y mamá. Y música. Abrazar a Maria, estrecharla contra su cuerpo le provocaba sensaciones que no había experimentado en toda su vida. Y no estaba dispuesto a renunciar a esas sensaciones. Ni siquiera por su madre.

«Ajá. Esto es lo que le diré», pensaba, mientras se dirigía a la pensión Accademia, la mañana siguiente a aquella horrible velada, con un gran ramo de rosas rojas en la mano. Anita se encontraba ya en la recepción y lo contempló con su habitual aire de compasión. No admitía amantes en las habitaciones, pero en el caso del *commendatore* hacía una excepción: no podía resistirse a sus propinas. Cuando Meneghini entró en la habitación, vio que Maria estaba preparando la maleta.

—No tengo nada que decirte, Titta. Me voy a Roma con el maestro Serafin. Tengo que prepararme a fondo para el debut en la Fenice, y él y su mujer se han ofrecido a echarme una mano.

—Perdóname por lo de anoche, Maria. Quiero decirte que he tomado una decisión. Te he elegido a ti. No quiero pasar el resto de mi vida sin ti. Quiero seguir amándote, protegiéndote, atendiendo a tus necesidades. Con el tiempo las cosas se irán arreglando y ya verás que hasta mamá se convencerá de lo dulce y generosa que eres. Dame otra oportunidad. Te lo suplico. —Y mientras hablaba le entregó un paquetito, junto con las flores.

Maria lo miró con su habitual mala cara, pero enseguida se deshizo en una sonrisa muy dulce.

—Vamos, Titta. Ven aquí, siéntate a mi lado. Lo abriremos juntos.

Dentro de una cajita de terciopelo azul brillaba el diamante más bello que había visto nunca. Ni siquiera las joyas de doña Elvira de Hidalgo eran tan resplandecientes.

—Cariño, ¿es para mí? Me vas a hacer llorar. Oh, Titta, eres toda mi vida —le susurró, rodeándole el cuello con sus brazos.

Eran casi las once de la mañana, pero acabaron en la cama e hicieron el amor. Nada excepcional, como de costumbre. En cuanto hubieron terminado, cuestión de minutos, Titta, abandonado sobre el pecho de Maria, comenzó a roncar. Maria se preguntaba qué encontraba la gente en el sexo. Ella no sentía nada. Y estaba convencida de que nunca sentiría nada. Era todo tan aburrido y, a decir verdad, incluso un poco fastidioso. «Por suerte dura poco», se consoló. Pero tener a aquel hombre a su lado, tan abandonado a ella, tan indefenso, la llenaba de ternura. Saber que un hombre que tenía tantas responsabilidades, un hombre que manejaba millones de liras todos los meses, se entregaba a ella la satisfacía plenamente. Solo le faltaba convertirse en la señora Meneghini; tenía que conseguir aquel estatus social que había perseguido toda su vida.

—No diga nada, quiero darle una sorpresa.

Jackie subía la escalera de puntillas para no estropear el golpe de efecto. Se había marchado de Atenas para reunirse con Anthony, su prometido, el lord inglés. Iban a pasar juntos unos días de vacaciones en Escocia, en casa de sus padres, en la casa de campo. En su familia, la trataban ya como a una hija. Mamá Litsa le había comunicado por teléfono que Mary también estaba prometida a un hombre riquísimo de Verona. Era absolutamente preciso saber más cosas. Por eso, haciendo un alto en su viaje, había querido verla antes de volar a Edimburgo.

Llamó suavemente a la puerta, pero nadie respondió. Y sin embargo, la señora de la recepción le había asegurado que Maria estaba en su habitación. Presionó la manija y la puerta se entreabrió. La habitación estaba sumida en la oscuridad. Jackie no quería dar crédito a lo que veían sus ojos, se quedó de piedra. Maria, medio desnuda, estaba en la cama con un hombre. Y además, por lo poco que podía ver, mucho más viejo que ella.

—Mary, todavía no te has casado y ya estás haciendo porquerías. Estoy deseando contárselo todo a mamá Litsa —le dijo, escandalizada.

Maria se sintió herida, desnuda, inerme por primera vez en su vida. Jackie había logrado penetrar en un momento que era completamente suyo, había violado su intimidad. Hacía casi dos años que no se veían y ni siquiera había corrido a abrazarla, a preguntarle «¿Cómo estás?».

Maria se incorporó.

—Fuera de aquí. Vete. Te odio.

Jackie desapareció de su vista con la rapidez de un rayo. Por suerte, Titta seguía roncando tranquilamente; cuando dormía, no se despertaba ni a cañonazos.

—Para su información, la Callas está en la cama con un hombre —dijo Jackie a la señora Anita, antes de abandonar para siempre aquella pensión de mala muerte. Anita ardía en deseos de contarle las novedades a Pinuccia.

—Pina, quiero que sepas que Titta está en la cama con esa furcia americana. Desde esta mañana están encerrados en la habitación haciendo porquerías.

A Giuseppina el mundo se le vino encima. Su Titta le había mentido: aquella mañana salió de casa diciendo que se quedaría hasta tarde en la fábrica. Tenía que acabar de arreglar unas cosas antes de irse unos días de vacaciones y acompañarla a la montaña, a casa de su hermano. Y sin embargo, había vuelto con la americana. Había traicionado a su madre. Llegados a este punto no le quedaba más que la solución extrema: desmayarse.

Maria y Titta estaban comiendo una cazuela de mejillones, cuando el camarero del Tre Corone interrumpió su romántica cena:

—*Commendator* Meneghini, le llaman por teléfono.

Maria estaba satisfecha. Aquella tranquilidad la serenaba. Ahora contemplaba su futuro con confianza. La temporada en la Arena había terminado triunfalmente. La esperaba *Tristán* y luego, Serafin se lo había prometido, debutaría por fin con *Norma*.

«Con mi *Norma* conseguiré la fama —había prometido al maestro—. Estoy segura. Es mi personaje. Nadie podrá nunca cantar *Norma* como yo.» Sus sueños profesionales se estaban cumpliendo. Y su vida privada también iba por buen camino. No aspiraba a grandes pasiones o a ese amor que hace soñar; esas cosas se ven en el cine, se leen en los libros para señoritas. La realidad es una cosa completamente distinta. Pero se sentía una mujer serena, tranquila y muy amada.

—Cariño, perdona, pero tengo que irme. —Titta estaba blanco como el papel.

—¿Qué ocurre, cielo? ¿Qué ha pasado? —le preguntó, ansiosa, Maria.

—Mamá no se encuentra bien. La han ingresado de urgencia en el hospital. No pueden decirme nada más. Te tendré informada. —Y se fue.

Una vez más, el destino se divertía jugando con ella. Hacía apenas un momento estaba reflexionando sobre las perspectivas positivas de su vida y de repente aquella mujer, aquella Giuseppina, se entrometía de nuevo entre ella y Titta. ¿Cuál de las dos vencería?

—Maria, cariño. No sé cómo decírtelo. Mamá está muy agotada. Realmente, me necesita a su lado en estos momentos. Tendrás que irte a Roma sola. Sumérgete en tu música y pronto estaremos juntos.

Titta no le había dicho nada más. La había despedido con pocas palabras, casi con prisas. Una cosa era cierta: no quería que Maria se quedase en Verona. ¿Por qué? ¿Tal vez para obedecer a su madre, que desearía verla sepultada en el otro extremo del mundo? Esto era lo que pensaba mientras iba en el tren que la llevaba a Roma. Estaba muy enfadada con Titta. Le había prometido que le buscaría una casa en el centro de Verona, con un gran piano de cola en el salón, y que incluso le proporcionaría una criada, para que se dedicara tan solo a pensar en su *Tristán*. Y en vez de eso, allí estaba, de nuevo en el tren, a la conquista de otra ciudad. La única ventaja era que estaría cerca del maestro Serafin. Con él, Wagner sería mucho más fácil de digerir. Y además, viajaba en un coche cama de primera clase. No estaba mal para alguien que había llegado a Italia con cincuenta dólares en el bolsillo. Ya pensaría en otra ocasión en su orgullo de mujer herida. Ahora debía meterse de lleno en la música. Al fin y al cabo, seguía siendo Maria Callas.

Por fin casados

Verona, jueves 21 de abril de 1949

Maria estaba sentada delante del espejo. Se miraba y se encontraba fascinante. La muchacha desaliñada de Atenas ya no existía. Tenía ante sí a una mujer de veinticinco años de aspecto cuidado, vestida elegantemente y cubierta de joyas muy burguesas. Estaba satisfecha con su vida. En Italia su nombre era ya una realidad. Después del triunfo en la Fenice, había debutado por fin en Florencia con *Norma*, tal como deseaba, y el triunfo la había consagrado definitivamente como uno de los valores más prometedores del panorama musical italiano. Su intuición le había dado la razón: ella era Norma. Después de ella, nadie. Desde luego, le faltaba aún la consagración en la Scala o en los más importantes teatros del mundo. Pero había pasado ya dos años de durísima prueba en las provincias italianas: había cantado en Rovigo, en Trieste, en Udine, en Génova. Muchas *Turandot*, *Aidas* y hasta los *Puritanos* y las *Valquirias*. En todas partes había obtenido un éxito extraordinario.

Sabía muy bien que no había dado aún lo mejor de sí misma. Pero estaba segura, como estaba segura de que Dios existía, de que la consagración llegaría.

Su marcado, y a veces exagerado, sentido crítico no le permitía estar nunca satisfecha de sí misma. Desde el punto de vista artístico era una gran promesa, es cierto, pero todavía no era la número uno. Además, no le gustaba su físico. Sus caderas eran aún demasiado gruesas, sus tobillos hinchados de manera permanente, y el rostro mofletudo. Antes o después se produciría la metamorfosis: de la larva alzaría el vuelo una elegantísima, sinuosa y frágil mariposa. Pero era aún demasiado pronto para abandonar el capullo: el cambio sería paralelo a su glorificación. No aceptaría nunca ser venerada como una diosa con unos kilos de más. En cambio, podía darse por satisfecha del camino recorrido aquellos dos últimos años. La Maria llena de hermosas esperanzas había dado paso a la artista y a la mujer.

Maria estaba sentada delante del espejo y pensaba en el amor. Desde niña, había aprendido a soñar a través de las maravillosas historias de sus heroínas: Aida, Violeta, Tosca. Se había imaginado muchas veces a su príncipe azul: alto, guapo, esbelto, con una dorada cabellera hasta los hombros. La llevaría lejos sobre su corcel, lejos de Litsa y de Jackie. Para siempre. Pero hacía años que la vida le había enseñado que el amor no existe. Existe la pasión animal que había vivido, aunque sin ser correspondida, con Eddie. Existen el afecto y la complicidad que había experimentado por Dimitri. Existe la intimidad familiar que le había regalado Titta. Pero el amor, ese sentimiento que hace latir el corazón, Maria no lo había conocido ni lo conocería nunca. Titta había luchado contra su madre por ella. Y, por fin, después de extenuantes negociaciones, había ganado ella. Muy pronto le regalaría lo que siempre había deseado. Quién sabe, tal vez el amor era justamente realizar los deseos del otro.

Maria estaba sentada delante del espejo: era realmente una novia guapa. Es cierto que no llevaba vestido blanco, con velo y cola. Pero dada su corpulencia habría parecido un baúl. Era mejor un traje de chaqueta entallado de una modista elegante. No tenía a su lado a tata George. Ni siquiera lo había invitado: para Maria no había más padre que el que la había acompañado en su infancia. Este y el pañuelo de encaje que ese día también apretaba entre sus manos y que se lo recordaba. Tampoco estaban con ella ni su madre ni su hermana: no las había invitado, simplemente porque nunca habían formado parte de su vida. Y tampoco estaba su suegra Giuseppina, que todavía no le había perdonado que se llevara a su hijo. No obstante, Maria se consideraba afortunada. Dentro de unas horas, se convertiría en la señora Maria Meneghini Callas, esposa del *commendator* Meneghini de Zevio. Con esto tenía suficiente: tendría una casa luminosa, con muchos cuadros hermosos colgados de las paredes y alfombras persas, dos o tres abrigos de mouton y de visón en el armario, la criada Matilde y el chófer.

—¿Puedo pasar? —Matilde la apartó de sus pensamientos—. Señora, ha llamado el *commendator*. Le recuerda que a las doce debe ir a la comisaría para el pasaporte.

Titta seguía siendo fiel a sí mismo. Iban a casarse ese día, unirían sus vidas para siempre y él estaba pensando en los visados. Al día siguiente, Maria se marchaba a Sudamérica para realizar una larga gira. Tres meses alejada de su marido. Un viaje preparado por Titta hasta en los más mínimos detalles. Había pensado en todo. Por su amor se había convertido en el más fiel de los representantes. Contactaba con las direcciones de los teatros, negociaba los cachés. Maria se limitaba a cantar. No estaba hecha para las cuestiones prácticas: estaba demasiado consagrada al arte para ocuparse de cosas materiales. Esto la hacía sentir aún más una niña mimada, y la llenaba de gratitud hacia aquel hombre que, además de ocuparse de sus ladrillos, también debía cuidar de su carrera. A veces se dejaba llevar por negros pensamientos. Había en aquel hombre zonas oscuras que todavía no había llegado a comprender. Si realmente la amaba tanto, como se obstinaba en repetir a cada momento, ¿cómo podía soportar estar tanto tiempo separado de ella? ¿Por qué había ido aplazando la fecha de la boda? Para convencerlo, había tenido que gritarle: «O te casas conmigo o no canto más». «¿Acaso se casa conmigo por interés?», se sorprendió pensando en voz alta, mientras se cepillaba el cabello delante del espejo. Sonrió. El negocio del siglo lo hacía ella: los Meneghini eran realmente millonarios. Si bien él se embolsaba sus ganancias, también se ocupaba de todas sus necesidades, desde el guardarropa hasta las joyas. Tenía todo lo que quería. Su Titta era un hombre enamorado de verdad. Sí, pero ¿por qué había querido casarse un jueves, a las cinco de la tarde, en la sacristía de San Fermo en presencia de dos únicos testigos y de don Ottorino, que oficiaría la ceremonia? Como si fueran ladrones. Ella siempre había soñado con el traje blanco, el órgano con el «Ave Maria» y el coro de la Virgen de los ángeles de la *Fuerza del destino.* De acuerdo, ella era norteamericana y Titta italiano. Ella era griega-ortodoxa y él católico. Pero se trataba de obstáculos perfectamente superables.

—Perdone, señora. Han deslizado esta carta por debajo de la puerta.

Matilde parecía complacerse en interrumpir sus pensamientos más íntimos. Era un sobre blanco, dirigido a la «señora Maria Meneghini». Era la primera carta que recibía con el nombre de casada. La abrió y al instante palideció. En una tarjeta escrita en letras de imprenta, y ponía: «Eres una mujer muerta». Al parecer, aquella boda burguesa, consumada a toda prisa en la sacristía de una iglesia, molestaba. Molestaba mucho...

Eran las tres de la mañana. A la luz de la luna que se filtraba a través de las persianas, Maria se miraba la larga mano, acariciándose la alianza. No estaba habituada a aquel anillo. Titta dormía a su lado y roncaba desde hacía al menos una hora. Era su noche de bodas. Había hecho el amor con su marido; rápidamente, como de costumbre. «¿Por qué los hombres lo hacen todo tan deprisa? Son dulces y atentos hasta que han conseguido su objetivo, y luego acaban sin ningún miramiento»: esto era lo que pensaba. Nunca entendería el mundo masculino. Ni su obsesión por el sexo. Le fascinaban más los preliminares. Pero Titta no era de esos. No le daba ni tiempo a desnudarse y ya había terminado.

En el silencio del dormitorio trataba de imaginarse su vida de casada: un puerto seguro donde refugiarse tras el cansancio del trabajo. Una intimidad hecha de mantas en el sofá, revistas para hojear, alguna caricia y una buena infusión. Solo estaba dispuesta a dar y a recibir emociones auténticas a través de la música. En este terreno no escatimaría ningún esfuerzo. En el escenario se entregaría sin reserva alguna. Porque el verdadero amor de Maria Callas solo se consumaría en el teatro. A pesar de estas certezas, la embargó una repentina melancolía. Al fin y al cabo, era una mujer de veinticinco años: el recuerdo de aquella ardiente pasión por Eddie, que había intentado sofocar durante todos aquellos años, explotaba de nuevo. Todavía sentía las sensaciones inaprensibles, indomables, perturbadoras que había vivido entre sus brazos, sus besos que la habían dejado sin aliento. Se levantó de la cama, presa de una gran ansiedad, se puso una bata y se dirigió al escritorio sin hacer ruido.

> Eddie, hoy me he casado. Dentro de unas horas, partiré para realizar una larga gira en Buenos Aires. Debutaré con *Turandot*, la ópera que tanto me hiciste estudiar. Tal vez por eso te siento tan cercano, aun en mi primera noche de casada. Luego, cantaré *Norma* y *Aida*. ¿Qué te parece? Al fin y al cabo, sigues siendo mi agente... Añoro tus besos, tus caricias, tu perfume. Que seas feliz, amor mío, vida mía. Tu Maria.

Escribir esas pocas líneas hizo que se sintiera mejor, junto con el pensamiento de que al día siguiente mandaría desde el puerto aquella carta, y que pronto le llegaría a Eddie su mensaje.

La ansiedad había desaparecido; agotada, volvió a la cama. Maria aguardó la mañana, llorando, en espera de que el sol iluminase la estancia. Battista roncaba a su lado.

«Acepta el regalo»

Milán, miércoles 22 de noviembre de 1950

—Titta, vamos, no hay tiempo que perder.

Finalmente, había llegado el gran día. Maria estaba en el séptimo cielo: había vivido esperando ese momento. Había construido cada paso de su carrera en función de ello. Y además, el milagro se había producido justamente el día de santa Cecilia, patrona de la música. Corrió hacia el cuadrito de la Sagrada Familia, que presidía la mesilla de noche de su dormitorio, y le dirigió una rápida plegaria. Sabía que antes o después tenía que suceder. Por eso, unos años antes había convencido a Titta para que abandonaran Verona y se instalaran en un chalé en la piazza Buonarroti, en una de las zonas más verdes y señoriales de Milán. Disponían incluso de un pequeño jardín para su caniche negro, Toy, que para Maria era como un hijo.

En realidad, ambos viajaban constantemente por todo el mundo. Habían estado unos meses en México, habían recorrido Italia a lo largo y a lo ancho, pero Milán significaba la Scala y solo en ese teatro, en la catedral de la música, Maria se convertiría en la Callas. Acababan de regresar esa misma tarde de Roma, donde Maria había cantado *Parsifal* dirigida por Vittorio Gui, cuando llegó un telegrama.

—Abre, Maria, por favor. Abre inmediatamente —gritaba Meneghini, golpeando la puerta con insistencia.

Titta sabía muy bien que cuando Maria estaba ocupada en el tocador no quería que se la molestase por nada del mundo: el baño prolongado, el agua de colonia y el camisón de seda (que también se ponía para descansar por la tarde) constituían un rito sagrado. Además, ese noviembre en Milán hacía un frío polar: la niebla podía cortarse con un cuchillo. Se estaba tan bien sumergida en el agua caliente. Esa vehemencia de Titta tenía que ser cuestión de vida o muerte.

—¿Qué es tan importante, cariño? —le dijo sin entusiasmo.

—Lee esto —respondió él, entrando en el baño y alcanzándole las gafas.

Maria no podía dar crédito a sus ojos. Leyó y releyó al menos cinco o seis veces esas pocas líneas: «Mi padre la espera en Milán, via Durini número 20. Fije usted una fecha para las próximas semanas. Wally Toscanini».

«¡Virgen santa! ¡Oh, virgencita!» No podía pronunciar otras palabras. Maria daba vueltas por la casa sin rumbo fijo, invocando a la Virgen. Parecía un autómata. Así que por fin conocería a Toscanini. Aquel Toscanini que cuando era pequeña había escuchado en el Metropolitan de Nueva York. Aquel Toscanini que había conocido a Giuseppe Verdi y que para todos era el símbolo de Italia en el mundo. Toscanini era la Scala. Nadie podía poner un pie en el teatro sin su bendición. Y era absolutamente necesario que ella llegara a la Scala. Desde allí empezaría a ser para todo el mundo la divina Callas.

«Maria tiene razón: no hay tiempo que perder. Hay que planificarlo todo del mejor modo posible», pensaba Battista. Ese era el encuentro que determinaría la vida o la muerte de su mujer. Con Toscanini, Maria Meneghini Callas entraría en el teatro más prestigioso del mundo por la puerta principal. Porque en realidad en la Scala ya había estado. Había cantado tres representaciones de *Aida* aquel mismo año, en abril. La habían llamado a toda prisa para sustituir a la reina de la Scala: Renata Tebaldi. Pero nadie había reparado en ella. Ghiringhelli, el director del teatro, al pasar por delante de su camerino ni siquiera la había saludado. Y eso que Maria se había apresurado a tachar el nombre de la Tebaldi de la puerta del camerino, sustituyéndolo por el de «señora Maria Meneghini Callas». En vano: todo el mundo parecía ocupado en lamentar la ausencia de la Tebaldi, a la que precisamente Toscanini había consagrado llamándola «la voz de ángel». Titta era un experto en voces: él, que había seguido tantas veladas en la Arena de Verona, estaba convencido de que, si el maestro escuchaba una sola vez a su mujer, Maria lo conseguiría. No habría sitio para nadie más, ni siquiera para la Tebaldi. Mientras su mujer rezaba sus inútiles plegarias, el *commendator* Meneghini cogió el teléfono y llamó de inmediato a Toscanini.

—Maria, el maestro ha fijado la cita para el próximo lunes, el día 27. Nos espera a mediodía en su casa.

Maria era supersticiosa hasta la paranoia. Para ella, esa era una de las fechas más significativas de su carrera.

—Titta, es una señal del cielo. El 27 de noviembre de 1940 debuté con *Boccaccio* en el Teatro Lírico de Atenas. Fue mi primera obra lírica en el teatro. Y ahora, diez años después, si todo va como espero, cantaré para Toscanini. Venga, vamos. Tenemos que ir a dar las gracias a nuestra Virgen del Duomo.

Maria tenía una gran devoción a aquella Virgen: en cuanto llegaba a Milán, acudía a rezarle. Formaba parte de sus ritos: el cirio en el Duomo, el café en Cova, el paseo por Montenapoleone.

—No tengo nada que ponerme para el lunes. ¿Qué hago? —dijo Maria, abriendo el armario.

Su Titta tenía una respuesta para cualquier pregunta, una solución para cualquier necesidad suya.

—Mañana por la mañana te llevaré a la casa de modas de la gente selecta. Lo he leído en el *Corriere della Sera*. Se llama Biki. Está en el centro y todo el mundo acude a ella. Para Toscanini tendrás que estar muy elegante, mi amor.

Al día siguiente, Maria y Titta estaban en Biki a las diez de la mañana. La encargada no solía recibir clientes antes de mediodía. Las señoras, las auténticas, nunca se levantaban antes de las diez.

—¿Es usted la señora Biki? —preguntó Meneghini con su tono de *commendatore*.

—Oh, no, señor. Madame no baja nunca a la tienda antes de las once. ¿Desea alguna cosa?

—Dígale que baje, que tiene que vestir a la señora Meneghini Callas.

La encargada de Biki no estaba acostumbrada a esos modales. Y además, a madame solo se la podía molestar por una clienta muy, muy especial. Contempló a la señora Meneghini de la cabeza a los pies y esbozó una sonrisa: era una mujerona. Y Biki solo vestía a mujeres delgadas. La moda de aquellos años no estaba pensada para tallas grandes.

—Señores, creo que no se puede molestar a madame. Está…

—Escuche, señorita, soy el *commendator* Meneghini —dijo sacando el billetero de piel de cocodrilo—. Y pago al contado. ¿Entendido?

A Maria le encantaban los modales duros de Titta. Le gustaba que él se lo tomara tan a pecho cuando se trataba de defender sus intereses. Al cabo de media hora, Biki se presentó en la tienda visiblemente enfadada. Su encargada le había dicho que una tal señora Meneghini Callas reclamaba su presencia. Un nombre que no le decía absolutamente nada. Era una mujer menuda, de una elegancia verdaderamente extraordinaria. Incluso a primera hora de la mañana. A madame le bastó una rápida mirada para clasificar a los dos clientes: eran de esos horrendos nuevos ricos. Las piernas de la tal Meneghini Callas eran monstruosas, los brazos parecían morcillas. Y además, llevaba un ridículo sombrerito color verde malva con velito de buena mañana. Algo nunca visto. «Oh, mon Dieu», fueron las únicas palabras que pronunció.

—Soy el *commendator* Meneghini, querida señora Biki. Estoy aquí porque mi mujer, la célebre...

—Lo siento mucho, señor Meneghini, pero no podemos complacerle —cortó rápidamente Biki, luciendo su sonrisa más falsa—. No tenemos tallas para su esposa. Nuestros modelos no se adaptan a su estilo, tan... ejem... imponente.

—Pueden hacerse excepciones, le pagaré muy bien. Y siempre al contado —añadió Titta.

Maria, que hasta entonces había seguido la escena en silencio, no se dejó engañar por las falsas adulaciones de aquella señora.

—Desde luego, usted no es una señora, ahora entiendo por qué la llaman solamente Biki. Míreme bien a la cara —le dijo, agarrándola por un brazo—. Y procure que le quede bien grabada en la cabeza. Esta cara pertenece a Maria Meneghini Callas. Cuando entre en su tienda, si es que alguna vez vuelvo a hacerlo, no necesitaré *commendatori* ni tarjetas de visita. Recuérdelo. Y fíjese bien: yo siempre cumplo lo que prometo.

Se marchó sin saludar siquiera, dejando en la tienda de via Montenapoleone a una Biki absolutamente atónita. En aquella mujer anidaba ya el temperamento de la Divina. Solo faltaba aguardar a que alzase el vuelo.

Por fin llegó el lunes. Maria había estado contando uno por uno los días que la separaban de Toscanini. Había acudido todas las mañanas a encender un cirio a su Virgen. La tarde del día anterior había hecho un conjuro: al pasar por delante de la Scala se había santiguado tres veces en cada esquina del teatro.

Titta le metía prisa.

—Maria, apresurémonos. Toscanini no espera.

Estaba lista. Se puso su abrigo de visón encima de una túnica muy sencilla de vicuña gris con un cuello blanco (desde luego Biki no lo habría aprobado) y se dirigió con Titta al gran encuentro. Llevaba debajo del brazo una partitura de *Norma*. Si el maestro le pedía que cantara algo, le cantaría su ópera preferida. Pero tenía poca cosa que decidir. Todo el mundo sabía que con Toscanini era imposible tomar la iniciativa. Era una persona absolutamente imprevisible. Y esto ponía a la Callas en un estado de gran nerviosismo. Cuando estaba tensa nunca conseguía dar lo mejor de sí misma.

Poco antes de llegar a la esquina de via Durini, donde estaba situado el palacio Toscanini, de repente Maria vaciló. Al otro lado de la acera, un niño la estaba mirando fijamente. Estaba allí, inmóvil, con sus ojos azules que no se apartaban de ella. Llevaba una camisa blanca y una corbatita roja. Le sonreía. Era Vasili. Hacía muchos años que no le «veía». Había vuelto a su lado, solo para ella, en aquella fecha tan importante. Maria soltó el brazo de Titta y, cruzando la calle, corrió a su encuentro.

—Maria, ¿qué haces? —le gritó su marido.

Él no lo entendía. No podía entenderlo. Vasili se alejaba cada vez más. Le sonreía y, finalmente, enviándole un gran beso con su manita, gritó: «¡Acepta el regalo! ¡Acepta el regalo!». Ya no estaba. Había desaparecido de repente, tal como había aparecido. Maria ya no tenía miedo. Sin decir palabra, volvió a colgarse del brazo de Titta. No le explicó nada. No lo entendería. Tan solo se preguntaba, mientras subían la monumental escalera del palacio Toscanini, qué podía significar la invitación de su hermano, «¡Acepta el regalo! ¡Acepta el regalo!».

Arturo Toscanini era un hombre de pocas palabras. Y aunque le gustaban mucho las mujeres hermosas, con las cantantes era más bien arisco. Solo dirigió a Maria alguna mirada por debajo de las menudas gafas que llevaba sobre la nariz. Prefería dirigirse a Meneghini.

—Les he llamado por una razón muy concreta —dijo yendo directamente al grano—. En mi extensa carrera me ha quedado un sueño por realizar: dirigir el *Macbeth* de Verdi. No quiero morir sin experimentar ese placer. Si no lo he hecho hasta ahora es por una sola razón: no he encontrado una lady Macbeth que sea capaz de salir airosa. Me han dicho —se interrumpió, dirigiéndose por primera vez directamente a Maria— que tiene usted una voz muy extraña, áspera, de gata salvaje, que podría convenirme.

«Una voz de gata salvaje.» Maria pensó que nadie había definido jamás su voz de este modo. Pero no le disgustó en absoluto. «Siempre es mejor ser una gata salvaje que un ángel embalsamado», pensó guardándose mucho de decirlo para no herir la sensibilidad de Toscanini, que sentía un especial entusiasmo por el ángel Tebaldi.

—Maestro, me siento halagada.

Fueron las únicas y estúpidas palabras que Maria consiguió pronunciar en una ocasión tan importante.

—Bien, pues acérquese.

El maestro situó a la Callas junto al piano. Se sentó al teclado y, con la partitura delante, comenzó a tocar *Macbeth*. Maria no conocía la ópera, pero sabía leer muy bien las partituras a primera vista, gracias a las valiosas enseñanzas de la señora De Hidalgo. Empezó por el recitativo: «Nel dì della vittoria io le incontrai». A medida que avanzaba, el maestro asentía con la cabeza, animándola a continuar. Maria lo sabía: estaba cantando divinamente. Atacó la cabaletta con la seguridad de la gran lady: la misma sangre, la misma voz de infierno: «Vieni, t'affretta! Accendere ti vo' quel freddo core!», proseguía escalando con agilidad la floración imposible de aquellas notas. Hasta la invocación final: «Che tardi? Accetta il dono, ascendivi a regnar». «Accetta il dono.» Mientras cantaba, Maria daba rienda suelta a toda su emoción: esas eran las palabras con que su Vasili la había despedido, antes de desaparecer para siempre de su vista. Había ganado ya su batalla. Estaba segura. Su hermano había venido del más allá para decírselo. Toscanini, visiblemente emocionado, cerró el piano y la miró de reojo, sin pronunciar ni una palabra de felicitación.

—Señora Callas, usted es la lady que busco. Mañana por la mañana recibirá un contrato de la Scala.

La Scala a sus pies

Milán, viernes 15 de junio de 1951

—Estoy cansada. Tengo los nervios destrozados. ¿Es que no lo entiendes?

Maria, sentada a su escritorio en el elegante salón de su casa milanesa, hojeaba nerviosamente la agenda. Le temblaban las manos. El 5 de junio había terminado *Las vísperas sicilianas* en el Comunale de Florencia, el 9 dos representaciones de *Orfeo y Eurídice*, el 11 un concierto de arias de ópera en el Grand Hotel de Florencia («Los propietarios son amigos míos. Pagan muy bien. Y al contado», la había convencido su marido). Dentro de cuatro días, se iría a México: *Aida*, *La Traviata*, *Norma*, *Tosca* y varios conciertos hasta finales de septiembre.

—No puedo más. Eres el hombre más egoísta de la tierra. ¿Es que no piensas nunca en mí? No soy solo una máquina de hacer dinero —dijo echándose a llorar—. A veces te pareces a mi madre, cuando me llevaba por las tabernas de Atenas sin preguntarme nunca qué es lo que realmente quería. Lo de explotarme es un vicio que todavía conserva.

El recuerdo de mamá Litsa le dolía aún. Unos meses antes había estado en Nueva York. Quería darle una sorpresa. Litsa, que entretanto se había separado definitivamente de su marido, vivía sola en un pequeño apartamento en Astoria. Se ganaba la vida trabajando en Jolie, una tienda de ropa dirigida por la madre de Zsa Zsa Gabor.

Cuando llegó, Maria no podía dar crédito a lo que estaba viendo: su madre había expuesto en el escaparate una serie de muñecas, «Las muñecas de la Callas». Cada una de ella representaba una obra: *Aida*, *La Traviata*, *Turandot*... A veinte dólares la pieza. Litsa se las había ingeniado para venderlas como las muñecas diseñadas por la soprano griega más famosa en América.

—¿Cómo has podido hacer una cosa así? ¿Cómo has podido aprovecharte de mi nombre? —gritó Maria con todo el aire que albergaban sus pulmones.

—Si tengo que esperar tu dinero, me puedo morir de hambre. ¿Qué quieres que haga? —le respondió su madre, convencida de estar en su derecho.

Maria, irritada en extremo, no quiso permanecer en aquella tienda ni un minuto más.

—Salgo por esta puerta, pero salgo también de tu vida —le dijo. Y mantuvo la promesa.

Aquella tarde, Titta se parecía a Litsa. Pretendía que Maria se exhibiera en todas partes, sin descanso, sin un respiro, sin detenerse nunca. Él no le veía ningún problema. Sabía muy bien que, en cuanto Maria ponía un pie en el escenario, se transformaba: se adentraba en un mundo suyo, poblado de rostros y colores que solo ella podía ver. Era capaz de hacer revivir el personaje en cada ocasión. Hacía que surgiera de las notas y lo devolvía milagrosamente a la vida, para sepultarlo después entre las flores y los aplausos del público. Un rito misterioso que se repetía mágicamente cada vez que cantaba.

—Vamos, cariño, no digas tonterías. Esta tarde negociaremos tu contrato en la Scala. Cuando seas la reina del teatro, todo cambiará.

La tranquilizó de inmediato, acercándole el café. Meneghini sabía jugar bien sus cartas: bastaba pronunciar el nombre de la Scala para ver cómo Maria se transformaba y brillaba con una nueva luz.

Toscanini había cumplido su palabra: al día siguiente de la audición en casa del maestro, Ghiringhelli le había llamado para confirmarle la inauguración del 7 de diciembre y un contrato con la Scala como protagonista. Solo faltaba establecer el precio y los títulos de los carteles. Maria ya se había tomado la revancha de aquel odioso director, que apenas un año antes, cuando había cantado *Aida*, ni siquiera se había dignado saludarla. Ahora regresaba a la Scala como reina. Estaba escrito en su destino. El «commendator Callas», como alguien había comenzado a llamarle con cierta malicia, estaba especialmente nervioso: aquella tarde impondría él las condiciones sobre títulos, directores, «batidores» (así llamaba Maria a los directores de orquesta) y, sobre todo, caché.

—Quiero debutar con *Norma*.

Maria no respetaba los pactos. Había prometido a Titta que le dejaría llevar la voz cantante, pero cuando Ghiringhelli le propuso *Las vísperas sicilianas* para el 7 de diciembre no quiso atender a razones. *Norma* era su caballo de batalla: con aquella ópera pondría de rodillas a toda la Scala.

—Señora, le proponemos un contrato del más alto nivel. Tres óperas como protagonista para toda la temporada. Deseamos fervientemente que se sienta en nuestro teatro como en casa.

—Señor Ghiringhelli, la Callas no quiere sentirse como en casa en la Scala. —Había aprendido a hablar de sí misma en tercera persona. Una costumbre, un desdoblamiento que mantendría toda su vida—. La Scala será mi palacio, porque aquí dentro yo seré la reina. Oh, no se preocupe: no soy una loca ni una vanidosa sin cerebro. Sabré sudar mi corona. Sabré conquistar el trono con el esfuerzo y, si hace falta, también con las uñas.

Las palabras de Maria dejaron atónito a Ghiringhelli. Todo el mundo en el teatro sabía que la Scala solo tenía una reina: Renata Tebaldi, consagrada por el amor del público y por Arturo Toscanini en persona. Y también sabía que dos reinas no podrían convivir bajo el mismo techo. Maria y Renata se habían conocido muy bien durante la gira por México, y no había surgido entre ellas la menor simpatía.

—El 7 de diciembre queremos debutar a toda costa con Verdi. *Norma* se la puedo contratar, pero como segunda ópera en cartel.

A Maria la invadió una extraña euforia, se sentía sumamente entusiasmada. Su partida de ajedrez contra la rival había comenzado.

—Bien. En este caso debutaremos con *La Traviata*.

Sabía muy bien que la Tebaldi había cantado la ópera más famosa de Verdi en el Regio el año anterior, con escaso éxito. Y que la Scala se mostraba muy reticente a darle ese papel, a pesar de que ella lo pedía desde hacía tiempo. Y sabía asimismo muy bien que en *La Traviata*, igual que en *Norma*, no tenía rival. Si debutaba con *La Traviata* borraría para siempre del teatro el nombre de Tebaldi.

—No podemos hacerle ese desaire a su colega, lo siento —cortó Ghiringhelli—. Y tampoco al maestro Toscanini, que considera a Renata como una hija.

Uno a cero para Ghiringhelli. En esa ocasión la Callas tuvo que ceder: más adelante ya se tomaría la revancha.

—De acuerdo con *Las vísperas sicilianas* —concluyó—. Pero igualmente quiero *La Traviata* en el contrato.

Titta estaba especialmente satisfecho. Se llevaba a casa un contrato fabuloso: *Las vísperas*, *Norma*, *El rapto del serrallo* y cuatro representaciones de *La Traviata* en fecha aún por determinar. Y la inauguración de la temporada siguiente: el *Macbeth* de Verdi, la dichosa obra de Toscanini.

—Maria, a partir de hoy tú y yo ya no pararemos —le dijo abrazándola a la salida de la Scala, en via Filodrammatici.

Maria no respondió. Caminaba con la cabeza baja. Era feliz, pero albergaba en su interior un oscuro presentimiento: aquel era el día de su destino. Todo se había cumplido. Desde ese momento ya no le sería posible dar marcha atrás.

En el mito, como Audrey

Milán, 7 de diciembre de 1953

Aquella noche quería ser la más elegante. El traje largo de terciopelo negro y aquella capa de marta cibelina color crema le sentaban de maravilla. El único problema era el fastidioso corsé, que no la dejaba respirar, pero valía la pena soportar aquella tortura. Tenía que asistir al triunfo de la Tebaldi, su rival. Ese año le correspondía a ella inaugurar la temporada de la Scala con *La Wally* de Catalani. Tres días después, Maria cantaría *Medea*. Pero no le daría la satisfacción de llevarse todos los aplausos. Había hecho que la invitaran ex profeso al palco de Ghiringhelli, el director. El palco del escenario, el que está más a la vista del público. Todos la verían y la admirarían extasiados. Hacía tiempo que había conquistado al público de la Scala: con *Macbeth* e *Il trovatore* había provocado el delirio.

—Maria, no entiendo por qué esta noche estás empeñada en ponerte este vestido sin mangas —observó Titta, que quería ocuparse de todos los detalles que la afectaban, incluida la ropa de gala—. Para la inauguración, habría sido sin duda más adecuado un vestido de manga larga —añadió.

—Es muy sencillo, Titta. Lo he elegido para poder ponerme esos maravillosos guantes largos. Son la última moda. Los ha presentado Audrey Hepburn en la portada de *Life* —respondió distraídamente Maria.

La razón era muy distinta: con aquellos magníficos guantes de raso, cuando tuviera que aplaudir a la maldita Tebaldi, no haría ningún ruido. Maria recurría incluso a estas pequeñas mezquindades para vencerla. Además, ese año se batirían en duelo: primero Renata-*Wally* contra Maria-*Medea*, después Maria-*Don Carlo* contra Renata-*Otelo*. Y en el duelo una de las dos moriría para siempre. Ya no había sitio para dos reinas. Ese sería el año definitivo.

Maria no lograba resignarse. No había nada en aquella mujer que pudiese gustarle: en su opinión, se movía en el escenario con la gracia de un elefante, su voz era pastosa, blanda, y la pronunciación abierta de las vocales era de un provincianismo y de un énfasis absurdos. Era una solterona, pegada siempre a las faldas de su madre. Y sin embargo, obtenía un éxito de público que Maria no sabía justificar. Había pasado noches enteras preguntándose cómo podría derrotarla definitivamente. Al principio, creyó que con el talento era suficiente. Pero, aunque jamás lo admitiría en público, la Tebaldi era una cantante excepcional. Había que pensar en otra cosa. «Por supuesto. ¿Cómo no lo he pensado antes?» La idea, genial, se le ocurrió una tarde, diez días antes de Navidad, cuando acababa de salir del cine Excelsior, en Roma. Se había tomado la tarde libre en los ensayos de *Il trovatore*, que iba a cantar unos días más tarde en el Teatro de la Ópera, para ir a ver a Audrey Hepburn en *Vacaciones en Roma*. Al acabar la película Bruna, la asistenta que acababa de contratar y que cuando estaban de viaje hacía las veces de dama de compañía, le dijo: «¿Sabe, señora, que se parece un poco a la Hepburn?».

Bruna tenía razón. Esa era la idea: sería como la Hepburn. Para que la divinizara su público, al que se entregaba todas las noches sin reservas, debía transformarse en una diosa. Evanescente, inaprensible, como algunos retratos de la escuela inglesa de finales del siglo XIX, que Maria adoraba y tenía colgados en su salón de Milán.

Ese era el momento que esperaba de una vida. Finalmente, se transformaría en la mariposa más bella y alzaría el vuelo.

—Titta, ¿qué podemos hacer?

Su marido era la persona más adecuada para aconsejarla. En el fondo, había sido su demiurgo. Había forjado a «la Callas»: también le daría una mano para crear a la diosa. Como buen empresario, se dio cuenta enseguida de que Maria tenía razón.

—Cariño, lo primero que tienes que hacer es adelgazar. Y luego, reajustar la imagen. El maquillaje, el cabello. Hay que revisarlo todo.

Su marido no se equivocaba. No podía seguir siendo esclava de los corsés, que no la dejaban respirar. Era absolutamente necesario hallar una solución para sus gruesos tobillos, para su cuerpo que había perdido elasticidad, para su piel que desde hacía años ya no era luminosa.

—Tienes razón, querido Titta —tuvo que admitir Maria—. Dentro de unos meses seré Lucia di Lammermoor en la Scala. La gente tendrá que empezar a notar la diferencia. Para la escena de la locura quiero estar exangüe, transparente, frágil: solo así mi locura podrá ser creíble.

Ya, pero ¿cómo se podía cambiar tan radicalmente en tan poco tiempo? Desde que era una mujer rica lo había probado todo: masajes, barros termales, había recurrido incluso a un sistema revolucionario (y bastante molesto) importado de América: la electroestimulación. Pero los resultados siempre eran decepcionantes. Por no hablar de las dietas; las había probado de toda clase, pero en vano. Los horarios de los teatros la obligaban a comer de manera desordenada, aunque nunca antes de la una de la madrugada. Y esto desde luego no facilitaba la asimilación de los alimentos. Pero el momento era crítico: había que cambiar para ser de verdad la número uno. Y además, deprisa.

Solo tenía un amigo del que podía fiarse. Desde el día en que la había traído al mundo y la había apadrinado, siempre habían mantenido el contacto. Era el doctor Lantzounis. Hacía unos años que se había trasladado a Hollywood y había ingresado en el círculo de los grandes productores cinematográficos: había sido precisamente él quien había presentado mamá Litsa a Zsa Zsa Gabor, y Maria no se lo había perdonado nunca. Le había escrito precisamente hacía un mes: se había convertido en el mejor amigo de Jayne Mansfield. «Si ellos no conocen la panacea de la línea...», observó Maria.

—Maria, no te asustes. Es un remedio extremo, ya lo sé. Da asco solo pensarlo. Pero es realmente milagroso. Tómate todo el tiempo que quieras para pensarlo: pero si te decides a hacerlo, llámame. Te daré el número de un amigo mío de Ginebra. Dos visitas y ya está.

Cuando Maria colgó el auricular estaba horrorizada. El doctor Lantzounis había sido categórico. Los sistemas para adelgazar más extendidos en Hollywood eran dos. El primero, y también el más habitual, era impracticable para ella: cocaína. Tomar cocaína antes de las comidas reducía el apetito de forma muy eficaz. Además, daba como un golpe de euforia y permitía mantener ritmos de trabajo impensables para un individuo normal. Ideal para el que tenía que acabar una película a toda prisa o para el que era especialmente tímido a la hora de enfrentarse a una cámara. Solo había un inconveniente: creaba adicción y era malo para las coronarias. «Oh, no. No podría, con lo baja que tengo la presión. Además, ¿cómo me iba a acordar luego de las notas?», objetó Maria a las explicaciones del médico.

La segunda solución, también extrema, se utilizaba poco, porque producía malestar psicológico, además de una sensación de auténtica repugnancia. No obstante, gracias a aquel remedio «natural», habían adelgazado estrellas como Rita Hayworth, Greta Garbo y Marilyn Monroe: consistía en ingerir los huevos de un parásito: la tenia. Al cabo de pocos días, el llamado «gusano de la solitaria» encontraría en el colon su hábitat natural, sustrayendo al cuerpo humano importantes sustancias nutritivas.

—¡Qué horror! ¡Me estás proponiendo dejarme comer por un parásito que vive en mi cuerpo!

—Piénsalo, Maria. Podrás comer todo lo que quieras y tu cuerpo no asimilará nada.

—¿Y cuánto tiempo deberé tener dentro esa «cosa»? —preguntó Maria, mostrando ya un cauto interés.

—Tres meses, el tiempo necesario para perder peso y modificar el metabolismo de tu organismo —la tranquilizó Lantzounis.

A medida que pasaban las horas, aquello que le había parecido repugnante era contemplado ahora como la única solución posible, el único sacrificio que podía ofrecer a su glorificación personal como mujer y como artista.

La clínica de Ginebra del doctor Gustav Hassler parecía un búnker. Lantzounis le había explicado que era una especie de «buen retiro» de todos los millonarios americanos y no americanos. Se realizaban prácticas muy de vanguardia: hibernación, cambio de plasma sanguíneo, incluso intervenciones de microcirugía para alisar las arrugas. Vista desde fuera, aquella clínica le pareció a Maria una mezcla de Cabo Cañaveral y el sanatorio de *La montaña mágica*, de Thomas Mann. Llegó acompañada de Titta a primera hora de la mañana, con un vistoso sombrero y unas enormes gafas de sol para no ser reconocida, aunque allí dentro nadie parecía interesarse por ella.

—Aquí están. Veinte huevos que hay que tomar todos a la vez con un buen vaso de agua —le prescribió Hassler, al término de una visita especialmente minuciosa—. Le aconsejo que se los tome al llegar a casa, porque al cabo de una hora empezarán las náuseas. No se preocupe. Todo está bajo control.

Maria estaba nerviosa como una niña ante su primera travesura. Entró a escondidas en la cocina de su casa, en via Buonarroti, para no ser descubierta por el servicio. Cogió una copa del congelador y la llenó de Crystal helado. «Si me tengo que tomar ese monstruo, que al menos se ahogue en champán», dijo, al tiempo que se tragaba los huevos de tenia sin pensárselo dos veces. Pasó la noche insomne, con náuseas y calambres en el estómago: su escalada al Olimpo había comenzado.

Al cabo de un mes, Maria Callas había perdido dieciséis kilos. Su rostro se había afilado, los ojos parecían aún más grandes y negros, la boca resaltaba en su sensualidad. Con Cocò, como llamaba a su amigo secreto y bien oculto, convivía serenamente: era una presencia muda, trabajaba en su interior con el celo de una hormiga obrera. Pero los efectos del espectacular adelgazamiento estaban a la vista de todos. En los periódicos y en los salones comenzaban ya a sacar conclusiones: la Callas enferma, la Callas agotada, la Callas con pocos meses de vida. La mujer que estaba naciendo al tiempo que se extendían aquellas habladurías era una mujer nueva, extraordinariamente fascinante y moderna. Con tanto glamour que era la viva imagen de la lady sofisticada.

—Titta, deberíamos revisar el guardarropa —le dijo Maria a su marido, mientras se probaba el último abrigo de piel que había comprado unos meses antes y que decididamente le estaba largo—. Hay que estrechar toda la ropa. Debemos estudiar una nueva imagen. Ahora que me lo puedo permitir, no podemos equivocarnos.

—Solo hay una persona que podría crear de la nada a la nueva Callas. Y para ella sería a la vez una humillación y un gran honor hacerlo —observó Titta.

Se miraron con complicidad y se echaron a reír.

—Deja que lo adivine: Biki.

Maria estaba en el séptimo cielo. Ansiosa por tomarse la revancha.

Cuando llegaron a la tienda de via Montenapoleone eran las cuatro de la tarde. Biki estaba ocupada tomando medidas con sus modistas a la señora Invernizzi. Oyó que alguien entraba en la tienda, pero no hizo caso. Los Invernizzi eran clientes suyos de toda la vida y a las puertas estaba la primavera, época de renovar el guardarropa. La encargada interrumpió su trabajo con decisión.

—Madame, está aquí una querida amiga suya que desea verla un momento.

Biki alzó los ojos: era la frase en clave que anunciaba un cliente importante. Gente de mucho dinero. Se apartó con elegancia de la señora Invernizzi y descorrió la cortina: ante ella estaba Maria Callas en persona. Fue precisamente Maria la que alivió la tensión de madame, que no había olvidado el primer encuentro tempestuoso de años atrás.

—Como puede ver, querida Biki, siempre cumplo mis promesas. Le dije que volvería y aquí estoy. Sus excusas no me interesan, me basta mirarla a la cara para leer su turbación. Reconozco que usted es un genio y reconocerá seguramente que yo podría convertirme en su musa. Si acepta rehacerme el guardarropa con una línea completamente exclusiva que nunca producirá para nadie más, le pagaré un precio razonable y seremos buenas amigas. Si no es así, no pasa nada. Chanel arde en deseos de vestirme. Si hasta ahora no he aceptado es porque me resulta muy incómodo desplazarme a París.

Biki pensaba en cómo habían cambiado las cosas en tan poco tiempo. La persona que tenía delante ya no era la mujerona tímida y azorada de años atrás, que con la cabeza baja dejaba que hablara su marido *commendatore*. La Callas se había transformado en una mujer fascinante, etérea, de una elegancia natural y segura de sí misma. Demostraba tener las ideas claras y saber muy bien cuáles eran sus objetivos. Pensándolo bien, le convenía aceptar: aquella mujer se transformaría en el símbolo más codiciado de la jet set y su marca daría en poco tiempo la vuelta al mundo. Mirándola directamente a los ojos, se puso las gafas.

—Manos a la obra —le dijo.

Esa tarde, incluso la señora Invernizzi podía esperar.

En la escena de la locura de *Lucia di Lammermoor*, Maria parecía una diosa. Sobre la larga túnica plisada, símbolo de la fragilidad mental de Lucia, sus largos cabellos negros caían revueltos sobre los hombros. Su rostro estaba exangüe. Viéndola caminar descalza sobre el escenario, parecía rememorar todas las Ofelias de Klimt, con sus transparencias y sus juegos de luz. La voz aterciopelada y arcana iba al unísono con la flauta, magistralmente dirigida por la mano de Herbert von Karajan. Fue un gran triunfo: veintiocho minutos de aplausos solo para ella. En una de las últimas apariciones en el escenario, se pudo oír una voz nítida y firme desde el gallinero: «¡Eres divina!». Ese adjetivo resonó por primera vez en el teatro más prestigioso y crítico del mundo. Maria levantó la vista hacia el gallinero y sonrió, satisfecha. Habría querido detener aquel instante. Ya no pertenecía al mundo de los hombres: todos sus sacrificios habían sido recompensados. A partir de ese momento para ella solo existiría el Olimpo.

A la conquista del Metropolitan

Volando hacia Nueva York, miércoles 3 de octubre de 1956

Estaba en el avión. Le gustaba con locura. Mientras Titta roncaba ruidosamente a su lado, a Maria le encantaba contemplar a través de la ventanilla las nubes que, a causa de las corrientes, adoptaban las formas más extravagantes. De vez en cuando entornaba los párpados, convencida de que de un momento a otro vería aparecer algunas almas persiguiéndose entre las nubes. Se abandonaba a los recuerdos. Pensaba en las interminables travesías del Atlántico que había hecho en su juventud. Miraba hacia abajo y solo veía una gran extensión azul. Nada más.

—Perdone, señorita, ¿no se ven los barcos? —preguntaba ingenuamente a la azafata.

—Desde esta altura no, señora.

Lástima. Le hubiera gustado ver alguno e imaginar que en él viajaba una muchacha con muchas esperanzas y proyectos, como ella unos años antes.

Desde aquellos días lejanos habían cambiado muchas cosas en su vida. Ahora era recibida en todas partes como una reina. Frecuentaba a la jet set de todo el mundo. Dormía en las suites más elegantes y confortables. Era una mujer felizmente casada. Bueno, felizmente era un decir. Titta y ella vivían ya como hermanos. Aunque existía entre ambos una gran confianza, hacía tiempo que había desaparecido la escasa pasión que los había unido. A Maria no le molestaba en exceso: seguía firmemente convencida de que nunca conocería el amor. El éxito y la música colmaban sus deseos. En el fondo, era una mujer que sabía vivir de emociones. «Soy muy orgullosa y muy frágil —solía confesar a sus amigos—, y si bien me entristece pensar que cuando sufro, sufro cien veces más que los otros, también estoy segura de que cuando soy feliz lo soy mil veces más.» La música la llenaría siempre de felicidad, sin traicionarla jamás.

En unas horas aterrizaría en Nueva York, la ciudad donde había nacido y donde había pasado parte de su infancia tan difícil y atormentada. Volvería a ver a su padre; de vez en cuando hablaban por teléfono, pero el hecho de ser la Callas les había distanciado definitivamente. Por no hablar de la madre, que la abrumaba con peticiones de dinero al menos dos o tres veces al mes. Ahora ya solo se hablaban a través de los abogados. Pero, sobre todo, debutaría en el Metropolitan. Sí, justamente en aquel teatro que frecuentaba cuando era una muchachita, asomada a la barandilla del gallinero para aplaudir a Arturo Toscanini. En aquel teatro donde al director Edward Johnson, que le había impedido debutar con *Norma*, le había hecho una solemne promesa: «Volveré a este teatro, pero imponiendo yo mis condiciones: *Norma* y un caché elevadísimo».

Promesa cumplida, como siempre: el 29 de octubre cantaría precisamente la ópera de Bellini, y por cinco mil dólares la representación. Una suma de locura, que por poco provoca un infarto a Rudolf Bing, el nuevo director del Metropolitan. Pero no hubo nada que hacer. Giovanni Battista Meneghini, mister Callas para los norteamericanos, se había mostrado inflexible.

—O esto, o a la Callas se la van a tener que pintar.

Y Bing tuvo que aceptar (aunque se tomó su pequeña revancha, pagándole al contado en billetes de cinco dólares).

Nueva York era la ciudad del Metropolitan, pero era también la ciudad de Eddie Bagarozy. Maria había hecho todo lo posible para olvidarle. El año anterior había tenido que ceder a su chantaje. Si no le pagaba todo el dinero que le debía como agente por incumplimiento del contrato, Eddie no dudaría en publicar en los periódicos aquella carta de amor que Maria le había escrito en Verona en su noche de bodas.

—Piénsalo: me la escribiste cuando ya eras la señora Meneghini. Ja, ja: me apuesto a que mientras hacías el amor con él pensabas en mí, ¿no es cierto? —le había dicho por teléfono, haciéndola enrojecer de vergüenza.

—No te pagaré nada. Nunca has sido mi agente. No te has ocupado de mi trabajo. Y puedo demostrarlo —le respondió a través de sus abogados.

—No es en absoluto cierto: en aquella maldita carta me pedías consejo sobre *Aida* y sobre *Norma*. Es la prueba de que seguías consultándome para tus «decisiones» artísticas —la sorprendió Eddie.

De modo que, para evitar el escándalo, Maria tuvo que entregarle cincuenta millones de liras.

Sin embargo, todo esto no había sido suficiente para olvidarle. Era el hombre más despreciable, falso y egoísta que había conocido, lo admitía, pero al menos con él se había sentido viva. Por una hora como la que había vivido entre sus brazos renunciaría para siempre a su tranquila vida conyugal. Este y otros pensamientos indecentes ocupaban su mente mientras volaba de Milán a Nueva York. Ahora regresaba a América como *prima donna*. Y no solo como una de las mejores cantantes del mundo, sino como una de las mujeres más fascinantes. Incluso la revista *Time* le dedicaría en breve la portada como mujer del año. Sin embargo, seguía con su obsesión: quién sabe si Eddie la deseaba todavía. Quién sabe si, al encontrarse, la miraría como la miró la primera vez que entró en su casa.

—Pero, señora, ¿para quién se va a poner tan guapa? —le había preguntado ingenuamente Bruna, su asistenta, mientras le preparaba las maletas.

Se llevaba diez abrigos de piel, cien pares de zapatos, setenta sombreros; era el viaje de una reina, de una reina que se gustaba y que deseaba gustar. Sabía muy bien que sus vidas no se unirían nunca más: Maria era una mujer demasiado orgullosa para arruinar su vida con quien le había hecho tanto daño. Pero gustarle le proporcionaría una alegría sutil. Eddie la admiraría, la desearía y no podría tenerla nunca: sabía que era una satisfacción perversa, pero disfrutaba con ella.

Conquistar Nueva York significaba también pisar el terreno a su rival, Renata Tebaldi. Desde que Maria subió al trono de la Scala, la Tebaldi tuvo que irse a América, decepcionada por un teatro que la había puesto en la calle con la misma facilidad con que la había elevado a los altares. La «voz de ángel» había pedido asilo en otro paraíso, el Metropolitan de Nueva York, y en pocos años había conquistado al público y se había convertido en su reina. En Nueva York incluso le habían dedicado una calle. Pero ahora llegaría ella y con su arte amenazaría por segunda vez a aquella mujer. «Mientras yo esté, no tendrá escapatoria», Maria lo había jurado. Y siempre cumplía sus promesas.

Elsa, amor mío

Nueva York, martes 30 de octubre de 1956

«¿Cómo ha podido escribir cosas tan horrendas esa furcia barata?». Maria estaba furiosa. Aquella mañana se había levantado de buen humor, tras haber vivido su primer triunfo en el Metropolitan. Treinta y dos minutos de aplausos cerrados, dieciséis salidas al escenario. «A pesar de ese presuntuoso de Mario Del Monaco. Él cree ser él la estrella. Pero la obra se titula *Norma*, no *Pollione*», había comentado con rabia en una larga conversación telefónica con Bing, que era uno de sus admiradores más devotos. Hasta Marlene Dietrich había corrido a su camerino a felicitarla: «Eres realmente una diosa. Una diosa muy fascinante…», le había dicho acariciándole lánguidamente la mano y dirigiéndole una mirada inequívocamente ambigua. Por la mañana, mientras desayunaba envuelta en su bata de batista, asistía a través de los periódicos al rito de su consagración. Una apoteosis.

Hasta llegar al *New York Times*. El crítico del periódico de mayor difusión en Estados Unidos había osado escribir: «La Callas tiene una voz que desconcierta. A veces se tiene la sensación de que es fruto más de la voluntad que de un don natural». Y luego, para colmo, aquella maldita columnista, Elsa Maxwell, la voz más poderosa de Estados Unidos, capaz de decidir con sus juicios incuestionables las carreras de artistas y directores de Hollywood, así como de cantantes y directores de orquesta. Elsa tenía millones de lectores, que estaban pendientes de sus horrendos labios. Además, estaba muy introducida en la jet set internacional. Todos los años pasaba las vacaciones con los duques de Windsor, era amiga del príncipe Rainiero y de Grace Kelly, íntima de los Rothschild. En resumen, era una excelente e insustituible caja de resonancia para quien quisiera acaparar la atención de la gente importante de Estados Unidos.

Elsa Maxwell, que siempre había sido una gran defensora de la Tebaldi, dedicó al estreno del Metropolitan toda una columna. Algo excepcional, teniendo en cuenta que no le gustaba la lírica. Mientras Maria leía el artículo esa mañana, no quería dar crédito a sus ojos. Maxwell comenzaba alabando el magnífico Pollione de Mario Del Monaco y la excelente demostración de Fedora Barbieri en el papel de Adalgisa. Incluso tenía unas palabras de elogio para aquel *routinier* de Fausto Cleva, como a menudo lo definía Maria. Había llegado casi al final del artículo y todavía no aparecía la más mínima alusión a ella, la protagonista absoluta de la ópera. Al final, las dos últimas líneas. Despiadadas. Afiladas como la hoja de un cuchillo: «En cuanto a la Norma de la señora Maria Meneghini Callas, siento tener que decirlo, pero me dejó absolutamente indiferente».

—¿«Absolutamente indiferente»? ¿Cómo se atreve? Estas palabras se las tendrá que tragar una por una. No es más que una mercenaria. ¡La odio! ¡La odio! —gritaba Maria con todas sus fuerzas, mientras se desahogaba arrojando cualquier objeto de la mesa que estuviera a su alcance.

—Maria, cariño, no grites. No es más que una periodista —trataba de calmarla Titta.

—¿Tú qué sabes? ¿De qué hablas? Ni siquiera eres capaz de leer lo que escribe esta víbora. La próxima vez te lo traduciré al veronés —gritó sarcástica a su marido, arrojándole el periódico a la cara.

Aquella Elsa Maxwell había conseguido estropearle el día y el sabor del triunfo. Había que encontrar enseguida una solución, antes de que las habladurías de la víbora más venenosa de Nueva York se extendieran como la mala hierba entre la opinión pública. A pesar de todas sus intervenciones ante los directores de periódicos y redactores para hacer callar su voz, los aguijonazos de aquella avispa continuaron sin tregua hasta principios de diciembre, cuando la «chismosa de Hollywood» se atrevió a escribir: «En la famosa escena de la locura de Lucia, la señora Meneghini Callas me dejó como siempre indiferente».

Maria estaba deseando marcharse de Nueva York; los quince días de vacaciones de Navidad que pasaría en la tranquilidad de su casa milanesa seguramente calmarían sus nervios, sometidos a una dura prueba por las presiones psicológicas y por el duro esfuerzo del trabajo realizado.

—Señora, ha llegado un sobre de la embajada griega.

Bruna entregó a Maria una voluminosa carta, que tenía todo el aspecto de ser una invitación a una cena de gala de Navidad. Uno de esos aburridísimos acontecimientos en los que el gobierno griego trataba de implicarla y a los que ella se guardaba mucho de asistir. Abrió distraídamente la carta. La invitación procedía de la American Hellenic Welfare Fund del armador griego Spyros Skouras, el magnate de Hollywood. Se trataba de un cóctel de Navidad organizado en el Waldorf Astoria, el hotel donde se hospedaban Titta y ella. Al fin y al cabo, no sería un gran esfuerzo. Y además, tal vez vería a Jayne Mansfield; desde que habían seguido la misma «dieta» se habían convertido en buenas amigas, cómplices del querido doctor Lantzounis.

Aquella noche Maria estaba elegantísima, como de costumbre. Un traje de cóctel de terciopelo negro de Biki con manga corta, un sombrero con velillo y un collar de perlas. Desde luego, el velillo en una fiesta era innecesario: el perfeccionismo de Biki a veces podía resultar algo provinciano para la jet set internacional. Pero la salvaban su natural elegancia, su porte, sus gestos medidos y calculados de auténtica seductora. Era sin duda la invitada más buscada y admirada. Titta la había dejado sola, como de costumbre. No hablaba ni una palabra de inglés, y a Maria le fastidiaba llevar colgado del brazo a aquel hombre, que no era capaz de comentar un chisme o de soltar una ocurrencia.

Mientras seguía distraídamente la conversación con la esposa del alcalde de Nueva York, atrajo su atención la llegada de un invitado con quien nunca hubiera imaginado tener que encontrarse. Era ella, en persona: la terrible, la odiada Elsa Maxwell. Maria la observó detenidamente sin ser vista: era la mujer más fea y repulsiva del mundo. De baja estatura, con el cuello tan grueso como el de un toro, sin hombros, tenía una boca pequeña de labios arrugados, que extendía constantemente hacia delante. Los ojos eran bovinos. En su garganta, el pequeño hilo de perlas, mas que un collar, parecía una traílla. Y sin embargo, se movía entre aquella gente con la desenvoltura de la dueña de la casa. No había en ella el más mínimo rastro de timidez: saludaba a las señoras rozando sus mejillas con besos falsos y elegantes. Personajes ilustres, magnates del petróleo y políticos importantes competían por besar sus manos regordetas y envejecidas. Había en ella la presunción consciente de ser una voz importante de la Norteamérica que cuenta.

«Esa mujer ha de ser mía», pensó Maria. Se precipitó sobre su amigo Spyros.

—Tienes que presentarme a Elsa Maxwell.

—¿Estás segura, Maria?

Toda Norteamérica había leído los artículos de Elsa Maxwell y sabía que entre las dos no existía ciertamente una gran simpatía.

—Es lo que más deseo en el mundo —le respondió la Callas.

Ambos se dirigieron con paso decidido hacia Elsa.

—Elsa, querida, ¿puedo presentarte a una de mis más estimadas amigas? —le susurró al oído.

—Las amigas de Skouras son también mis amigas —respondió

Maxwell dándose la vuelta hasta que, estupefacta, vio ante sí a Maria Callas.

—Querida señora Maxwell, tenía muchas ganas de conocerla.

Maria exhibió para la ocasión su sonrisa más seductora.

—¿En serio? Sinceramente, creía ser la última persona en el mundo que usted desearía conocer —respondió sonriendo la periodista.

Había en ella una desconfianza profunda y arraigada. Maria podía leerla en sus ojos. Pero también una evidente turbación. No, no era timidez: Elsa Maxwell estaba acostumbrada a tratar con gente poderosa. Tampoco era vergüenza por lo que pudiera haber escrito: una persona como ella defendería el derecho a la crítica hasta la muerte. No, era otra cosa.

—Más allá de lo que usted pueda pensar sobre mi voz y sobre mis interpretaciones, estoy convencida de que es una persona consagrada a la verdad. Puedo leerlo en sus ojos, querida Elsa. Es usted la mujer más bella que he conocido: su alma es noble —le dijo alejándose, sin concederle ni la más mínima posibilidad de réplica.

Elsa Maxwell contemplaba a Maria embobada, rendida ya a su fascinación. Durante toda la fiesta, Maria sentía sus ojos fijos en ella. Cuando sus miradas se cruzaban, Maxwell, violenta, bajaba la cabeza. Maria lo comprendió todo. Había en aquellos ojos la misma languidez, el mismo deseo que había descubierto por unos instantes en Marlene Dietrich. Pero en esta ocasión tenía la intención de corresponder a esos sentimientos. Complacer a aquella mujer, alentar sus deseos, alimentar su más secreta e indecente lujuria equivalía a obtener la aprobación de la opinión pública norteamericana. Era la pieza que faltaba aún en su fulgurante carrera: la piedra más preciosa para añadir a su corona.

—¿Puedo desearle buenas noches, señora Callas?

En esta ocasión la mano de Maxwell no soltó la presa. Maria no se la retiró. Es más, estrechó las manos de Elsa entre las suyas.

—Elsa, querida, siento que nuestras almas se han encontrado y ya no volverán a separarse.

Al día siguiente, al abrir el *New York Times*, Maria sonrió. Elsa Maxwell había dedicado su columna a la crónica mundana de la fiesta en el Astoria. El comienzo del artículo era una auténtica declaración de amor a la Callas. «Cuando la señora Callas me estrechó calurosamente la mano y la miré a los ojos, esos ojos extraordinarios, brillantes, hermosos y magnéticos, me di cuenta de que es una persona excepcional. De modo que entierro para siempre el hacha de guerra.»

Lo había conseguido. Incluso la terrible Elsa Maxwell se había rendido a sus pies. Se levantó y tuvo la sensación de estar caminando sobre las nubes, como aquellas almas que esperaba ver aparecer algún día desde la ventanilla del avión. Cogió papel y pluma y escribió en una tarjeta: «Querida Elsa, te quiero con toda mi alma. Estoy deseando poder estar un rato a solas contigo… Tu Maria».

—Bruna, encarga cien rosas y mándaselas a Elsa Maxwell.

En el fondo, valía la pena gastar unos puñados de dólares en aquella vieja furcia.

Toda la culpa es de un griego

Venecia, martes 3 de septiembre de 1957

—No tengo ningunas ganas de ir, Titta. ¿Por qué has dicho que sí sin consultarme? Te lo he repetido muchas veces: no quiero que sigas tomando decisiones por mí. Antes, tal vez tenía sentido. Ahora, ya no. ¿Soy o no soy Maria Callas?

Maria estaba hecha una furia. Hacía poco que había regresado de Edimburgo. Odiaba Escocia: la lluvia, las nubes bajas, el cachemir en pleno verano. No obstante, aquella humedad era buena para la voz; de hecho, había cantado *La sonnambula* divinamente. Pero tenía los nervios destrozados. En cuanto llegó a Milán, se puso a grabar inmediatamente *Medea* para la casa Ricordi. Había anulado los conciertos en San Francisco porque le esperaba un invierno espantoso: entre diciembre y marzo, tenía que cantar *Un ballo in maschera* en la Scala, *Norma* en la Opera de Roma, *La Traviata*, *Lucia* y *Norma* en Nueva York. ¿Y qué hacía Titta? Aceptaba la invitación de Elsa Maxwell para una fiesta de disfraces en el hotel Danieli de Venecia en honor de Maria, entre dos sesiones de grabación.

—No se le puede decir que no a Elsa Maxwell, lo sabes mejor que yo —se defendió Meneghini.

—Sí, pero ni tú ni ella sois los que tenéis que cantar. La que da la cara soy siempre yo, y solamente yo.

En pocas horas tenía que pensar en los vestidos, en las joyas, en las maletas: todo eso también era trabajo.

Seguirle la corriente a aquella enana chismosa era agotador. Maria lo sabía muy bien. Se habían visto por última vez en París, un fin de semana que se había convertido en un auténtico *tour de force*: en primer lugar, el té con los duques de Windsor, luego las carreras de caballos con el príncipe Ali Jan y el cóctel ofrecido por los Rothschild. Y finalmente, la cena a base de ostras y champán con Stavros Niarchos. Maria creía que se relajaría: por fin se sentaría a la mesa con un griego. En cambio, se había encontrado con un esnob incorregible, que pronunciaba las erres a la francesa y solo hablaba inglés. Cuando Maria le preguntó en griego si le gustaba la sopa de cebolla, Niarchos la miró de arriba abajo y dijo: «¿Perdón?».

«Ese tipo de hombres me produce náuseas. No quiero seguir perdiendo el tiempo con una enferma mental que cree que el fin último de una vida es frecuentar a ese tipo de personas. Esas fiestas para mí se han acabado», prometió Maria.

No obstante, unos meses después, se había comprometido de nuevo a pasar su tiempo libre con personas que ni siquiera conocía. Y todo por culpa de su marido. Trató de distraerse pensando en el vestido que se pondría. Era un baile de máscaras y no había tenido tiempo de pensar en un disfraz. Se recogió el cabello en un moño y decidió ponerse un collar de esmeraldas de Tiffany para adornar el peinado. Sacó del armario para la ocasión un espléndido modelo de Biki, de terciopelo negro ajustado, sin mangas, y con una sobrefalda de tafetán de seda de pequeños lunares blancos y negros. Estaba encantadora.

—Cariño, ¿no te pones nada en el cuello? —trató de calmarla Titta.

—Ya tengo un tesoro en la garganta. Es suficiente —cortó Maria.

Cuando entraron en el gran salón de fiestas, Maria se quedó estupefacta. La escena que contemplaba era de locos. Las señoras competían por ser originales, pero a sus ojos resultaban simplemente ridículas. La primera dama de Portugal lucía en la cabeza un campanile de San Marco en miniatura, la princesa Ruspoli iba vestida de gata persa. La actriz Merle Oberon, completamente borracha, iba disfrazada de Caperucita Roja, pero no llevaba ropa interior debajo de la amplia falda. Maria sintió vergüenza por ella: en el fondo, no había perdido su sano espíritu provinciano.

—Titta, disimula y vámonos.

Apenas había acabado de pronunciar estas palabras cuando Elsa Maxwell, con un ridículo gorro de dogaresa, le cortó el paso.

—Maria, querida, ¿adónde vas? Si supieses, todo el mundo me pregunta por ti. Quieren saber lo que comes, si eliges tú misma los vestidos, por qué tú y yo somos tan amigas. Se mueren de envidia... —Chismes, chismes, chismes. A Maria no le interesaban estos temas—. Te he colocado en la mesa de un queridísimo amigo mío, que me ha puesto la cabeza como un bombo haciéndome preguntas sobre ti. Está loco por ti. Dice que en este momento eres la mujer más importante y seductora del mundo. —(Más chismes, chismes, chismes. Cuántas veces había escuchado palabras como esas...)—. También es griego. Es Aristóteles Onassis.

Maria miró a Elsa a los ojos, por primera vez desde que había tenido la desgracia de cruzarse con ella aquella noche.

—¿Onassis? Me parece un hombre muy vulgar. Hace ostentación de su riqueza de una forma desagradable, sin ningún miramiento. Como si ser pobre fuese el pecado más grave del mundo. ¿Cómo se te ha ocurrido ponerme al lado de un hombre así? Yo...

—Sí, querida, ya lo sé, es muy simpático. Tienes razón. Realmente es un hombre muy elegante. Aquí está su mujer. Maria, te presento a la señora Tina Onassis.

Maria no pudo evitar el encuentro: Tina estaba ya ante ella. Odiaba esas intrusiones de Maxwell en su vida. Esa mujer tenía la pésima costumbre de decidir por los demás.

—Encantada, señora —le dijo tendiéndole la mano.

Tina era una mujer extraordinariamente elegante: no era muy alta, pero su traje Chanel de seda fucsia adornado con diamantes era simplemente divino. Y en ella ni siquiera desentonaba el extravagante gorro de plumas, recogidas con un lazo de brillantes.

—La admiro mucho, madame Callas —le dijo sin estrecharle la mano en un inglés de acento perfecto.

—Es raro encontrar a una mujer vestida de Chanel que hable un inglés tan perfecto —aventuró Maria.

—Oh, es normal. Aprendí a hablar en Oxford, a pensar en Nueva York y a vestirme en París —le dijo dejándola a solas con Maxwell.

—Es la mujer más descarada, arrogante y esnob que he conocido en mi vida —estalló la Callas.

—Después de ti, Maria. Después de ti —comentó Elsa.

Tenía todos los números para aburrirse en aquella cena. Ante todo el hecho de comer sentados, que la obligaría a permanecer en la mesa durante horas, algo que no le gustaba en absoluto. Aquella humareda, que le dañaba la voz; al fin y al cabo, estaba en plena grabación de *Medea*. Y además los comensales. A su derecha Titta, los príncipes Colonna, Elsa Maxwell, la Begum, y a su izquierda las sillas de Tina y Aristóteles Onassis. Desoladoramente vacías.

—Son realmente unos maleducados. Nos obligan a esperarles —comentó Maria en voz baja a Titta.

—Tiene razón mi madre: el dinero hace al hombre rico, pero la educación lo hace señor —respondió Meneghini, que cada dos por tres citaba la flor de la sabiduría de su inolvidable madre.

—Perdonen el retraso, empiecen por favor. Mi marido está perdiendo el tiempo en el casino.

Tina Onassis se sentó por fin a la mesa. Cuando Onassis llegó, los demás iban ya por el segundo plato.

—Perdonen, soy un desconsiderado. Pero para alguien que ha

pasado hambre, como yo, perder en el juego es un sacrilegio. He tenido que ganar por fuerza.

Esas palabras de Onassis, su tono bromista e informal impidieron a Maria seguir pensando mal de él.

—Señora Callas, es un auténtico placer. Si no le importa me gustaría hablar con usted en griego. Me haría sentir un poco en casa —le dijo besándole la mano con una galantería de otros tiempos.

A Maria la sorprendió gratamente aquel hombre: ella también añoraba el griego. Hacía años que no lo hablaba, e intercambiar cuatro palabras en su lengua la distraería de sus pensamientos. Se concentró en él. Le pareció un hombre de una fealdad desalentadora: el cabello engominado, las gruesas gafas, la tez excesivamente cetrina. Además, debía de ser muy peludo, a juzgar por el espeso vello que cubría sus manos toscas. Nada en aquel hombre respondía a los cánones de belleza de Maria y, sin embargo, resultaba fascinante: sus modales eran atentos y a la vez extraordinariamente firmes. Tenía una sonrisa espléndida y contagiosa. Y una vitalidad seductora.

—Al parecer, en esta mesa no soy el único que ha pasado hambre. ¿O debo pensar que lo que cuenta su madre a los periodistas no es más que una estupidez?

Maria y Aristóteles empezaron a hablar de sus respectivas vidas, con sencillez. Él le habló de cuando, para conseguir algún dinero, hacía de camarero en un pueblecito de Tesalia. Ella de cuando removía la tierra con sus manos de niña para buscar tubérculos silvestres durante la guerra. «Como Escarlata O'Hara en la famosa escena de *Lo que el viento se llevó*», reía Maria. Al lado de Aristóteles, aquella noche las horas pasaron volando. Lo que le fascinaba de aquel hombre era la energía, las ganas de vivir. Una extraña fuerza animal que emanaba de él y transmitía a los demás.

—¿Está cantando aquí, en Venecia? —le preguntó de pronto, a bocajarro.

—Oh, no. Cantaré el 7 de diciembre en Milán: inauguraré la temporada de la Scala. Mientras tanto estoy grabando *Medea*.

—Ah. Yo no entiendo nada de sus canciones. Cuando cantan, no se les entienden las palabras —rió Aristóteles.

—No son canciones. Son romanzas de ópera —puntualizó Maria, que juzgó ridícula y a la vez sincera su forma de hablar.

—Bien, pues si mañana no canta podrá exponerse a todas las corrientes de aire del Mediterráneo. Mi mujer y yo la invitamos a nuestro barco, el *Christina*. ¿No es cierto, muñeca?

Onassis se dio la vuelta, pero su mujer hacía rato que se había marchado. Como Titta y el resto de los comensales.

Maria y Aristóteles se habían quedado solos durante horas, hablando en una lengua incomprensible para los demás de un mundo que solo ellos podían conocer tan íntimamente. Se miraron y se echaron a reír como dos niños.

—Hay dos posibilidades: o éramos aburridos nosotros o eran aburridos ellos. ¿A usted que le parece? —le dijo sonriendo Onassis; se levantó de la mesa y la condujo junto a Maxwell y Titta, que estaban charlando en una esquina del salón.

—Maria, ¿qué te pasa? Reías como una loca. Titta y yo te hemos visto —le preguntó Elsa.

—Toda la culpa la tiene ese griego —sonrió Maria señalando a Onassis.

—¡Oh, Dios mío! Es preocupante: ya hablas como él —concluyó mordaz Meneghini.

—Tenemos que marcharnos. Dentro de dos días reanudas las grabaciones. Esta noche nos hemos acostado a las tres. Tienes que descansar. La voz se resiente.

Titta se esforzaba por convencer a Maria para que regresaran a Milán.

—La voz se resiente. ¿Sabes cuántas veces me lo has repetido? Y digo yo, ¿es que no puedo divertirme al menos una vez en la vida? ¿Puedo tomarme dos días de vacaciones? ¿No estaban en la agenda? Muy bien, soy una mujer de treinta y tres años, y creo que tengo derecho a reír y a divertirme un poco. ¿O no?

Titta la miraba atónito: era la primera vez que oía a su mujer razonar de ese modo. Siempre había antepuesto el canto a cualquier otra cosa.

—Primero la obligación y luego la devoción...

—Dice mi madre Giuseppina. Pues bien, ¿sabes que te digo? Tú quédate aquí con los refranes de tu madre, porque yo me voy al Harry's Bar a tomar el aperitivo. Si quieres, puedes reunirte conmigo para cenar en el *Christina*, el barco de los Onassis. Estará también Henry Fonda con su mujer.

Cuando la vio salir de la suite del Danieli vestida con un traje de noche de Biki de color rojo tiziano, Titta se preguntó si en aquella mujer bellísima, que acababa de pasar por delante y le había dado un beso distraído en la mejilla, quedaba algún rastro de la muchacha solitaria, desplazada y ávida de amor que había conocido diez años antes en un pequeño restaurante de Verona.

La primera crisis

Sirmione, miércoles 6 de noviembre de 1957

Le gustaba estar recostada en el sofá tras las vidrieras del salón. Contemplaba el jardín: los abedules brillaban aquella tarde bajo la lluvia finísima que no cesaba de caer desde hacía unos días. Las agujas de los pinos tenían reflejos de plata. El lago de Garda, al fondo, se confundía con las nubes negras y amenazadoras del horizonte. En aquel pequeño chalet, arropada con una manta de cachemir de Hermès, se sentía realmente serena. Lejos del ruido de Milán, de los gritos de los fans, del teléfono que no paraba de sonar a cualquier hora del día y de la noche. Aquella era su nueva casa: Toy acostado entre sus piernas, la partitura de *Un ballo in maschera* para subrayar, la infusión caliente de tila con miel, el ruido de las cacerolas de Bruna en la cocina. Titta se había quedado en Milán, ocupado en contratos y citas con bancos y abogados.

Pensaba en su vida. En los rostros que la habían acompañado. De repente, le entraron unas ganas enormes de oír la voz de su padre, su tata Geo.

—Papá, soy Maria. ¿Cómo estás?

George, que acababa de levantarse, ya no estaba acostumbrado al sonido de aquella voz. Veía a su hija en los periódicos, en la televisión, pero le resultaba extraño oírla por teléfono. Y toda para él.

—Bien, hija. Tu madre me agobia con el dinero. Nunca tiene suficiente. Además, ahora se ha mudado a un apartamento más grande y no sabe cómo pagar el alquiler. Aquí, en Nueva York, la vida está cada vez más cara. Todavía no he recibido tu giro, ¿qué ocurre?

Se había distanciado del auricular para no escuchar esas palabras: necesitaba desesperadamente escuchar aquella voz, pero no esas palabras. Dinero, dinero, siempre dinero. Las relaciones con sus padres se reducían solamente a esto. Se acercó de nuevo el auricular al oído.

—... y no lo entiende, pero ya sabes cómo es Jackie. Se le ha metido en la cabeza cantar también ella. Dice que en Grecia todo el mundo la reclama y la presentan como hermana de la Callas. Le pagan bien. Es posible que incluso grabe un disco.

—Papá, ¿me oyes? ¿Papá? —gritó con fuerza Maria.

—Dime, hija.

—¿Qué se ha hecho de tus abrazos?

—Maria, estás cansada. Tienes que reposar. He leído que el 7 de diciembre inauguras la temporada de la Scala. Es una gran responsabilidad, una vez más. ¿Te pagan bien? He leído que un millón de liras por representación. ¿Es posible? Dios mío, cuánto dinero...

—Adiós, papá.

—Cuando pienso que aquí tengo que llegar hasta fin de mes con mil quinientos dólares; tú ganas en una noche lo que tu padre en un mes. Por no hablar de mamá Litsa: piensa que...

Maria estaba cansada. Colgó, sin hacer ruido. Cerró los ojos y la embargó una gran melancolía.

Solo la música podía distraerla. Abrió la partitura y se puso a repasar el aria de Amelia.

«Che ti resta, perduto l'amor? Che ti resta, mio povero cor!» De repente, una nota falló. Maria se tocó instintivamente la garganta. Le pareció que no podía respirar. Sintió que su corazón latía desbocado. Buscó desesperadamente con los ojos un asidero. ¿Qué había pasado? ¿Por qué su voz se había quebrado repentinamente? ¿Y si hubiera ocurrido en el teatro? ¿Qué habría hecho? ¿Cómo habría reaccionado su público? De repente la invadió el terror, el pánico: tenía la garganta terriblemente seca, no podía ni siquiera hablar. La cabeza empezaba a darle vueltas.

Se acostó en el sofá: «Calma, Maria, calma. Son solo los nervios. Estás cansada. Ahora te quedas aquí tranquila y todo pasará. Toy, ven con mamá». A medida que avanzaba la tarde, fue recuperando la calma. Contempló de nuevo el horizonte: el cielo se había ido despejando. Pero Maria no conseguía olvidar aquel momento incontrolado en el que su voz había desaparecido sin avisar, dejándola absolutamente indefensa. «El destino me ha encumbrado tanto que la caída será terrible», pensó.

473 rosas de amor

París, viernes 19 de diciembre de 1958

Por fin en París. No obstante todos aquellos años de carrera deslumbrante, Maria no había cantado nunca en la Opéra. Soñaba con ello desde que era una niña: esa ciudad tan llena de luces siempre la había fascinado. Sentía que un hilo misterioso la ataba a París. Cuando llegó a esa ciudad por primera vez, un amigo la acompañó a la tumba de Alphonsine Duplessis, la joven amante de Alexandre Dumas, que había inspirado el trágico amor de *La dama de las camelias*. Ella, la Violeta más famosa y celebrada del siglo, se inclinó sobre aquella tumba y lloró delante de la lápida en la que estaba esculpida una rosa con la palabra «Lamento». Desde ese día, París era para Maria la ciudad del lamento.

Aquel había sido realmente un *annus horribilis*. Había comenzado con la *Norma* del escándalo en Roma: había tenido que interrumpir la representación después del primer acto por un repentino fallo de voz. Un terremoto sin precedentes, teniendo en cuenta que en el palco real se encontraba el presidente de la República Giovanni Gronchi y su esposa, *donna* Carla. Luego, la despedida de la Scala, con un *Pirata* penoso: sus relaciones con el teatro que la había convertido en la divina Callas se habían deteriorado para siempre. En la última representación el director Ghiringhelli había hecho bajar incluso el telón de hierro para impedirle que respondiera a las llamadas del público. En Dallas había cantado *Medea*; al día siguiente, el crítico del *Washington Post* había escrito: «Hemos visto en el escenario lo que queda de Maria Callas», algo que la hizo llorar durante varios días. Maria era consciente de que su voz no volvería a ser la de antes. La codicia de Giovanni Battista Meneghini, que la había arrastrado por teatros de todo el mundo para cantar en óperas y conciertos como un ruiseñor mecánico, había destrozado sus cuerdas vocales. Su propia ambición de triunfo, su narcisismo la habían traicionado: había acabado identificándose con su personaje, y el personaje Callas no admitía errores. La Callas era sinónimo de perfección, de absoluto. No podía ni debía relacionarse con el mundo limitado de los humanos.

No obstante, el debut en París la había llenado de un nuevo entusiasmo. Allí el mito seguía intacto y esa noche, lo sabía muy bien, volvería a brillar la Callas de siempre. A última hora de la tarde le llegó un enorme ramo de rosas rojas; pasó diez minutos contándolas: eran 473.

«¿Quién puede haber hecho una locura semejante?», se preguntó Maria, estupefacta. Abrió ansiosa la tarjeta y, en cuanto vio que estaba escrita en griego, comprendió: «No pierda el tiempo contándolas. Son 473, como los días transcurridos desde que nos vimos en Venecia. Los he contado uno por uno. ¡Hasta esta noche! Aristóteles Onassis».

«Ese hombre siempre logra sorprenderme», dijo Maria, y el gesto la llenó de alegría. Ser tan admirada por un hombre la hacía sentir diferente. Con Titta, en cambio, todo era rutina. Esa noche tendría un objetivo añadido: tenía que dar lo mejor de sí misma para deslumbrar a Aristóteles Onassis. Era la primera vez que la veía en el teatro. Para él y solo para él saldría al escenario la divina Callas.

Mientras Biki remataba los últimos detalles de su vestido, Maria seguía leyendo una carta que le había dirigido Elsa Maxwell y que siempre llevaba consigo:

Maria, te doy las gracias por haber sido la víctima del mayor amor que un ser humano pueda sentir por otro. Tú me has ayudado a acabar con ese amor, un amor que a ti no te ha hecho feliz y que a mí, tras unas pocas semanas maravillosas, no me proporcionado más que sufrimiento... En cualquier caso, estate tranquila. He concedido muchas entrevistas en las que digo y repito que no eres propensa a mantener amistades o vínculos al margen de tu matrimonio. Te recuerdo con dulzura y ternura. Tu Elsa.

En los últimos meses la situación había ido degenerando. Maria ya no tenía ninguna necesidad del apoyo mundano o promocional de Maxwell, y había empezado a dar muestras de intolerancia ante su acoso.

—Estoy harta de tus zalamerías. Tendrás que decir públicamente que entre tú y yo no hay nada. Corren habladurías, pero yo no soy lesbiana. Tú no me gustas y quiero que la gente lo sepa —le había gritado sin piedad alguna por teléfono.

Desde aquel día, las relaciones entre ambas se habían mantenido cordiales, pero habían perdido su turbia ambigüedad. No obstante, aquella declaración de amor tan íntima que Elsa le había dirigido la había impresionado. Le gustaba ser el centro de la admiración, el objeto del deseo ajeno. Eran sensaciones extrañas, que se apoderaban de ella cada vez con más frecuencia en los últimos tiempos. Era como si reviviera la Maria de la juventud, la que había esperado bajo la lluvia a Eddie Bagarozy impulsada por el deseo animal de ser estrechada por sus brazos fuertes y musculosos.

Se miraba al espejo. Estaba realmente guapísima. El traje de Biki color champán ribeteado de marta cibelina le sentaba de maravilla, así como la capa que caía con elegancia sobre sus hombros.

—Señora, el teatro está lleno a rebosar. Ha venido todo el mundo. He visto a Brigitte Bardot: está preciosa y sin una pizca de maquillaje —le contaba Bruna mientras le arreglaba la cola—. Están los duques de Windsor y los Rothschild con la señora Maxwell. También los Onassis con la Begum y Charlie Chaplin y…

El parloteo de Bruna fue interrumpido por la repentina llegada del responsable de Van Cleef & Arpels, la joyería más importante de París, que aquella noche estaba especialmente inquieto. En el cuello y las orejas de madame Callas había colocado un aderezo valorado en un millón de dólares. Mucho se había fabulado sobre aquellos diamantes de talla naveta que añadirían esplendor al esplendor.

—Madame, ¿dónde está mi collar? —le preguntó.

—Está debajo de la capa. Aquí. —Y Maria se lo mostró, apartando el chal.

—Ah, *quel scandale!* No puede ser. Esta noche lleva usted un collar único en el mundo. Tiene que enseñarlo. Le pagamos un montón de dinero como imagen de Van Cleef. Descubra, descubra el escote.

La Callas se puso hecha una furia.

—Dentro de unos minutos empiezo el concierto. No tengo tiempo que perder con comerciantes de tres al cuarto —gritó echándole del camerino—. Y no se preocupe. Mañana todos los periódicos del mundo hablarán de su collar.

En la sala, la tensión podía cortarse con un cuchillo. La velada se transmitía por Eurovisión: millones de personas presenciarían el debut de la Callas en París. Un cono de luz iluminó la cima de una larga escalinata roja. A ambos lados, el coro. La orquesta arrancó con «Casta diva», el caballo de batalla de Maria. Cuando su voz comenzó a expandirse por el teatro, el público se contagió de su magia, consciente de estar asistiendo a un acontecimiento único e irrepetible. «A noi volgi il bel sembiante, senza nube e senza vel!»:* mientras cantaba, Maria se llevó con delicadeza la mano al cuello, para acariciar la

* Vuelve hacia nosotros tu hermoso semblante sin nubes y sin velo.

capa de su vestido. Sin que nadie se diera cuenta, comenzó a desabrochar lentamente el cierre del valioso collar Van Cleef, hasta que cayó al suelo, entre el estupor de todo el público. Bajó la mirada, como una diosa habría podido bajar los ojos sobre las miserias de los hombres. Y con un ligero y muy elegante movimiento del pie apartó a un lado aquel collar tan valioso. Al día siguiente, las primeras páginas de todos los periódicos del mundo ensalzaban el triunfo de Maria en París con el titular: «Un millón de dólares a los pies de la Divina». Madame Callas había cumplido una vez más su promesa.

La tragedia está a las puertas

Sirmione, 2 de julio de 1959

Maria estaba tumbada al sol en el jardín, y sin embargo tenía las manos y los pies helados. Aunque había reducido los compromisos (cantaba sobre todo en conciertos, porque hacer varias representaciones de una ópera era un suplicio para los nervios), sentía un cansancio infinito. Acababa de regresar de Londres: las cinco representaciones de *Medea* en el Covent Garden la habían dejado destrozada. Esa mañana estaba especialmente agitada: con un chal sobre los hombros sudaba, sin tener frío, y su corazón latía con violencia. Hasta la luz del sol que inundaba la casa le molestaba.

—Titta, es absolutamente imprescindible que me tome un descanso. Ahora vamos a Amsterdam y a Bruselas, pero luego no quiero saber nada hasta mediados de septiembre. Nos instalamos un tiempo en el Lido, en Venecia, y hacemos unas sesiones de arenoterapia: necesito un poco de calor en los huesos.

—Sí, pero es que ese Onassis insiste. Él y su mujer Tina quieren que hagamos un crucero con ellos en el *Christina*. Salen de Montecarlo el 22 de julio. ¿Por qué no quieres ir?

—Porque quiero estar tranquila, libre para hacer lo que me plazca. Esta es la razón —respondió tajante.

Maria cerró los ojos y fingió dormir. No tenía ganas de discutir con su marido. Prefería estar un rato a solas con sus pensamientos.

Pensaba en lo vieja que se sentía. Tenía tan solo treinta y cinco años, y sin embargo carecía de energía. Era una mujer vacía. Se había entregado sin reservas al público y se había marchitado, como una flor cortada tempranamente. No tenía vida privada. Incluso cuando se encontraba en Sirmione o en su casa de via Buonarroti en Milán, Titta y ella no hacían más que hablar de trabajo, de giras, de entrevistas o de periódicos. Al sexo hacía tiempo que había renunciado, aunque no había sido una gran renuncia: nunca había sentido nada con Titta. Lo que le preocupaba era sobre todo la falta de entusiasmo que caracterizaba sus jornadas. El tiempo transcurría siempre igual, entre suites, camerinos y sonrisas forzadas. Tenía ganas de ser un poco dueña de sí misma. En todos aquellos años hechos de rostros desconocidos que habían ido desfilando ante sus ojos, solo uno se le había quedado grabado: el de Aristóteles Onassis.

Tenía miedo de ese hombre. No sabía por qué. La inquietaba, sí, la inquietaba. La hacía sentir una mujer vulnerable. Su carácter instintivo, su personalidad siempre sorprendente e impetuosa la fascinaban y a la vez le producían rechazo. En definitiva, cada vez que pensaba en él sentía nacer en su interior una inquietud que no lograba refrenar. Era griego, era un nómada, había nacido pobre, como ella. Era un hombre casado, arribista, egocéntrico, como ella. «Quién sabe cómo hace el amor», se le escapó en cierta ocasión hablando con Elsa Maxwell, que la informaba minuciosamente de las turbadoras dimensiones de su potente miembro. No se escandalizó ni un instante de ese pensamiento: Aristo, así lo llamaba en su interior, sabía despertar en ella los instintos primitivos, los más bajos y los más terriblemente perturbadores. Aceptar su invitación para las vacaciones significaría ceder a esa instintividad. Maria lo sabía. Por eso huía de él.

En el «Christina»

Julio-agosto de 1959

Montecarlo, martes 21 de julio de 1959

Habían llegado por fin al hotel Hermitage. Maria contemplaba desde el balcón de la suite a los mozos que cargaban en el *Christina* todos sus baúles. Tal vez había exagerado. Biki le había confeccionado veintitrés trajes de día, veintitrés trajes de noche, veintitrés bañadores perfectamente combinados con los accesorios: tantos como días iba a durar el crucero. Desde luego no quería desentonar. Los huéspedes de honor a bordo, los peces gordos que el armador ya había vendido a los periodistas de todo el mundo, eran dos: Winston Churchill y Maria Callas. La diplomacia y el arte, la estrategia y el abandono: dos mundos que por primera vez se encontrarían en el barco más lujoso y más deseado por la jet set. La gran ausente de categoría era Elsa Maxwell. Maria se sentía un poco en deuda con ella: al fin y al cabo, había sido Elsa quien le había presentado a Aristo. Pero Onassis no quiso atender a razones. En su yate no quería periodistas.

Saldrían del puerto a las dos de la mañana del día siguiente. Era hora de reunirse con Tina y Aristóteles en el comedor. Habían organizado un pequeño recibimiento en su honor antes de zarpar. Maria abrió la puerta, se dirigió hacia las escaleras y de pronto palideció. Su mirada se volvió inexpresiva y en su rostro demacrado se reflejó una sombra de terror. En lo alto de las escaleras estaba Vasili. La miraba seriamente a los ojos. Su rostro había perdido toda señal de alegría. Sus ojos azules estaban apagados y no reflejaban el brillo de la infancia: «No vayas. No vayas. No vayas». Lo repetía como una cantilena machacona, sin expresión, terrorífica en su atonalidad. Maria apretó con fuerza el brazo de Meneghini. Quería borrar aquella visión. Pasó por delante de Vasili, le sonrió, pero él la miró con severidad y siguió con su cantilena: «No vayas. No vayas. No vayas». Se volvió de improviso para verlo por última vez, pero Vasili ya no estaba. «Voy al encuentro de mi destino, Vasili mío», susurró Maria.

—¿Qué dices, cariño? —le preguntó Titta.

—Son los nervios, querido. Son los nervios...

Montecarlo, miércoles 22 de julio de 1959

Titta se había levantado temprano esa mañana. El cielo era azul y límpido, y soplaba un viento cálido de tramontana. Era un verdadero crimen quedarse en la cama: Meneghini, como buen *commendatore* de provincia, había aprendido de su madre que a quien madruga Dios le ayuda. Maria todavía dormía y no se despertaría antes de mediodía. Sin hacer ruido, cerró la puerta de su suite en el Hermitage y se dirigió al muelle para contemplar el *Christina*. Era un barco realmente imponente y majestuoso. Parecía un coche de lujo recién salido de fábrica: todo relucía, era el símbolo del lujo y de la riqueza más desenfrenados. A esa hora solo se encontraba a bordo el capitán, ocupado en controlar las últimas labores de sus marineros. Todo tenía que estar perfecto: a última hora de la mañana se esperaba la llegada de los primeros huéspedes.

—¡Buenos días, *commendator* Meneghini! ¿Quiere subir? Su camarote, el Itaca, ya está preparado. Si quiere, le acompaño a echar un vistazo. Pero no se lo diga a nadie, el *dottor* Onassis me mataría. Quiere ser él quien muestre el barco a sus invitados.

Meneghini aceptó con entusiasmo la invitación. Maria y él ya habían estado en el yate dos años antes, en Venecia, pero no habían tenido tiempo de visitarlo a fondo. El *Christina* tenía cien metros de eslora; a bordo, el capitán se extendió en la descripción de la que llamaba con toda naturalidad «su casa».

—Tengo a mis órdenes cincuenta y seis marineros. Y además cuatro cocineros: dos franceses, uno italiano y uno griego. Sin contar cinco modistas, a disposición de nuestros huéspedes las veinticuatro horas del día, tres masajistas y tres peluqueras. Y aquí está la enfermería. —Titta no podía creer que hubiese en el mundo alguien tan rico como para permitirse todos esos lujos—. Esta es nuestra piscina —continuó con orgullo.

En el fondo de la enorme piscina destacaba un mosaico de pequeñas piezas de oro y lapislázuli, que representaba a los luchadores de la tauromaquia, como en el palacio de Knosos en Creta. Los interiores eran extraordinarios: en el bar había barricas de ron de Barbados a disposición de los huéspedes, jarrones Ming, cuadros del Greco y de Rembrandt, iconos bizantinos, estatuas de Buda en jade, oro y esmeraldas. Meneghini no había visto nada igual en toda su vida.

—Esto no es nada. Venga, venga a ver el plato fuerte, *commendator* —lo invitó el capitán.

Lo condujo a los baños de los camarotes. Las paredes estaban revestidas de ricos mosaicos con escenas de carácter mitológico. La grifería era de oro macizo, con forma de delfines y sirenas. Y había además un extraño dispositivo que permitía comunicarse entre el baño y el camarote apretando simplemente un botón, sin necesidad de levantar siquiera el auricular.

«También hay una instalación de radio por cable», explicaba, entusiasmado, Titta a Maria, que seguía con atención el relato de lo que su marido había visto mientras ella dormía. Estaba nerviosa como una niña en su primer día de escuela.

—¿Cuándo llega Churchill? —le preguntó.

—El capitán me ha dicho que esperan a Churchill y a su mujer a las dos de la tarde —dijo Meneghini.

—¡Oh, Dios mío! Tenemos muy poco tiempo. Faltan solo tres horas. Y todavía no he comenzado a arreglarme.

—Maria, ¿no te atreverás a llegar más tarde que Winston Churchill? —le reprochó Titta.

—Por supuesto. Él es Churchill pero yo soy una señora. Una señora que se llama Maria Callas. ¿Te parece poco? —sonrió.

Cuando Maria apareció en el muelle eran las tres y media. Habían llegado ya todos los huéspedes. En cuanto la vio, Aristóteles corrió a su encuentro y los escoltó, a ella y a Titta, por la pasarela. Maria estaba muy elegante. Había cuidado todos los detalles con una perfección casi enfermiza. Llevaba un vestido camisero de lino natural color crema con bordados de ganchillo, un cinturón ancho de cuerda y zapatos planos. Se había recogido el cabello en un moño y lucía en las orejas unos pendientes de grandes perlas cultivadas que aumentaban la luminosidad de su rostro. Titta vestía un traje de lino color tabaco y un panamá blanco.

En cuanto vio a Onassis, la Callas frunció el entrecejo. «Oh, Dios mío, Titta no lleva corbata y Aristo, sí. Es una norma de buen gusto: el primer día de crucero hay que llevar corbata. ¿O tal vez esta regla solo vale para el armador?», se preguntaba Maria, furiosa contra Biki, que no sabía nada del mundo del mar. Había en ella un ansia de perfeccionismo, que Tina Onassis había definido ya como «de nueva rica», con una mordaz pizca de maldad muy femenina; por otra parte, Maria y Titta habían gastado quince millones de liras para estar impecables en aquel crucero. Es lógico que exigieran al máximo.

Al ver al más famoso estadista inglés sentado a la sombra en el puente del *Christina*, Callas se apresuró a saludarlo. Con gran estupor de Maria, Churchill ni siquiera se puso en pie para recibirla. Al contrario, mostró cierta contrariedad por haber tenido que esperarles tanto tiempo. Le estrechó la mano sin besársela.

«¿Cómo se atreve a hacerle esto a la Callas», pensaba Maria, cuando la sorprendió una voz: «Hola, soy Toby. ¿Y tú?».

Miró a su alrededor. Era Toby, el inseparable papagayo de Churchill, que estaba en una jaula junto al político. La tensión inicial se disolvió en una risa franca.

—Venid, Maria, Titta. Os acompaño a vuestro camarote. He puesto a vuestra disposición el camarote Itaca de mi amiga Greta Garbo. Tenía que acompañarnos, pero desgraciadamente la vieja se ha acojonado: no se ve con ánimos de aguantar una travesía tan fatigosa.

Frente a una franqueza tan vulgar, Meneghini tuvo un gesto de indignación y de contrariedad. No le gustaba la mala educación, ni siquiera cuando se pretendía atenuarla con un tono informal y amistoso. Parecía que Onassis era el símbolo de esa mala educación. Lo más escandaloso era que a Maria le parecía divertido.

—Titta, trata de comprender. Es un hombre que puede permitirse decir todo lo que piensa. Este es el verdadero lujo del rico. Y Aristo es extraordinariamente rico —decía con convicción.

Antes de zarpar del puerto de Montecarlo hacia Portofino, Onassis ofreció esa noche una cena a bordo de su yate. «Maria a mi derecha, frente a Winston. Y Titta aquí, junto a Tina»; se divertía distribuyendo el lugar que cada uno debía ocupar en la mesa. Con ellos, además de otros amigos, se encontraban Christina y Alexander, los dos hijos de Aristo y Tina. Pero por razones de hospitalidad los chicos dormían en camarotes más pequeños, junto a los marineros. Esto era suficiente para suscitar su animadversión, sobre todo hacia Maria, que estaba instalada en el camarote que solían ocupar ellos. En cuanto la Callas se sentó a la mesa, pegó un brinco: Alexander había escondido en el cojín la esquirla de una copa de cristal rota, con la intención de hacerle daño. Era solo el comienzo de su venganza.

Cuando Titta se presentó en el puente para la cena con un ligero retraso, Tina Onassis lo examinó atentamente de arriba abajo como solo ella sabía hacerlo. Americana azul, pantalón blanco y unos horrendos e inapropiados mocasines blancos.

—¿Dónde nació, señor Meneghini? —le preguntó con afectación en su italiano de fuerte acento americano.

—En Zevio, provincia de Verona —respondió.

—Ya se ve.

Fue el único comentario de la señora Onassis, antes de ponerse a hablar en inglés con Churchill. El resto de la velada fue para Meneghini de un aburrimiento insoportable: Maria seguía hablando en griego con Onassis, y Tina y los otros huéspedes hablaban en inglés. Él, que solo hablaba veronés e italiano, se sentía automáticamente excluido de sus conversaciones. Se levantó de la mesa, sin que nadie lo advirtiera, y fue a reunirse con el cocinero italiano para hablar de sardinas *in saor* y bacalao.

—Titta, ¿dónde estás?

Era Maria que llamaba a la puerta de su camarote. Lo estaba buscando, visiblemente alterada.

—¿Qué te pasa, Maria? ¿Has bebido?

Titta se percató inmediatamente. Maria no estaba acostumbrada a tomar bebidas alcohólicas o vino en grandes cantidades: le bastaban dos vasos para perder el control.

—Que no, cariño. Solo estoy un poco «alegre» —lo tranquilizó—. Ven, no me dejes sola. Vamos a reunirnos con los demás en el bar —le dijo cogiéndole de la mano.

Cuando llegaron al bar, la Callas se sentó en la barra y pidió un whisky doble de malta.

—Maria, ¿te has fijado en tu asiento? —le preguntó Aristo, divertido. La Callas examinó el taburete, pero no encontró nada raro—. ¡Ja, ja, ja! Estás sentada sobre la polla más grande del mundo.

Todos los huéspedes (Churchill ya se había retirado a su camarote con su papagayo) rieron a carcajadas. Excepto Titta, que no había entendido nada, porque Onassis había hablado en inglés.

—Los cojines de estos taburetes están hechos con piel del prepucio de la ballena. ¿Comprendes? ¿No te parece divertido?

Maria se rió a gusto; nunca en su vida se había sentido tan ligera.

—Pero ¿qué hace?

Tina Onassis se detuvo de repente. No podía andar. Titta le había pisado la cola del vestido con sus horribles zapatos blancos.

—Oh, lo siento, Tina. No había visto su vestido.

Ella lo miró con el más terrible aire de suficiencia de que era capaz.

«Este más que Meneghini es Meningitis», le dijo al oído a su amiga Nonie Montague Browne, esposa del asesor personal de Churchill.

Esa noche Meneghini se retiró al camarote sin comprender por qué aquellas dos insoportables señoras se habían reído tanto a sus espaldas.

Capri, sábado 25 de julio de 1959

—Maria, yo no me quedo aquí ni un día más. Estoy hasta la coronilla de esta gente estrafalaria. Antes de partir, las cosas quedaron claras: «Si no estamos cómodos, hacemos las maletas y nos vamos»: eso es lo que dijimos. Y es lo que tenemos que hacer. Tenemos tiempo de coger el aliscafo hasta Nápoles y llegar al Lido de Venecia. Allí acabaremos las vacaciones.

Meneghini parecía inflexible. Apenas habían transcurrido tres días desde que el *Christina* había salido del puerto de Montecarlo y para Titta la situación era insostenible. Desde luego, la lengua era un obstáculo insuperable. Los únicos que hablaban italiano a bordo, aparte de Maria, eran el comandante y un cocinero. No podía pasarse el día con los sirvientes. En cuanto a su mujer, cuando no estaba ocupada hablando en inglés con sir Churchill, hablaba en griego con Aristo, excluyendo automáticamente a todos los demás de la conversación.

Y además, en el *Christina* las costumbres eran completamente distintas. En aquel dichoso barco nadie se levantaba antes del mediodía. El único madrugador era Winston Churchill, que desayunaba a base de whisky y zumo de naranja. Y desde que estaba a bordo, no se había dignado dirigir ni una mirada a Titta. Para colmo, Tina parecía divertirse creándole situaciones embarazosas. En la mesa había una infinidad de cubiertos y Tina controlaba los que cogía Titta para cada plato, subrayando con una sonora risa todos sus errores, una actitud que irritaba bastante a Maria, aterrorizada ante la posibilidad de quedar mal. Y además, Meneghini se mareaba. En el camarote no podía poner el aire acondicionado por temor a perjudicar la voz de su mujer. En otras palabras, aquel crucero se estaba convirtiendo en un infierno. Y no estaba dispuesto a soportarlo ni un día más.

—Titta, escucha. No podemos ofender a Ari. Aguanta unos días más, dentro de poco todo habrá terminado —cortó Maria.

Ella no tenía problemas. Onassis le parecía una persona divertida y muy agradable. Había entre ellos una sintonía indudable. Después de cenar, a Maria le encantaba quedarse a su lado hasta el amanecer charlando bajo las estrellas. Hablaban de todo: de su vida en Grecia durante la guerra, de los muchos sacrificios que habían tenido que hacer para alcanzar la cima del éxito. Maria le había puesto al corriente incluso de su delicada situación económica.

—En tantos años de carrera cantando en todos los teatros del mundo, no he ahorrado ni una lira. Todo lo administra mi marido. No soy dueña de nada —le confió en un exceso de intimidad.

—Eso es terrible, Maria. Con lo que has cobrado, a estas horas deberías ser multimillonaria. Si me lo permites, de ahora en adelante seré yo quien se ocupe de tus ahorros y ya verás como en pocos meses tu patrimonio empezará a aumentar.

Cada hora que transcurría a bordo del *Christina*, Maria sentía que se reforzaba la fe y la confianza en Aristo.

—¿Por qué tendrías que ocuparte de mis asuntos, Ari? —le preguntó, desconfiada, Maria.

Desde que era la Callas, había aprendido en su propia carne a no fiarse de los gestos de altruismo. El objetivo siempre era obtener algún provecho cuando se trataba de sacarle dinero a la cantante más famosa del mundo.

—Es sencillo, porque me gustas —le respondió Onassis, pillándola por sorpresa—. Pero todavía no has aprendido a abandonarte. No escaparás de mí, Maria. Soy un animal. Un animal crecido en un ambiente salvaje, que ha luchado y ha matado para sobrevivir. Distingo con el olfato lo que conviene a mi vida. Y tú serás mía, porque así lo quiere el destino. Somos griegos, llevamos la misma sangre, los dos lo sabemos muy bien: nos necesitamos el uno al otro. Tienes que deshacerte de todos esos miedos burgueses y provincianos. En tu interior, sigues siendo la muchachita de Atenas que zarpó de Grecia hacia Nueva York en busca de fortuna. Luego, en vez de hacer frente a las mil dificultades de la vida norteamericana, has preferido sobresalir en la provincia italiana. Todo esto te ha convertido en una persona algo triste y modesta. Pero yo haré de ti una mujer.

Maria se había quedado confusa ante esas palabras. Por un lado, le parecían muy hermosas. Le gustaba fantasear con un futuro junto a su Aristo. Por el otro, le parecían irritantes: ¿cómo osaba aquel hombre dirigirse a ella en tales términos?

—Aristo, es tarde. Es mejor que nos retiremos. Buenas noches. Hasta mañana —dijo la Callas, cerrando la puerta del camarote.

La puerta que se interponía entre ellos la hacía sentir menos vulnerable. Titta roncaba y ella, acostada a su lado, contemplaba a través del ojo de buey las estrellas que en el cielo competían en brillo. «¿Qué me está pasando? ¿Hasta cuándo voy a resistir?»; esa noche se durmió con esta pregunta que le martilleaba despiadadamente el corazón y el cerebro.

Quíos, lunes 3 de agosto de 1959

Desde hacía unos días, el *Christina* navegaba por el Egeo. Maria pensaba en la última vez que se había marchado de Grecia, muchos, muchos años antes. En el amor inocente de Dimitri, en la amistad desinteresada de Milton y del coronel Bonalti. Pero también en su hermana Jackie, que a lo largo de aquellos años se había hecho un nombre como cantante; la llamaban la «segunda Callas», siguiendo la estela de su popularidad. Mientras respiraba a pleno pulmón en el puente el aire perfumado del mar, volvían a su memoria las palabras con que mamá Litsa la había despedido, poco antes de partir hacia Nueva York: «Triunfarás, Maria, alcanzarás las cumbres del Olimpo, pero siempre tendrás que regresar. Porque esta es tu tierra y a ella perteneces por la fuerza del destino».

Litsa tenía razón. Maria se sentía cada vez más arraigada a esa tierra: entre ella y Aristo existía un vínculo muy fuerte, un vínculo de sangre que solo dos hijos de Grecia como ellos podían sentir. Por eso le gustaba tanto hablar con él en griego: cuando lo hacía, tenía la sensación de utilizar una especie de lenguaje cifrado, que solo ellos dos podían comprender. Desde que había conocido a Onassis, sentía el irrefrenable instinto de entregarse a él. Una sensación física violenta, que la hacía olvidar cualquier pudor o vergüenza. Había vivido sin saber lo que era abandonarse a los sentidos, la pasión total, y sabía que pronto, muy pronto, cedería.

—Por fin en Quíos. Tengo muchas ganas de abrazar a mamá y a papá. Estoy hasta la coronilla de gente envidiosa y mala.

Tina Onassis, al pasar junto a Maria, elevó deliberadamente el tono de voz mientras hablaba con su amiga Nonie, a fin de que la Callas pudiera oírla.

No aguantaba más a aquella mosquita muerta que hacía todo lo posible por arrebatarle el marido. Una noche incluso la había sorprendido dando de comer a Ari con una cucharita de helado. «Es una escena lamentable que hubiera preferido no tener que contemplar nunca —le dijo mirándola fijamente a los ojos—. Sería preferible que fueras tan servicial con el paleto de tu marido.»

Tina incluso había azuzado contra ella a sus hijos: Christina no le dirigía la palabra y Alexander se divertía haciendo pedorretas a Maria cada vez que pasaba por delante.

En el pequeño puerto de Quíos aquella mañana flotaban miles de francesillas blancas: cuando el *Christina* atracó en el muelle, las campanas de todas las iglesias tocaron a fiesta.

—Fíjate, Titta, qué amables son.

Maria estaba convencida de que esa alegre acogida era en su honor. En realidad, Grecia se disponía a dar la bienvenida a su libertador, sir Winston Churchill. Cuando bajaron a tierra, la gente los rodeó, a él y a Onassis, para escoltarlos con un entusiasmo creciente hasta la residencia de los Livanos, los padres de Tina. Maria, decepcionada por la ingratitud de sus compatriotas, pretextó un fuerte dolor de cabeza y decidió permanecer en el barco: no quería meterse en la guarida del enemigo. Prefería las lamentaciones de Titta a las miradas de odio de Tina.

De modo que decidió retirarse a su camarote. Titta, que también se había quedado en el barco, estaba comiendo con el capitán. Debido a las circunstancias, se habían convertido en excelentes amigos. A esas primeras horas de la tarde, seguramente la dejaría dormir.

—Titta, todavía no me encuentro bien. Déjame en paz. —Seguían llamando a la puerta—. Pero bueno, ¿es que además te has vuelto sordo?

Maria no podía dar crédito a lo que veía. No era su marido el que tenía delante, sino Aristo.

—¿Qué estás haciendo aquí? ¿No tenías que comer con tus suegros? ¿Has dejado a Tina?

—No estaba tranquilo, Maria. No me gusta que estés aquí sola Quiero estar contigo. Cuando tú no estás, siento que me falta una parte de mí. No sé lo que está pasando ni tampoco me interesa encontrar una respuesta. Lo único que sé es que solo me encuentro bien cuando te tengo cerca.

Maria se estremeció. El corazón le latía con fuerza. No podía razonar ni hablar. Aristo le parecía más hermoso que nunca. Con aquel rostro tan bronceado y aquel mechón rebelde de cabellos que la brillantina no conseguía dominar, con aquellos brazos fuertes, de marinero.

—Bien, no es muy prudente. Pero lo que me dices me gusta y... —no conseguía balbucear nada más.

Aristo la tomó en sus brazos y la besó con furia. Sus besos contenían toda la pasión que ambos habían reprimido a lo largo de aquellos días, el deseo de darse y de poseerse. Maria sintió que le fallaban las fuerzas.

—Esto debe de ser el amor —dijo—. Nunca en mi vida había sentido algo así, Ari. Me siento llena de ganas de vivir. Deseo proyectar cosas nuevas para mi vida, para nuestra vida. Sí, deseo pensar para dos. Nunca lo he hecho, pero siento que contigo es así.

Mientras le hablaba, Ari la besaba en el cuello, le recorría la nuca con la lengua, le lamía los lóbulos de las orejas haciéndola enloquecer de placer. Era su primera vez. Se sentía como una adolescente en su primer amor. Los besos de aquel hombre, ávidos, cálidos, envolventes le hacían comprender que nunca había conocido la felicidad.

Ahora puedo volver junto a aquella gente más sereno y más fuerte —le dijo liberándola de sus brazos.

—¿Qué es esto tan horroroso?

La mirada de Onassis se había detenido en el pesado y basto reloj Bulova que Maria tenía sobre la mesilla de noche. No le dio ni tiempo a responder.

—Por favor… —dijo abriendo el ojo de buey y arrojando el reloj al mar.

Salió tras haberle dado un último y ávido beso: le había chupado el labio inferior hasta hacerlo sangrar. Maria estaba aturdida, incapaz de pronunciar palabra. Aristo, su Aristo, había arrojado al mar un trozo de su vida. El reloj que le regaló su padre y del que no se separaba nunca. El primer gesto que aquel hombre había tenido con ella había consistido en liberarla de un trozo de su vida. «Así es —dijo en voz alta Maria—. Hasta ahora he vivido para el canto. A partir de hoy viviré para Aristo. Soy una mujer nueva. Hoy nace Maria. La Callas ya ha vivido bastante.»

Estambul, jueves 6 de agosto de 1959

—Pero ¿qué hace? Oiga, que ya está casada.

El grito desesperado de Titta Meneghini resonó bajo las bóvedas de la basílica de Santa Sofía. Todos se volvieron hacia él. Todos excepto Maria y Ari, que estaban situados delante del patriarca Atenágoras, como dos esposos. El patriarca, con la mano bendecidora sobre sus cabezas, ellos con devoto recogimiento. Para el católico *commendator* Meneghini, ese rito tenía todo el sabor de un matrimonio profano, de una blasfemia. Para el resto de la pandilla mundana era un simple gesto de ternura y de devoción. Pero Titta tenía razón. Para Atenágoras, la Callas y Onassis eran en ese momento los dos griegos más famosos del mundo, y bendecirlos significaba dar gracias a Dios por haber transformado a dos hijos tan llenos de talento en dos apóstoles de su tierra. Para Maria y Ari, el patriarca representaba al ministro de Dios, el que había impartido la bendición del cielo a su vínculo y al amor que los había trastornado. A la salida de la basílica, ambos parecían ajenos al grupo; Maria caminaba del brazo de Ari, sin ver a nadie, absorta en sus pensamientos.

—Nos ha bendecido, ¿comprendes? —le dijo a Ari en griego.

—En ese momento he sentido con fuerza que Dios aprueba y alienta nuestro amor. Desde hoy te pertenezco y tú me perteneces —le respondió Aristóteles.

—Ari, lo he decidido. Hoy hablaré con mi marido —dijo Maria encaminándose con decisión hacia el amarre del *Christina*.

—No quiero seguir siendo tu mujer. Entre tú y yo todo ha terminado. ¿Es que no quieres entenderlo?

Titta miraba a Maria y no la reconocía. Ante él tenía a una mujer fría, lúcida, con un brillo siniestro en los ojos, que le hablaba como si lo hiciera por boca de otro. Dejó que se desahogara, porque estaba hecha una furia, un torrente desbocado.

—Te he dedicado inútilmente los mejores años de mi vida. Me has utilizado haciéndome trabajar a un ritmo inhumano, vendiéndome a los teatros como carne de cañón. A partir de hoy, quiero recuperarme a mí misma. Y creo que tengo derecho a ello. Siempre he sacrificado mi vida y mis intereses al trabajo. Desde que nací, me han estado llevando de un sitio a otro como a una niña prodigio. Pero tengo treinta y cinco años: la niña ha crecido.

Titta se había quedado mudo. ¿Era esa la mujer por la que había abandonado a su madre, sus negocios, lo que más quería en el mundo? ¿Había valido la pena?

—Pero ¿qué estás diciendo, Maria? No te reconozco —le dijo con lágrimas en los ojos—. Siempre lo hemos construido todo juntos. Siempre hemos decidido juntos tu carrera artística. Siempre hemos estado de acuerdo tú y yo, nuestro Toy. ¿Y nuestra hermosa casa? La hemos levantado piedra a piedra.

Maria lo miraba con aire desafiante. En su rostro no se traslucía la más mínima emoción.

—¿Cómo te atreves a decirme esto? ¿Cómo puedes utilizar la palabra «juntos»? Siempre me has tenido a oscuras de todo. No he visto ni una lira, ni una sola lira de todo el dinero que he ganado. Y es mucho, creo. Tú lo has administrado todo: has comprado casas, has invertido en títulos, acciones, oro y joyas. Sin consultarme nunca nada. Yo te he dejado hacer, es cierto. Me gustaba tener a mi lado a un hombre que me protegiese, que me hiciese sentir su niña. Pero también es cierto que de este modo nunca he llegado a crecer. No, Battista. Ha llegado el momento de que crezca. A partir de hoy quiero caminar sobre mis propias piernas.

—Dime al menos una cosa —la interrumpió Titta—, pero sé sincera. Te has enamorado de Onassis, ¿no es cierto? ¿Cómo has podido traicionar nuestro amor? ¿Cómo has podido renegar de la magia que nos unía, de la promesa que hiciste delante de Dios?

—¿Cómo puedes hablar de magia? ¿De qué amor estás hablando? Tú y yo hace al menos diez años que no hacemos el amor. Lo único que nos une es la costumbre de estar juntos. Y el terror de continuar nuestra vida solos. Pero ese terror ya no lo tengo, Battista. Y no me preguntes si estoy enamorada de Aristo. En este momento soy simplemente una mujer enamorada de sí misma y de su libertad.

Meneghini ya no sabía qué decir. Había perdido su dignidad ante Maria y buscaba por todos los medios a su alcance convencerla para que diera marcha atrás.

—Dime otra cosa. ¿Qué harás con tus próximos compromisos? ¿Mantendrás las fechas fijadas para los conciertos y óperas? —le preguntó.

—Soy una profesional. Cumpliré los contratos firmados. Pero también estoy decidida a espaciar en el futuro mis compromisos. Ya te lo he dicho: quiero hacer vivir a Maria. La Callas ha vivido siempre en su lugar. En cualquier caso —añadió asestando el golpe fatal a su marido—, a partir de hoy te pido oficialmente que no sigas actuando como mi representante. Ya lo haré yo sola. Gracias.

—Eso lo decidirán los abogados —respondió Titta: ante el dinero Meneghini había recuperado todo su orgullo, como un viejo león.

Esa noche en el *Christina* el cielo parecía tocar el mar. Nunca las estrellas habían estado tan cercanas a la tierra ni habían brillado tanto. Maria y Ari estaban abrazados, solos, bailando amartelados como dos amantes las notas sensuales de Frank Sinatra.

—Amor mío, te deseo —le dijo besándolo dulcemente en los labios.

Sus manos se buscaban, sus pechos se rozaban. Ambos podían sentir cómo les latía el corazón desbocadamente bajo su ropa ligera.

—Ven conmigo, cariño. Quiero que pasemos la noche juntos.

Aristo tomó a Maria de la mano y se la llevó con él al camarote.

Esa noche hicieron el amor apasionadamente. Maria nunca había sentido nada igual. Por primera vez no se avergonzaba de su cuerpo, desnudo entre las sábanas de hilo. Le gustaba el contacto de sus piernas desnudas con las cálidas y musculosas de Aristo. Le gustaba acariciarle el pecho, excitarle los pezones con la punta de la lengua. Con él todo era natural. Sus manos y su boca actuaban siguiendo su instinto. Nunca había hecho el amor de un modo tan salvaje. Nunca había sido poseída por un hombre de una forma tan violenta, tan fuerte. Era como si Aristo tocase un instrumento, que era su cuerpo, y supiese extraer de él placer y armonía. Él dirigía. Ella, instrumento en sus manos, sonaba. Imposible gobernar los pensamientos: Maria se dejó llevar por la vibración de su cuerpo, por las emociones que aquel hombre sabía despertar en ella, por el fuego de sus besos. Apretó con todas sus fuerzas la almohada que tenía debajo, empujó secundando sus embestidas y gritó. El primer orgasmo de su vida.

Adiós, Titta

Montecarlo, jueves 13 de agosto de 1959

Aquel viaje de Montecarlo a Milán fue un suplicio. No podía ni mirar a la cara a Titta. Le era completamente indiferente. Le producía una sensación de malestar físico, una ligera náusea. La falta de contacto físico con Aristo, la ausencia de su perfume, de sus manos le resultaban realmente insoportables. Aunque en cierto modo esos sentimientos quedaban atenuados por el hecho de haberse liberado de la presencia de Tina. Los últimos días del crucero habían sido muy violentos. Conseguir espacios apartados como amantes había sido muy difícil. Sobre todo a causa de sus escenas de celos.

La mujer de Onassis había asistido al nacimiento de su amor primero con disgusto, luego con una rabia creciente. Aristóteles no le importaba nada. Simplemente, no quería perder: no lo había hecho en su vida, y no iba a empezar entonces.

—Eres la mayor furcia que he conocido —gritó una tarde a Maria, al encontrarla en cubierta con su marido en una actitud inequívocamente íntima—. Cuando una nace cubierta de harapos como tú, nunca consigue quitárselos de encima, aunque se vista con las mejores sedas de París. ¿Quieres a Aristo? Llévatelo, pero vete a hacer de ramera a otra parte, no en mi casa.

Maria respondió a tanta violencia verbal con una sonora risotada, mientras Aristo se quedaba quieto, medio borracho de ron, con su poderoso miembro todavía en la mano.

—¿Y tú vienes a darme lecciones de moral? ¿Tú, que te dejas follar por tu amante delante de todos? Has comprado un muchachito que podría ser tu hijo. Lo mantienes para poder llevártelo a la cama cuando te apetece, ¿y todavía quieres darme lecciones de moral? Nací pobre, es cierto, pero recuerda una cosa: todo lo que tengo me lo he ganado con mi sudor. En todo el mundo soy Maria Callas. Tú no eres más que la hija de tal o la mujer de cual; estás destinada a reflejar el brillo de los otros.

Maria supo mantener a raya a aquella hiena. La había hecho callar golpeando sus dos únicos puntos débiles: el orgullo y Reinaldo Herrera, su amante argentino de veinticinco años, hermoso como un dios griego. Tina la odiaba con todas sus fuerzas.

—Ya te ajustarán las cuentas mis abogados. Si te crees que basta con ser la Callas para derrotar a una Livanos, estás muy equivocada —le dijo mirándola con desprecio.

Desde ese día, hasta el final del crucero, entre ellas no hubo más que silencio. Solo Alexander y Christina, instigados por la madre, seguían con su linchamiento diario. El primero, cuando veía a Maria, se escondía en el corredor del puente e, imitando la voz de Toby, el papagayo de Churchill, le gritaba: «¡Puta! ¡Puta!». La otra había entrado a escondidas en el Itaca, su camarote, y se había entretenido cortando con unas tijeras dos chales antiguos bordados a mano, que Biki le había traído de India. Maria estaba furiosa: le gustaban mucho sus chales, se los ponía todas las noches y Christina lo sabía.

—Mira, este es el amor y el respeto que me tiene tu hija —le dijo a Aristo, mostrándole furiosa los jirones de la preciosa tela esparcidos sobre la cama.

—No puede haber sido Christina. ¿Qué pruebas tienes?

—Los marineros la han visto entrar en el camarote con unas tijeras grandes. ¿Hace falta algo más?

—Sí. No vuelvas a mencionar a mis hijos nunca. ¿Has entendido? Nunca. Saldrías malparada —le dijo Onassis, con un tono absolutamente glacial.

Desde ese día, Maria aprendió la lección: ignoraría para siempre a los dos hijos de su hombre.

La pesadilla había terminado. Faltaban ya muy pocas horas para llegar a Milán. Luego empezaría una nueva vida. Desde que habían subido al coche, Maria y Titta se ignoraban. Dentro del automóvil, el ambiente gélido era el signo tangible de su falta de comunicación. Nunca volverían a hablarse. Maria no podía sentir odio hacia aquel hombre. Simplemente, le era indiferente.

Al llegar a via Buonarroti, mientras el chófer Ferruccio estaba ocupado en bajar el equipaje, Maria solo abrió la boca para pronunciar unas pocas palabras, aunque esenciales:

—Si no te importa, preferiría quedarme sola en Milán. Vete a Sirmione. No puedo vivir contigo bajo el mismo techo.

Titta se armó de coraje y la agarró del brazo.

—Maria, por qué no lo probamos otra vez, te lo ruego. Hagamos un último intento. Ven a Sirmione conmigo. No tiremos por la borda todos los años que hemos vivido juntos. Te lo ruego, en nombre de Dios.

Había reunido todas sus fuerzas para dirigir aquellas palabras a la mujer que todavía amaba. Pero Maria se mostró inflexible.

—Battista, se acabó para siempre. No quiero volver a Sirmione; Aristo me ha preguntado cómo has podido tenerme tanto tiempo allí, en aquel charco que es el lago de Garda. A partir de hoy, hablarán por nosotros nuestros abogados.

Tomó en brazos a Toy y a Tea, sus caniches, y entró en casa sin volver la vista atrás. Titta, con lágrimas en los ojos, cerró la pesada verja de su casa: detrás de la verja quedaba el pasado. Un pasado que nunca volvería.

La primera Navidad con Omero

Milán, viernes 25 de diciembre de 1959

Aquellas eran las primeras navidades que pasaba sola. Desde que había nacido. Maria, que adoraba el ambiente cálido y acogedor de esas fiestas, estaba comiendo sola la sabrosa comida que Bruna le había preparado. No obstante, aquella soledad no le pesaba. Le hacían compañía Toy y Tea, sus dos queridos perritos, su hermosa casa de Milán (en los trámites de separación, la había reclamado por encima de todo, dejándole a Titta la casa de Sirmione), la chimenea encendida y sus recuerdos. Los recuerdos del verano pasado junto a Ari, el más hermoso de su vida.

Es verdad que ese día no estaba con ella. Desde que la odiosa Tina había presentado su demanda de divorcio por adulterio, Ari no renunciaría por nada del mundo a pasar la Navidad con sus hijos. Ahora ya lo tenía claro: para aquel hombre, los hijos eran antes que nada. Incluso antes que ella. Le gustaba ese apego a la familia. A pesar de ser uno de los hombres más ricos y poderosos del mundo, Ari había mantenido bien sólido el valor más importante para un griego: la familia. Esto la hacía estar orgullosa. Sobre todo en un momento tan feliz de su vida.

«Si lo supiese, hoy estaría aquí conmigo…», susurraba Maria frente al alegre fuego de la chimenea, acariciándose con dulzura el vientre. Esperaba un hijo de Ari. Ese era su dulce secreto: estaba en el cuarto mes de embarazo. No se lo había dicho a nadie, ni siquiera a él. Quería estar bien segura de que iba a ser madre: el doctor Palmieri, que la atendía, le había diagnosticado una retroversión de útero, lo que hacía que fuera un embarazo especialmente delicado. Y los primeros tres meses eran los más difíciles. Por eso Maria había anulado todos sus compromisos, hasta septiembre del año siguiente. «Quiero dedicarme a ti, que eres mi hombre.» Eso es lo que había respondido cuando Ari le pidió explicaciones acerca de aquella agenda desoladoramente vacía. Estaba ansiosa por decírselo. Aristo llegaría esa misma noche. Le había prometido que iría desde Ginebra con su jet privado y aterrizaría en el aeropuerto de Linate hacia las doce, para pasar la noche de Navidad con ella. Maria cerró los ojos: se esforzaba por imaginar la cara que pondría Aristo cuando le comunicara la noticia.

Mientras esperaba, trataba de matar el tiempo imaginándose cuándo habían concebido a su hijo. Recordaba perfectamente todas aquellas noches, aunque bien distintas una de otra. Seguramente, había sido en el *Christina*, que Maria consideraba su verdadera casa. Su amor pertenecía al mar: allí había nacido y, no sabía cómo ni por qué, al mar regresaría. «Puede que ocurriera aquella noche loca en que Ari hizo sonar la sirena en Glyfada», exclamó Maria, atrayendo la curiosidad de Bruna, que se preguntaba si su señora, que estaba hablando sola en el salón, estaba en sus cabales. Maria lo recordaba perfectamente. Habían hecho el amor como dos muchachos toda la noche. Tres, cuatro veces. Ella se había entregado por completo a él, descubriendo placeres que hasta entonces no había ni imaginado que existieran. Primero como dos tiernos enamorados, después como dos amantes y, finalmente, como animales salvajes. Al acabar, Aristo, exhausto, quiso saludar a la aurora a su manera.

—Ahora voy a ir a cubierta y tocaré la sirena. Quiero que el sol y el mundo sepan cuánto te amo —le había dicho, besándole los ojos.

—¿Estás loco? Despertarás a todo el mundo —le dijo Maria, llorando de alegría.

—Es lo que quiero: el mundo, todo el mundo ha de saber cuánto amor hay dentro de este corazón.

Sí, su hijo había sido concebido justamente aquella noche: Maria estaba convencida. Además, las cuentas de las semanas de embarazo coincidían. Estaba segura de que era un varón, lo sentía. Y le llamaría Omero: el padre, el poeta, el cantor de las aguas de Grecia. «Esta noche, mi pequeño Omero, mi dulce y gran tesoro, papá se enterará de tu existencia...», sonrió Maria.

—Señora, ¿se encuentra bien?

Bruna empezaba a preocuparse.

—Sí, Bruna. Me encuentro perfectamente. ¿Sabes lo que te digo? Que no me he sentido mejor en toda mi vida. A propósito, ¿cuándo comemos? Tengo un hambre de lobo.

Bruna la miró con preocupación. Habitualmente la Signora estaba inapetente, pero en los últimos tiempos siempre hacía los honores a su cocina. Al parecer, el amor le estaba sentando muy bien.

«Duerme, duerme, duerme, mi amor. Duerme, sueña, recuesta la cabeza sobre mi corazón.» Aquella mañana de Navidad, Maria Callas, sentada al piano, cantaba la primera canción de cuna a su hijo. Cuánto había deseado esos momentos. Desde siempre. Cuando le suplicaba a Titta que tuvieran un hijo, la respuesta siempre era la misma: «Maria, ¿estás loca? ¿Un año sin trabajar? Tenemos contratos firmados con los teatros para los próximos quince años. No puede ser. Y además, ya tenemos los perros». Ahora su sueño estaba a punto de realizarse. «Cierra los ojos, escucha a los angelitos.» Las dulces notas de Brahms brotaban alegres y melancólicas en el canto de Maria.

—Señora, el señor Onassis al teléfono —la interrumpió Bruna.

—Hola, amor mío. ¡Feliz Navidad! —dijo Maria con entusiasmo—. Nuestra primera Navidad juntos, mi amor. ¿A qué hora llegas? ¡Tengo un regalo especial para ti!

—No puedo, muñeca. Ten paciencia. Alexander se ha empeñado en que le acompañe a esquiar a Saint-Moritz. No puedo decirle que no. Está pasando una mala temporada. Toda la prensa habla de nosotros debido al escándalo del divorcio. Sus compañeros de colegio se ríen de él. En resumen: quiero que sepa que su padre está con él. Me comprendes, ¿no? Ten un poco de paciencia. Por mi hijo y por mí, Maria.

Esas eran las palabras que habría querido no tener que escuchar nunca. Le hubiera gustado gritarle que desde ese momento había otro hijo suyo, y que ese niño también deseaba de su padre todas las atenciones que merecía. Le hubiera gustado decirle que esa noche ella y su hijo también querían tener a papá a su lado. Le hubiera gustado contemplar su rostro mientras abría el paquete que le había preparado bajo el árbol: un babero con la inscripción «Felicidades, papá». Pero no. Tenía que callar. Tenía que doblegarse una vez más a los caprichos de aquel muchacho al que odiaba con todas sus fuerzas.

—¿Qué pasa? ¿Por qué no me dices nada? ¿Maria? ¿Sigues ahí?

—Sí, sigo aquí. No te preocupes, mi amor. ¿Así que no te veré en una semana?

—Sí, pero los días pasan rápido. He pensado que podríamos reunirnos en Montecarlo para el fin de año. Estaremos juntos, tú y yo, en el *Christina*. ¿O prefieres ir al Hermitage?

—No, mejor en el barco. Será más hermoso contemplar desde el mar los fuegos artificiales —le respondió Maria, más calmada.

Colgó el auricular. En realidad, sería más prudente no moverse de Milán. El doctor Palmieri le había recomendado que evitara ajetreos innecesarios. Pero cumplir los deseos de Aristo le parecía la cosa más natural del mundo. Siempre y en todas partes. Amaba a aquel hombre. Haría cualquier cosa por él. Desde que estaban juntos, todo lo demás había pasado a segundo plano, incluida la música. Por otra parte, ya no tenía necesidad de alcanzar mundos desconocidos a través de la noche. El paraíso estaba al alcance de su mano, y lo vivía con Ari.

El rechazo

Montecarlo, viernes 1 de enero de 1960

Los fuegos artificiales delante del Jimmi'z eran realmente espectaculares. Maria y Aristo estaban abrazados en medio de la bahía de Montecarlo, en el *Christina*, como dos muchachos. Sus besos, más que el champán helado, completaban la obra. En cierto momento Maria, abrigándose bien el cuello con su abrigo de chinchilla, lo tomó de la mano y lo invitó a ir a proa.

—Aristo, ven aquí. Quiero expresar un deseo muy especial. Solo para mí y para ti —le susurró.

Él, eufórico, la atrajo hacia sí, colocándole con fuerza su mano en las nalgas.

—Me muero de ganas de follarte —le dijo con su voz ronca por el deseo, con aquella franqueza mezclada con vulgaridad, que a Maria le parecía increíblemente excitante.

—Espera, amor mío. Antes tengo que decirte una cosa. Ven aquí, abrázame.

Maria quería recordar ese momento importante como uno de los más románticos de su vida. El marco era perfecto: el mar, los fuegos artificiales, la euforia del Año Nuevo. Solo las manos y la insistencia de Ari estropeaban la magia.

—Dime, muñeca —le dijo.

Maria le cogió las manos y lo miró a los ojos, con una sonrisa radiante. Nunca había estado tan bella.

—Vas a ser papá. Estoy esperando un hijo tuyo.

La primera reacción de Onassis fue un ligero acceso de tos, debido a una repentina extrasístole. Cuando estaba emocionado, el corazón le jugaba malas pasadas. De pronto se sintió sudado. Un sudor frío que le helaba la frente.

—¿Qué estás diciendo? —exclamó evitando su mirada—. ¿Cómo es posible? ¿Cómo puede haber ocurrido? Siempre me has dicho que no podías tener hijos. Tú, yo...

Maria no podía creérselo. Su Ari, el hombre al que amaba más que a su propia vida, el hombre por el que había sacrificado la música, el canto, le estaba dando con la puerta en las narices.

—¿Me estás diciendo que lo que acabo de anunciarte no te hace feliz? —le insistió Maria.

Le impresionaba oír su voz perdiéndose en el silencio del mar, mientras los últimos fuegos artificiales saludaban el nuevo año.

—Sí, eso es. No quiero ese hijo. No puedo darles ese disgusto a Christina y Alexander. Ellos son mis hijos, solo ellos son los Onassis. Tú y yo no estamos casados, Maria. Nunca, nunca podré dar mi nombre a nuestro hijo. Y tú lo sabes muy bien. Nacerá un bastardo —gritó Ari con todo el aire que tenía en los pulmones.

—Sí, un bastardo como su padre. Te odio. Eres el mayor hijo de puta que he conocido. Te odio.

Maria sintió que sus nervios estaban a punto de ceder. Y no podía permitírselo. Por ella, pero sobre todo por Omero, su hijo. Se fue a su camarote y se tumbó en la cama.

«No te preocupes, hijito. Tu papá está un poco enfadado. Pero luego se le pasará. No. No quería decirte esas palabras tan feas. Él ya te quiere. Como tu mamá. Duerme, pequeño amor mío...» Mientras pronunciaba en voz alta estas palabras, Maria lloraba. Mezclaba los sollozos con las lágrimas.

No quería llorar. Mamá Litsa le había enseñado que nunca hay que llorar el primero de año: trae mala suerte. Pero aquel 1960 iba a ser un año maravilloso: nacería su hijo.

No obstante, el llanto era más fuerte que ella. Maria se durmió, aturdida, con la almohada empapada en lágrimas, mientras la fría aurora se apoderaba de su camarote. Saludaba al nuevo año sola. Sola, no: con su pequeño Omero.

Omero, y luego la oscuridad

Milán, miércoles 30 de marzo de 1960

Estaba sentada en un maravilloso prado verde, suave. Sentía en su interior el calor del sol. El cielo era azul, con algunas nubes blancas que jugaban con el viento. Vasili se estaba columpiando. Sus cabellos dorados brillaban a la luz del sol, su sonrisa luminosa hacía aún más bellos sus grandes ojos azules. «Mírame, Mary. ¡Vuelo! ¡Vuelo!». Vasili se divertía columpiándose cada vez más alto, se daba impulso con sus piernecitas cada vez más alto. Cada vez más alto. De repente, un ruido. Sordo. Sobre aquel prado suave y verde. Una mancha de sangre roja, viva, caliente. Cada vez más grande. Cada vez más extensa. Maria abrió los ojos. Empapada de sudor. Encendió la luz: las cuatro y media de la mañana. El corazón le latía con violencia en el pecho. Qué extraño. Sentía aún en su piel el calor del sueño. Se miró. Las sábanas de hilo estaban empapadas de sangre.

—¡Bruna! ¡Bruna!

Un grito, y nada más.

—Señora, señora, se lo ruego. Tranquilícese.

Maria abrió los ojos. Delante de ella estaba Bruna, que le acariciaba la mano. Miró a su alrededor: se encontraba en una pequeña habitación de hospital. Una monja estaba metiendo algo en el gotero que llevaba sujeto al brazo.

—Bruna, ¿por qué estoy aquí?

La asistenta de Maria no podía contener las lágrimas, era incapaz.

Maria instintivamente se llevó la mano al vientre, aquel vientre que tanto había acariciado durante aquellos meses. Ya no estaba. Volvió a pasar las manos.

—¿Ha nacido, Bruna? ¿Ha nacido mi pequeño Omero? Dime que sí.

—Oh, señora…

Bruna prorrumpió en un llanto desesperado.

La monja, que hasta aquel momento había asistido en silencio a la escena, la invitó a abandonar la estancia. Maria se aferró a sus brazos, con desesperación.

—Madre, se lo ruego. Déjeme ver a mi hijo. Se lo suplico. ¿Cómo es su cara? ¿Cómo son sus ojos?

—Señora, tiene que calmarse. Le sentará bien descansar un poco —le respondió la religiosa.

—No, no quiero calmarme. Quiero tenerlo entre mis brazos. Él no puede vivir sin su mamá…

De pronto, una aguja penetró en su brazo. Maria ya no lograba mantener los ojos abiertos ni articular palabra. Ladeó la cabeza sobre la almohada. Se durmió, olvidando por unas horas su dolor.

El último adiós

Cementerio de Bruzzano, lunes 4 de abril de 1960

El doctor Palmieri se lo había desaconsejado. Pero Maria no quiso atender a razones. Quería ser ella la que diera el último adiós a su hijo. Estrechaba entre sus brazos el pequeño ataúd, mientras subía los escalones del columbario del cementerio de Bruzzano. Un cementerio en la periferia norte de Milán, lo más lejos posible de las miradas de los curiosos. Cuando llamó por teléfono a Aristo para decirle que su hijo había muerto, él, que se encontraba de crucero en Puerto Rico con el *Christina*, en compañía de sir Winston Churchill, la había conminado: «Entiérralo en un lugar alejado y con un nombre falso. No quiero escándalos».

No tenía ni fuerzas para pensar en la crueldad de esas palabras, ni tampoco en su soledad. Estrechaba el diminuto ataúd y contemplaba con los ojos hinchados por el llanto la pequeña placa de latón: «Omero Lengrini, 30 de marzo de 1960». Su pequeño Omero solo había vivido unas horas. Una insuficiencia respiratoria había acabado con su vida. Qué cruel destino. Una enfermedad había anidado en sus pequeños pulmones. Aquellos pulmones que, en otro tiempo, habían convertido a su madre en la mujer más famosa del mundo. Aquellos pulmones que su madre había sacrificado al amor de un hombre, que tal vez no merecía aquel sacrificio. Maria acariciaba a su pequeño Omero por última vez.

«Amor mío. Amor de mamá. ¡Cuánto te he querido, cuánto te

quiero! Tu mamá no te abandonará nunca. Tu mamá vendrá siempre a estar contigo. A verte, a acariciarte. El primer lunes de cada mes, como hoy. ¿Quieres? ¿Quieres a tu mamá? Sí, la quieres. Siento tus besos. Mi pequeño…» Ni siquiera el sacerdote fue capaz de resistir el tormento de esa escena. Arrebató con fuerza el pequeño ataúd de las manos de Maria y lo entregó al empleado de las pompas fúnebres.

Ningún guarda. Había que mantener el secreto más absoluto. Maria, agarrada del brazo de Bruna, no podía contener el llanto. «Tu mamá es mala. No ha podido venir contigo. Te ha dejado solo. Completamente solo. Ni siquiera ha podido regalarte el nombre de tu padre. Oh, Dios mío, ¿cómo podrás perdonarme por todo esto? ¿Cómo?» Gritaba y lloraba, mientras una mano piadosa y cruel apartaba de su vista para siempre a su querido Omero cubriéndolo con una losa de mármol blanco. Sobre el mármol había una fotografía del pequeño Omero. La había hecho Maria, tras haber vestido con sus propias manos al niño con una camisita blanca de hilo y un gorrito de encaje.

«Quiero fotografiar yo misma a mi pequeño. Duerme como mi Vasili», dijo. Muchos años antes, también mamá Litsa había fotografiado entre lágrimas a su Vasili con la corbatita roja, mientras reposaba en el pequeño ataúd blanco. Una jugarreta del destino había unido a aquellas dos mujeres tan alejadas y nunca tan cercanas como ese día. Un día que Maria recordaría y conmemoraría mientras Dios le diera vida.

Proyecto Kennedy

Epidauro, domingo 6 de agosto de 1961

Dentro de unas horas, sería de nuevo Medea. En su Grecia, en la de ambos. Aristo había insistido mucho para que volviera a cantar. Inmediatamente después de la muerte de Omero, había acudido a su lado. Maria deseaba renunciar a la vida para siempre: su sueño de maternidad, que la había acompañado desde que era pequeña, se había visto dramáticamente frustrado. Aristo había logrado con paciencia sacarla del túnel de la depresión: primero con frecuentes viajes al Loira, en busca de un castillo donde poder vivir, luego con fines de semana cada vez más largos en el *Christina*. Él mismo renunciaría a sus cruceros veraniegos por el Caribe a condición de que volviera a cantar *Medea*.

—No tiene sentido que abandones el canto. Es lo único que sabes hacer. Y tienes todavía mucho que ofrecer. Por eso volverás a empezar donde naciste: en Grecia. Será el comienzo de tu segunda vida —le decía continuamente.

Maria le había seguido la corriente, pero estaba cansada. Era consciente de que su voz ya no respondía. Ella, perfeccionista de nacimiento, no era el tipo de persona capaz de hacerse ilusiones. La Callas de antaño, divinizada por las masas de todo el mundo, capaz de conmover hasta el corazón más duro, hacía tiempo que no existía. Cada noche suponía una verdadera tortura, para lograr ser tan solo la sombra de lo que había sido. Y cuando acababa la representación comenzaba la verdadera angustia: ya no conseguía transmitir emociones a su público, era consciente de que aquellos aplausos eran un tributo al mito, no a ella. Sus únicos aliados eran los tranquilizantes. La ponían de «buen humor» y le permitían no pensar nunca en los resultados antes de salir a escena.

Lo que la inquietaba era su soledad total. A medida que demostraba que era capaz de caminar sola, Aristo se alejaba. Había en él una especie de desasosiego íntimo, como si no pudiese estar a su lado de una forma estable.

—Me pones nervioso —le decía—. Es mejor que te las arregles tú sola con tu trabajo.

Titta no la había dejado nunca sola antes de una actuación. La mimaba siempre como a una niña. Pero no quería pensar en ello. Incluso la víspera de aquella *Medea*, Aristo la había abandonado: se había ido a Asuán por negocios.

—Pero dejo el avión a tu disposición, para que mañana puedas estar con Omero —le había asegurado, tranquilizándola.

Lo había comprendido hacía tiempo: el viaje al cementerio para ver a su hijo el primer lunes de mes representaba para Maria una cita vital para sus nervios, y también para su equilibrio como pareja.

Y ahora Maria estaba allí, peinando la peluca de Medea, la madre de todas las madres.

—Señora, en primera fila está Elsa Maxwell —le explicó la fiel Bruna.

—No quiero verla, por favor.

Desde que Elsa había tomado partido públicamente por Tina, durante el divorcio de Onassis, distanciándose de Maria, la Callas la había borrado de su vida.

—No hay peor mujer en el mundo que esa enana. Pero toda esa maldad que lleva dentro antes o después el buen Dios la castigará. Dime, Bruna, ¿quién hay esta noche en la sala?

—Oh, está toda la Scala, señora: el señor Ghiringhelli al lado de Wally Toscanini.

Maria sonrió: la Scala le había pedido que volviera a inaugurar la temporada el 7 de diciembre. La única ópera con la que se sentía segura era precisamente *Medea*. Esa noche sería decisiva para la firma del contrato: la Scala se había desplazado en pleno para escucharla. Maria tenía que dar lo mejor de sí misma.

—Y también está su padre —concluyó Bruna.

Tata Geo había regresado a Grecia, después de tantos años, para estar a su lado en un día tan importante como aquel. Hacía unos meses que se había comprometido con una muchacha de origen griego, Alexandra, y a su lado estaba viviendo una segunda juventud.

—Maria, toda Grecia está a tus pies —le había dicho cuando fue a saludarla al camerino.

—Papá, antes tengo que demostrar a Grecia lo que valgo y luego ya hablaremos. Pero tengo mucho interés en dar el máximo aquí, ya lo sabes. No te preocupes: esta noche estarás orgulloso de tu hija.

Fue un gran éxito: diecisiete veces tuvo que salir a saludar. Esa noche Maria asistió a uno de los últimos triunfos memorables de la Callas.

Mientras George Callas salía del camerino del teatro de Epidauro con un espléndido diamante para regalar a su nueva novia (obsequio de Maria, por supuesto), se cruzó con una señora muy elegante, vestida de Valentino de arriba abajo. La mujer misteriosa se asomó al camerino.

—Señora Callas, ¿está aquí? —dijo en voz alta. Maria se dejó ver, pensando en la molestia del enésimo fan.

—Aquí estoy, querida, ¿cómo se llama? —preguntó con la pluma en la mano, creyendo que deseaba un autógrafo.

—Encantada, señora. Soy Lee Bouvier —le dijo tendiéndole la mano con elegancia—. Soy la hermana de Jackie Kennedy. Además de darle las gracias por las emociones que me ha hecho vivir esta noche, traigo un mensaje más bien reservado de parte de Jackie. Tal vez este no sea el lugar más adecuado —dijo mirando a su alrededor.

Maria la observó: en pocos segundos, comprendió que podía ser una cita de vital importancia para ella y para Aristo. Cuando miraban la televisión o leían la prensa juntos en el *Christina*, a menudo le oía repetir que para él y para sus negocios sería muy importante conocer personalmente al presidente de Estados Unidos.

«Podría ser un hermoso regalo para Aristo», pensó Maria.

—Señora, ahora estoy muy cansada. Estoy segura de que lo comprende. Me gustaría que viniera mañana al barco, si le parece bien. Así podremos hablar con calma.

Se citaron para tomar un aperitivo al día siguiente por la noche.

«¿Qué querrá decirme?», pensó Maria mientras se revolvía en la inmensa cama de su camarote. Aquella noche estaba extenuada: eran ya las tres de la mañana y la esperaba un día intenso. Tenía que levantarse al amanecer para coger el avión que Aristo había puesto a su disposición y volar a Milán, a ver a su pequeño Omero.

«Hijo mío, mañana mamá estará contigo. Estaremos solos. Tú y yo. Nadie más, corazón.» Maria se durmió con el nombre de su hijo en los labios: nunca *Medea* fue más dulce.

—Estoy aquí para invitarla en nombre de la familia Kennedy a un acontecimiento muy importante, que Jackie está preparando desde hace tiempo con gran secreto. Se trata de la celebración del cuarenta y cinco cumpleaños de mi cuñado John. La fiesta sorpresa se celebrará el próximo 19 de mayo en el Madison Square Garden de Nueva York. Nos gustaría mucho que asistiera y pudiera cantar para el presidente. Ya sé que falta mucho tiempo, pero sabemos que tiene usted muchísimos compromisos y por eso hemos preferido actuar con antelación. ¿Podemos contar con usted? —le preguntó Lee.

—Por supuesto. Se lo diré a Aristo, que es quien controla todas las fechas. Anularé cualquier compromiso por el presidente Kennedy. Le tengo en gran aprecio...

Ya estaba: Maria había conseguido por fin crear el vínculo con la familia más poderosa del mundo. Era lo que Onassis perseguía desde siempre, sin éxito. Cuando se lo comunicó por teléfono, estaba entusiasmada como una niña.

—Excelente, Maria. Será una velada de gran prestigio. Es importante estar allí.

Onassis sonrió al colgar el auricular. Estaba visiblemente satisfecho, aunque había hecho todo lo posible por disimular su euforia.

«Follarme a una de las mujeres más importantes del mundo empieza a dar sus frutos», susurró, mientras bebía su dry martini helado.

Marilyn y Maria: el encuentro de dos almas

Nueva York, sábado 19 de mayo de 1962

Maria estaba bellísima. Vestida con un traje de seda roja de Dior, con los diamantes de Tiffany al cuello, aquella noche había decidido cantar *Carmen* en la fiesta de cumpleaños de John Kennedy. Ella, que nunca había querido representar la ópera de Bizet, porque le daba vergüenza enseñar los enormes tobillos en la «Seguidilla», había sido homenajeada con veinte minutos de aplausos al término de la «Habanera». Acababa de abandonar los bastidores del Madison Square Garden con las ochenta rosas blancas que le habían entregado, cuando se encontró de improviso delante de Marilyn Monroe.

Marilyn, bellísima con un vestido sirena de color carne, deseaba conocerla a toda costa. La abrazó con lágrimas en los ojos.

—Solo una mujer que ha conocido de verdad el amor puede cantar como usted —le dijo estrechándole las manos.

Maria la miró en silencio. Nunca le había gustado el *sex symbol* de Hollywood. Siempre le había parecido el emblema de la superficialidad femenina. Un tipo de mujer del que Maria se sentía decididamente muy alejada. De repente, las palabras de Marilyn la hirieron como si le hubieran clavado una flecha en el corazón.

—Pero usted no es una mujer feliz. Lo leo en sus ojos. También sufre por amor, como yo. Nos anulamos en hombres que no nos merecen y que se aprovechan de nuestra fragilidad.

—¿Cómo se atreve a decirme estas cosas? No la conozco, nunca he compartido nada con usted. Si piensa que puede decir todo lo que se le ocurre simplemente porque es Marilyn Monroe se equivoca de medio a medio. Al menos conmigo —le respondió cortante Maria.

—Disculpe, señora. Le deseo de verdad mucha felicidad. Deseo que la vida le sonría. Yo hace tiempo que he renunciado a ello —le respondió Marilyn, y se marchó.

Ese encuentro turbó a la Callas: deseaba no volver a pensar en él nunca más, pero cuando, al regresar a su sitio en primera fila, pudo escuchar el «Happy Birthday» que la actriz cantó con conmovedora nostalgia a su «Mister President», intuyó lo que ocurría y se sintió conmovida.

«Es usted un alma bella. Y no supe reconocerlo. Perdóneme, Maria Callas». Cuando Marilyn leyó la tarjeta que acompañaba a aquellas maravillosas orquídeas, su flor preferida, se sintió decepcionada. Por un momento se había hecho la ilusión de que fueran del presidente. De su presidente.

—Maria, cariño. Ven aquí. He invitado a Lee a navegar con nosotros este verano. ¿Qué te parece? ¿No crees que es una idea fantástica?

Aristo estaba en el séptimo cielo. Por fin había conseguido una conexión con la familia Kennedy. La idea de pasar el verano con extraños a Maria no le producía un excesivo entusiasmo. Pero sabía perfectamente que ese era el precio del éxito, de una vida vivida en constante exhibición.

—Me parece maravilloso, Aristo. Lee se encontrará en el *Christina* como en su casa.

La tragedia no había hecho más que empezar.

Bienvenida a bordo, Jackie

Atenas, jueves 3 de octubre de 1963

—Te maldigo. Y maldigo el día en que entraste en mi vida.

Maria estaba hecha un mar de lágrimas. Estaba destrozada. Mientras preparaba las maletas para abandonar el *Christina*, gritaba todo su dolor de mujer. Ella, Maria Callas, la última diosa, era humillada por un hombre que se aprovechaba de su amor de manera indigna.

—No puedes echarme a patadas de aquí —seguía repitiéndole.

Pero Aristo se mostraba inflexible. Dentro de poco llegaría al *Christina* Jackie Kennedy: había que hacerle sitio. Nadie debía perturbar su reposo. Acababa de sufrir un aborto espontáneo, necesitaba reposo absoluto y le había pedido a Ari, a través de su hermana Lee, que la invitara a su yate. Onassis había intentado explicárselo a Maria de todas las formas posibles, pero había sido inútil. Al final había explotado.

—Tienes que hacer las maletas y marcharte de aquí. ¿Es posible que no lo entiendas?

Maria no lo entendía. No entendía cómo el hombre al que amaba desesperadamente, incluso en contra de su propia voluntad, podía humillarla de esa manera delante del mundo. No entendía por qué no podía sentirse en su casa en aquel maldito barco, que amaba tanto como odiaba.

—Recuerda que esta no es tu casa. Tú aquí no eres más que una invitada.

Ari se lo recordaba cada vez, gritándoselo a la cara, de modo que sus palabras se grabaran bien en su cerebro.

—Dame una sola razón, una sola por la que no pueda quedarme aquí —lo apremiaba Maria—. ¿Acaso te avergüenzas de mí? ¿La señora Kennedy no tolera compartir el espacio con la Callas?

La respuesta de Aristo no tardó en llegar y pesaría siempre como una losa en el alma de Maria.

—Eres la Callas, pero no eres ni serás nunca la señora Onassis. ¿Lo entiendes? No pueden estar bajo el mismo techo la puta que me follo y la mujer del presidente de Estados Unidos.

Ya no podía soportar nada más. Lo había soportado todo. Cada vez que Aristo hacía subir a bordo a sus putas para organizar orgías, tenía que atiborrarse de tranquilizantes para poder dormir y no oír sus sórdidos ruidos. Incluso se dejaba pegar por Onassis cuando estaba borracho, porque sabía que estaba fuera de sí. Pero no podía soportar que la considerara una puta del mismo nivel que las que pagaba para sus festines. Maria reunió las últimas fuerzas que le quedaban para arremeter contra él como una tigresa.

—¿Quieres matarme definitivamente? ¿Quieres librarte de mí? ¿No te ha bastado matar a la Callas? ¿No te ha bastado apartarme de todos los teatros y del público de todo el mundo? ¿Ahora también quieres matar a Maria? Ya lo intentaste al obligarme a enterrar a nuestro hijo con un nombre falso. Intentaste borrar toda huella de lo que quedaba de nosotros. Incluido Omero. Sí, incluido él. Cómo disfrutaste aquella mañana, cuando te llamé para decirte que había muerto. ¿No? Qué feliz te hace que no quede ni un solo recuerdo de la pasión que nos unió. Y ahora quieres librarte de mí como si fuera una zapatilla vieja. ¿Por qué quieres matarme? Dime al menos por qué —le suplicó entre lágrimas.

Onassis no se dejó conmover ni intimidar por esas palabras.

—¿Sabes cuál es el problema? Que tú siempre has vivido creyendo que eres intocable. ¿Quién te crees que eres por ese pito oxidado que tienes en la garganta? Ya no eres nadie.

Herirla en su orgullo. Ese era el modo de aniquilarla, de alejarla para siempre de su escalada al poder. Una escalada que desde ese día haría él solo, sin Maria.

—Es verdad que nos hemos amado. Con locura. Te tomé cuando eras una virgen y ahora gozas como una furcia. Te ha hecho mucho bien estar conmigo. Y lo sabes. Desde luego, cuando te quise para mí eras la mujer más famosa del mundo. Lo sabía. Precisamente por eso te quería y te deseaba más que cualquier otra cosa en el mundo. Nunca habría aceptado poner en cuestión mi familia, la tranquilidad de mis hijos por una mujer que no valiera la pena. Quise lo máximo que se podía poseer en aquel momento: Maria Callas. Hacer mío y solo mío lo que era de todos. Eso me excitaba de una forma animal. Y lo logré. No creas que no te he querido. Para mí no eras solamente un juguete. Los juguetes puedo tenerlos siempre que quiera. No, me gustaba que tú y yo fuésemos tan iguales. Dos números uno, dos absolutos que se unían. Para someter el mundo con su energía, con su indiscutible talento. Pero ahora la pasión se ha acabado, Maria. Mirémonos a la cara. Ya no te deseo. Cada vez que hacemos el amor lo hacemos con rabia.

—Nos queda la intimidad. Es un bien impagable, Ari. Piénsalo.

Maria estaba jugando sus últimas cartas.

—¿Y para qué quiero yo la intimidad? No soy un anciano jubilado. Todavía tengo una cuenta pendiente con la vida: América. La conquista de Estados Unidos es el deseo último para alguien que, como yo, proviene de la calle. No quiero que me consideren un *parvenu*, un *tycoon* que puede comprar el mundo con su dinero, pero no la estima de quienes lo rodean. Y para dar ese salto, tú ya no me sirves.

Maria dejaba que aquel hombre la aniquilase: cada palabra era un cuchillo afilado. Solo el amor hacía que tolerara tal humillación.

—Tú no eres la mujer más importante de América en este momento. Jackie es la mujer de John Kennedy. Tú, hoy, no eres más que una cantante de club nocturno.

No podría resistir ni un minuto más en aquel barco. Se lo debía a ella misma, a su dignidad. Sin embargo, la idea de perder a aquel hombre la aterrorizaba.

—Aristo, sé que no piensas todas estas horribles palabras que me estás vomitando. Sé que el alcohol y la rabia te hacen hablar así. Te lo ruego, no nos cerremos las puertas. Tú y yo somos demasiado iguales. Estamos demasiado solos. Siempre nos necesitaremos el uno al otro. Yo me marcharé para dejar sola a Jackie, pero no me hagas salir de tu vida.

Estaba aún pronunciando esas palabras cuando Aristo se marchó, dejándola sola.

Maria recogió sus últimas cosas, cerró las maletas y abandonó el *Christina*. Ya no tenía lágrimas, porque ya no podía luchar. De repente recordó las palabras de Litsa: «Tú perteneces a Grecia. No lo olvides nunca...». Habría querido no pertenecer ya ni siquiera a aquel hombre. Pero sabía que nunca lo lograría.

Aristóteles Onassis ya no pensaba en Maria Callas: tenía otras cosas que hacer. Todo tenía que estar perfecto para recibir a la primera dama de Estados Unidos. En cuanto vio que Maria había desembarcado, se precipitó al salón a sustituir el retrato de la Callas que estaba colgado sobre la chimenea. Y ordenó a los criados que colgaran inmediatamente el de su madre Penélope.

—Jackie, para mí es un honor tenerla a bordo. Considere el *Christina* como su casa. Le he reservado el Itaca, la suite de mi vieja amiga Greta Garbo. Creo que estaría muy orgullosa de este cambio.

Aristo había comenzado a recitar uno de sus muchos guiones. Cada vez iguales, cada vez trágicamente distintos.

La viuda

París, viernes 22 de noviembre de 1963

Había decidido reanudar la relación. Era incapaz de rechazarle cuando la llamaba. Le gustaba ser su puerto. En el fondo, Aristo tenía un corazón de viejo marinero: aventurero como Ulises, tocaba tierras extranjeras, pero sabía muy bien que solo tenía una casa. Y su casa era Maria. Se pertenecían el uno al otro. Esa tarde la había llamado y se había presentado en su apartamento de la avenue Georges Mandel oculto tras un gran ramo de rosas rojas.

—¿Recuerdas cuando te mandé todas aquellas rosas? Tantas como días hacía que no te veía. Hoy son cincuenta y siete. ¿Sabes por qué?

—No me preguntes estas tonterías. Sabes que recuerdo todo lo que se refiere a nosotros. Es el año en que nos conocimos —le respondió enseguida Maria.

—Exactamente. He decidido que te las mandaré todas las semanas. Para recordarte y para recordarnos que aquel año empezamos a vivir.

Ari sabía cómo reconquistar cada vez el frágil corazón de su Maria. Ese día hicieron el amor con ternura. La rabia, el carácter salvaje de sus encuentros se habían debilitado con el tiempo, para dar paso a la dulzura de la intimidad.

—Maria, dentro de poco cumplirás cuarenta años. Quiero celebrarlo de un modo especial. Tú y yo solos. ¿Qué me dices, mi amor?

—Digo que si no estás borracho como de costumbre, no es una mala idea. Lo celebraremos Chez Maxim, en nuestra mesa. ¿Por qué crees que he aceptado cantar *Tosca* en el Covent Garden? Para reconquistarte, viejo tonto. He elegido la mujer más celosa de la ópera, como lo soy yo en la vida. Quiero demostrarte que la vieja Callas, si quiere, todavía es capaz de sacar las garras —le dijo, arañándole la espalda en un abrazo que preludiaba otras escaramuzas amorosas.

El teléfono sonaba con insistencia. Maria se había dormido sobre la espalda de Ari, en la penumbra de su dormitorio. Aristo se movió poco para no despertarla.

—¿Cómo? ¿Muerto? ¿Cómo ha sido?

Colgó el auricular. Esa llamada cambiaba todos sus planes. Finalmente Jackie era una mujer libre. Finalmente podrían vivir su historia de amor a la luz del día. Ese final terrible no haría más que aumentar la popularidad y la influencia de aquella mujer en todo el mundo. Las cosas cambiarían. Y esta vez para siempre.

—¿Qué sucede, cariño? —le preguntó Maria, despertándose de repente.

—Han matado a John Kennedy, el presidente —respondió Onassis.

—El marido de Jackie... —añadió Maria.

Boda a la vista

París, viernes 18 de octubre de 1968

—Te lo ruego, Maria, reúnete conmigo. Ven a Atenas. Ayúdame a salir de ese enredo. Tú sabes que solo te amo a ti. Y te amaré mientras viva. Solo tú puedes evitar esto.

La voz de Aristo estaba rota por la emoción. Pero el corazón de Maria se había endurecido como una roca.

—Tú te metiste en este lío y tú tendrás que salir de él. Lo siento, Ari. Esta vez no cuentes conmigo.

Le había costado mucho cortar la comunicación. Pero tenía que hacerlo. Sus nervios, destrozados por la continua presión psicológica y por el Mandrax, el tranquilizante que su hermana Jackie le enviaba a toneladas desde Grecia, no resistirían más. «Dentro de dos días se casa y todavía cree que puede salvarse. Es el mismo loco de siempre», pensó Maria, reuniéndose con Bruna en la cocina.

Desde que en la vida de Aristóteles Onassis había entrado Jacqueline Kennedy, su historia se había transformado en un calvario. Ari se había estado debatiendo entre la ambición y su corazón. Al final, había vencido su sed de poder: «Nací pobre y moriré con el terror de no haberlo logrado», le dijo una noche, como excusa para justificar sus salidas con Jackie. Hasta el último momento había mantenido a Maria a oscuras de todo, convencido de poder jugar con dos barajas: por una parte, la amante comprensiva, capaz de comprenderlo todo en nombre del amor, por la otra, la novia oficial, cuyos caprichos había que satisfacer.

Para Maria los días, los meses se habían reducido a un infierno. Tardes enteras esperando una llamada que no llegaba, ansiedad mitigada comiendo toneladas de mazorcas, el único alimento que conseguía calmar la angustia que la consumía, tranquilizantes para vencer el miedo a la noche, estimulantes para poder despertarse por la mañana. El único resquicio de luz: las escasas citas clandestinas que Aristo lograba concederle. Horas furtivas, transcurridas con la angustia de ser descubiertos. Hasta que un día Aristo, especialmente nervioso, le soltó: «No puedo más, Maria. Basta, no debemos vernos nunca más. La apuesta es para mí demasiado alta. No puedo permitirme errores». La enésima humillación.

Hasta el terrible verano último. Habían pasado pocos meses desde aquellos días y Maria los recordaba muy bien. Aristo le había suplicado que se reuniera con él en Skorpios: pasarían unos días ellos dos solos en el *Christina*.

—De acuerdo, Ari. Pero no me hagas más daño. Te lo ruego —le había suplicado Maria.

—Amor mío, sabes que te quiero. No podría herirte nunca más. Solo te pido que tengas paciencia y que me des fuerzas para poder romper del todo con esa mujer.

Maria abandonó París por enésima vez y se reunió con él por enésima vez. Vivieron en libertad, dando largos paseos por el muelle, comiendo en la playa como dos adolescentes que dan los primeros pasos, contemplando las puestas de sol más hermosas de Grecia cogidos de la mano. Hasta aquel maldito 28 de julio.

—Disculpe, el señor Ted Kennedy desea hablar con usted urgentemente —le dijo el capitán.

Ante esas palabras, Maria sintió un escalofrío: un mal presentimiento. Cuando Ari regresó, parecía alterado. Seguramente había bebido, y a Maria la aterrorizaban sus borracheras. Sabía que cuando Ari estaba fuera de sí se transformaba en un demonio, capaz de herirla mortalmente. Maria ya no tenía fuerzas. Un golpe sería fatal para ella. Se lo había dicho.

—Maria, prepara las maletas. Dentro de dos días Ted y Jackie estarán aquí para decidir los preparativos de nuestra boda.

—¿Cómo? ¿Qué boda? Me prometiste que les hablarías. Me juraste que nunca la llevarías al altar. Ari, escucha. Ahora hablo en serio y por última vez. Si te casas con esa mujer, con esa arribista, no me verás nunca más. ¿Está claro? Lo juro. Desapareceré para siempre de tu vida, aunque eso me cueste la muerte.

—¿De qué arribista estás hablando? Es la viuda de John Kennedy. ¿Lo has olvidado? ¿Es posible que la envidia femenina te juegue estas malas pasadas? —le respondió Onassis.

—Recuerda que esa mujer tiene ansias de poder, de dinero. No es como yo, que nunca te he mirado como un hombre rico. Por suerte, nunca he tenido necesidad de tus millones. Y además, ¿qué hago yo en agosto? París está terriblemente desierta en verano.

—Ese es tu problema. No el mío —le replicó.

Esta vez Maria estaba decidida. No cedería nunca más.

—Buena suerte, Aristo. Adiós para siempre.

Al llegar a París, se abandonó a un llanto desesperado. La casa de la avenue Mandel le parecía desoladoramente vacía, como la ciudad a la que acababa de llegar. Desde la ventana no se veía ni una paloma sobre sus queridos castaños. Como si también ellas se hubieran complacido en dejarla sola. ¿Qué quedaba de aquel hombre que la había amado tan apasionadamente? ¿Aquel hombre por el que no había dudado en abandonar toda veleidad artística, toda ambición? Ella, que antes de conocerlo, había vivido solo para la música. En todos aquellos años había espaciado tanto sus compromisos que cada aparición suya en el teatro se consideraba un milagro. Ya no se entregaba a los fans ni a los amigos. Se había aislado en un mundo al que solo ella y Aristo tenían acceso. Para todos los demás, los extraños, la respuesta siempre era la misma: «La señora no está». O bien: «Se lo diré, por supuesto. Pero será muy difícil…».

En aquella casa, todo se lo recordaba: los jarrones Ming de la entrada, que habían comprado juntos en Ankara, en el zoco. La botella de vodka, que Ari había dejado a medias. Sus jerséis de cachemir en el armario. Su perfume en el baño. Maria se miró al espejo: ante sí solo veía a una mujer destruida.

«No quiero seguir viviendo —dijo sin miedo—. ¿Qué hago aquí? Todos me han abandonado. Aristo, la voz… Si mi destino es seguir viviendo para ver la felicidad de los otros, prefiero acabar.» De pronto recordó la leyenda de la curruca, que tantas veces le había contado su maestra Elvira de Hidalgo en el Conservatorio de Atenas: «Maria, tú tienes que ser como la curruca. Tienes que vivir de tu canto. La curruca, cuando es feliz, domina a todos con su canto. Pero cuando está triste, se refugia en su nido, apartada de todos, y muere». Eso es, quería ser como la curruca. Vació el frasco de los tranquilizantes y se los tragó. Todos a la vez. La salvó in extremis Ferruccio.

Al día siguiente, todos los periódicos, al enterarse del repentino ingreso de Maria en el Hospital Americano de París, hablaban de suicidio en las primeras páginas. No le quedó más remedio que difundir un comunicado de prensa en el que admitía que se había equivocado con su dosis habitual de tranquilizantes.

Ahora Maria se sentía más fuerte. Aristo se casaría dentro de dos días, pero había decidido quererse ante todo a sí misma. No permitiría que nadie la hiriera mortalmente, y menos que nadie Jackie Onassis.

Un matrimonio maldito

Skorpios, domingo 20 de octubre de 1968

Violentas ráfagas de lluvia y un fuerte mistral sacudían el cielo plomizo. Ni siquiera el tiempo parecía augurar nada bueno. El mar estaba agitado, nubes bajas y amenazadoras recorrían el horizonte. Parecía un día maldecido por los dioses. Justamente como la mujer con la que Aristóteles Onassis iba a casarse. Una extranjera. Él, hijo de Grecia, nacido de aquella tierra que es madre y amante, según la tradición de sus padres debería haberse casado con una griega. «No desperdicies el semen», le había aleccionado su padre. Esa boda con una americana era un sacrilegio.

—Llueve. Es un buen augurio —fingió Aristóteles, sonriendo a su futura esposa.

A Jackie la escoltaban sus dos hijos, Caroline y John John, que, durante la ceremonia ortodoxa que se oficiaría en unos minutos, tenían que sostener los cirios. Jackie estaba elegantísima con su vestido color crema de Lacroix. Llevaba un maravilloso collar de perlas de Larry Winston, que Aristóteles le había regalado como prenda de amor. El austero traje negro de Onassis lo animaba un sencillo clavel blanco prendido en la solapa.

«Me encanta el clavel blanco sobre la chaqueta de un hombre», le había confiado tiempo atrás Maria, mientras le colocaba la flor antes de salir a cenar.

Lo había recordado de repente esa mañana, sembrando el pánico entre la servidumbre, que no lograba encontrar ni un solo clavel blanco en toda la isla de Skorpios. Para él aquella flor era demasiado importante: era una manera de tener a la mujer de su vida a su lado también ese día. Sabía que así le enviaba un mensaje, una declaración de amor.

Ari conocía demasiado bien a Maria: sabía que seguiría su boda por televisión y era muy importante transmitirle ese mensaje cifrado. Para oficiar la ceremonia había llamado al archimandrita de Kapnikarea, la basílica bizantina más antigua de Atenas. Una iglesia que le había enseñado Maria.

«Vengo a rezar a los pies de esta Virgen desde que era niña», le dijo el día en que le enseñaba la Atenas de sus recuerdos. También eso era un claro mensaje dirigido a ella, solamente a ella. Jackie, en el fondo, no era más que una actriz: recitaba un guión cuyo profundo significado ignoraba. Una vez a bordo del *Christina*, Onassis se había preocupado de distribuir a los cincuenta y seis marineros de su tripulación cestos llenos de pétalos de rosas blancas para arrojar a la pareja al grito de «Nazissete» («¡Que viváis felices!»). Un rito que hasta el año antes había reservado a Maria cada vez que subía al *Christina*, al comienzo de las vacaciones.

Maria no era capaz de alejarse del televisor: todo estaba relacionado con ella. Todos los momentos de la ceremonia, todos los detalles ocultaban una referencia evidente a ella y a su historia de amor más íntima con Ari. Y el director de todo ese espectáculo había sido una vez más él, el hombre que, a pesar de todo, en lo más profundo de su corazón, seguía amándola. Al final, no pudo más. Se armó de valor y apagó el maldito aparato. «No seguiré haciéndome daño. Tengo que reaccionar. ¿Dónde está la Callas, la tigresa que todos han conocido? Ese monstruo me las pagará. ¿Tal vez creía que así me hacía más dulce la tortura? Al contrario, se ha divertido poniendo el dedo en la llaga. Ha sido doblemente cruel.»

De repente, con una lucidez que hacía tiempo que ya no tenía, se le ocurrió la venganza. Terrible.

—Bruna, sácame el traje largo de Valentino que me planchaste el otro día y los rubíes de Aristo —ordenó a la asistenta. Buscó, junto al cesto de orquídeas que le había enviado Omar Sharif, la tarjeta de invitación para el estreno de esa noche de la película *La mosca tras la oreja*.

—Esta noche tengo que ser la más hermosa —le dijo a Bruna.

Llegó muy tarde, pero estaba simplemente perfecta. Justo a tiempo para abrir el baile bajo la mirada extasiada de los periodistas de todo el mundo. Todos lo entendieron: la Callas había vuelto. Había eclipsado una vez más a sus rivales. Y la rival de ese día tenía un solo nombre: Jacqueline Onassis.

Al acabar el vals, una multitud de flashes y de reporteros rodeó a Maria para arrancarle alguna declaración sobre la boda escándalo del año.

—Señora Callas, ¿qué opina de su ex prometido Aristóteles Onassis, que esta tarde ha llevado al altar a otra mujer?

La pregunta impertinente del cronista audaz provocó en la sala un gélido silencio. Nadie se habría atrevido a dirigirse en estos términos a la divina Maria Callas. Solo un muchachito deseoso de triunfar, a la caza de una exclusiva. Los ojos de todos apuntaron hacia la diosa, la divina Maria, tratando de percibir la más mínima reacción por su parte. La tensión era enorme. Maria, que instintivamente habría deseado fulminar a aquel atrevido, comprendió de inmediato que había llegado el momento de la revancha. El momento de su venganza contra aquel monstruo de Aristóteles Onassis. Respiró profundamente y, mirando a la cámara, dijo con su sonrisa más seductora.

—Me alegro mucho por los novios. Y quisiera felicitar muy especialmente a la señora Jacqueline Kennedy. Ha hecho muy bien en dar un abuelo a sus dos hijos.

—¿Un abuelo? —gritó Jackie, apagando con rabia el televisor—. ¿Cómo se atreve esa comedianta de mala muerte? Mañana por la mañana llamaré a mis abogados.

Aristo no pudo contener la risa.

—¿Cómo puedes reírte ante insinuaciones tan graves? —insistió ella.

Pero él ya no la escuchaba. Al apagar la luz de su camarote, en su primera noche de bodas, pensó que nunca dejaría de amar a aquella descarada mujer.

De nuevo con Ari

París, domingo 27 de octubre de 1968

La lluvia golpeaba los cristales. Y Maria no se había movido de la cama desde la mañana. El dolor de cabeza no quería desaparecer. No había ninguna razón de peso para levantarse. Y además, ese día era el cumpleaños de Plixie, su caniche negro. Bruna había llevado a la cama la tarta de chocolate con las velitas y habían celebrado la fiesta todos juntos. Aquel pequeño mundo le infundía seguridad. Solo allí, en su nido, se sentía protegida. Un nido hecho de pequeños ritos cotidianos. El *Herald Tribune* que leía por la mañana al despertarse, la cucharada de aceite de ricino que Ferruccio le servía una vez por semana para purgarse, los ruidos de Catherine Deneuve y de su hija Chiara en el piso de arriba, la partida de brisca con Fernandel, su vecino, probablemente ante un buen vaso de vino tinto.

«Como en don Camilo», reía Maria. Y también tenía su adorado piano. No había dejado de practicar el canto, aunque su voz no era la de antaño. Le gustaba sentarse al teclado y, tras haber cerrado bien la puerta, para que los criados no la oyeran, ponerse a cantar, después de haber escuchado sus memorables grabaciones. A veces se echaba a llorar, derrotada. Otras veces, recuperaba el valor y estudiaba con más empeño, con la vana esperanza de reencontrar una parte de sí misma y de su glorioso pasado.

Los teatros de todo el mundo trataban inútilmente de volver a presentar a la Callas en el escenario. Pero Maria conservaba el orgullo y el amor propio que no la habían abandonado nunca, desde que era una niña testaruda. Nunca se plegaría a la necesidad de dinero. Era una mujer rica. Aristo, con gran secreto, había seguido atendiendo a sus necesidades. Y cuando ella se lo advirtió, le respondió: «Has sido la única mujer de mi vida que nunca ha necesitado mi dinero. Ahora, deja que haga las cosas a mi manera».

No tenía ganas de contestar al teléfono. Solo alguna charla con su querido amigo Luchino Visconti: ambos lamentándose del bajo nivel cultural en que estaba sumido el teatro. («¿Recuerdas, Luchino, cuando me recomendabas que no me desmayara en el tercer acto de *La Traviata*, en el momento en que Alfredo me humillaba delante de todos gritándome: "Tal femmina... pagata io l'ho"? "No tienes que desmayarte", me decías. "Tienes que permanecer en pie, con los brazos abiertos, como clavada en una cruz." Ah, si supieses cuántas veces me he acordado de tu recomendación en esta tempestuosa vida mía...», le confesaba.) También se entretenía intercambiando algún chisme divertido con Giulietta Simionato, «su Giulia», como la llamaba Maria. A ella le confiaba sus penas de amor, su soledad. Sin remedio.

También aquella mañana el teléfono seguía sonando. En vano. La respuesta de Bruna siempre era la misma: «La señora no está en casa en este momento».

—Señora, ¿está segura de que debo responderle así?

Bruna no lograba convencerse de que Maria no quisiera hablar con Aristo.

—Hace cuatro horas que insiste. Llama cada diez minutos —le había explicado.

Pero Maria no quería ceder.

—Para él no estoy.

Hacia las tres, mientras se estaba adormilando leyendo una novela policíaca arrullada por el ruido de la lluvia de otoño que golpeaba los cristales, apareció Bruna.

—El señor Onassis me ruega que le diga que está en París y que esta noche vendrá a visitarla.

—Dile que no estoy. Quiero estar tranquila —respondió Maria.

A las ocho de la noche, agotada y vencida por aquella depresión que la devoraba cada día más y la mataba lentamente, mientras apagaba la luz de la lamparilla oyó la voz inconfundible de Aristo bajo su ventana. Vivía en el cuarto piso, pero habría reconocido aquella voz entre mil.

—Maria, abre la verja. Tengo que hablar contigo. ¿Entiendes?

«Ah, si hubiera un periodista en este momento… —pensó—. Menudo escándalo.» La tentación de asomarse a la ventana era muy fuerte. Habría regalado a Dios un año entero de su inútil vida por volver a abrazar al menos una vez a aquel hombre, por volver a sentir el perfume de sus besos, el sonido ronco de su voz. Aristo, sí, era Aristo el sentido de su vida. Solo él era capaz de devolverle la alegría de respirar. Pero había sufrido demasiado. Y se había prometido a sí misma que vencería cualquier tentación, incluso la de llamarle, pensando en el daño que le había hecho aquellos años.

En un momento dado, oyó un ruido tremendo de chatarra. Era Onassis que con su Buick negro trataba de forzar la elegante verja modernista de la casa de Maria. Avanzaba y retrocedía con furia salvaje, intentando en vano penetrar con el coche en el zaguán. Maria se sentía halagada por todas esas atenciones. «Ha vuelto el Ari de antes. El Ari con el que me pegaba en el *Christina* para hacer luego el amor furiosamente. El Ari dispuesto a hacer cualquier locura por mí —se decía sonriendo—. Y pensar que solo ha transcurrido una semana desde su boda. ¿Qué ocurrirá dentro de un mes?»

Al cabo de un mes estaban allí, uno frente al otro, Chez Maxim, en aquella misma mesa que en el pasado había sido tantas noches testigo de su amor. Un amor absurdo, violento, que no quería morir.

—No soporto más a esa mujer, Maria —le confió Aristo, acariciándole dulcemente la mano—. Le he ofrecido la cantidad que pida, pero no quiere ni oír hablar del asunto. Solo le preocupa una cosa: gastar mi dinero. En un mes ha gastado ochocientos mil dólares en ropa. Una cantidad disparatada, ¿te das cuenta? Acabará comiéndose todos mis barcos.

Maria había conseguido conservar su espíritu práctico.

—Nunca aceptará el divorcio. Sigue siendo la viuda de John Kennedy, la madre de sus hijos. No puede permitirse un escándalo de esas dimensiones.

—No hablemos más de ella, Maria. Hablemos de nosotros. ¿Por qué no quieres hacer el amor conmigo? ¿No sientes necesidad de mí? ¿De mis besos? —Y, en privado, para que nadie pudiera oírles—: ¿De mi polla?

—Ni en sueños. Ya tengo bastante con la energía y la fuerza que me has devuelto. Desde que nos hemos reencontrado, he recuperado las ganas de vivir. Y esto ya me parece un enorme regalo. Además, Aristo, recuérdalo siempre: la pasión pasa pronto. La ternura no pasa nunca.

Habían vuelto los amantes de antes. Ya no había en sus gestos la furia, la violencia, el tormento de los años pasados. Pero les quedaba el buen juicio, la conciencia, la serenidad de los que se aman.

La venganza de Medea

Milán, lunes 3 de diciembre de 1968

Acariciaba con el pañuelo de tata George el rostro de su pequeño Omero.

«Dentro de unos días será Navidad, cariño. Y vendrás a visitar a mamá, como todas las Nochebuenas, ¿verdad? Dejaré encendido el árbol solo para ti. Para ti y para nuestro Vasili —le decía llorando—. Mañana también es el cumpleaños de tu mamá. Tu mamá que se está volviendo vieja. Y tú vendrás a darle un beso. Lo esperaré ¿sabes?»

El claxon de Ferruccio, que la aguardaba con su berlina al pie de la escalera, interrumpió su diálogo de amor.

Pero en aquella ocasión ocurrió algo extraño. Un hecho misterioso que nunca había ocurrido. En el momento de separarse, Omero no la miraba enfadado, como hacía habitualmente, reprochándole su abandono. No, aquella gris mañana de nieve Omero iluminó la jornada de su madre con una espléndida sonrisa. Ese regalo le proporcionó a Maria un consuelo sin igual.

«¿Qué me va a ocurrir? Sin duda algo hermoso», pensó en el coche, mientras se dirigía al aeropuerto privado, donde la esperaba el avión de Onassis para regresar a París.

—Señora Callas, estoy aquí para hacerle una propuesta indecente.

Acercarse a la Callas era una empresa casi imposible. Maria ya no tenía trato casi con nadie. Pero él no era un fan cualquiera. Era un admirador muy, muy especial.

—Y tiene que escucharme.

La impertinencia de Pier Paolo Pasolini la había complacido. No es que le gustaran mucho los intelectuales como él, pero en cualquier caso sus ojos pequeños y vivos despertaban su curiosidad. Sabía muy bien que de aquel hombre solo podía venir algo bueno.

—Visconti me ha dicho muchas veces que ni siquiera lo intente. Que usted rechaza cualquier propuesta de volver a los escenarios. Pero he tenido una idea distinta a todas las otras y estoy convencido de que no podrá rechazarla.

—¿Y cuál es esa idea tan original? —preguntó con curiosidad Maria, mientras le ofrecía una taza de té de jazmín.

—Le propongo que declame. Usted es una extraordinaria cantante, pero también es una extraordinaria actriz. La he visto muchas veces en el teatro. Todos sus gestos son mesurados, su expresión transmite toda la maraña de emociones que siente en el alma. Siempre me he dicho que un tesoro así debe darse a conocer al mundo y a todos los que vendrán después de nosotros, y que no habrán podido admirarla en directo.

El discurso de Pasolini era convincente. Pero era una propuesta que ya había rechazado antes varias veces. Incluso Aristo, a instancias de Visconti, había intentado interceder para llevar al cine su *Traviata* con Visconti. Onassis financiaría toda la operación. Le había dicho que no incluso a él, al hombre de su vida.

—Se lo agradezco, querido Pier Paolo, pero no creo que…

—Espere. No me diga que no enseguida. La propuesta que quiero hacerle no la puede rechazar. Representar *Medea*. La *Medea* de Eurípides, que tantas veces ha cantado usted en el teatro. La *Medea* trágica, hija de la Grecia a la que usted pertenece.

Pasolini tenía razón. Era una idea nueva. Una idea que realmente la seducía. Y además, volver a trabajar en aquel momento le haría un gran bien. Dejaría de pensar obsesivamente en Aristo. Regresaría a Grecia, a respirar los perfumes del viento del Egeo. Pero seguía siendo la Callas y tenía que hacerse rogar.

—Sea sincero, Pasolini. Deme una razón, una sola razón por la que deba aceptar su propuesta. ¿Debería hacer *Medea* simplemente porque soy griega como ella? ¿Le parece suficiente? —le preguntó.

Pasolini reflexionó. Miró a su alrededor: aquella casa estaba llena de recuerdos de su historia de amor con Aristóteles Onassis. Hasta los extraños lo percibían.

—Son muy hermosos estos incensarios y estas pagodas. No sabía que fuera aficionada a los objetos chinos —observó.

—En realidad no me entusiasman. Digamos que son recuerdos de viejos amigos —respondió Maria, visiblemente turbada.

—Y ese cigarro supongo que también es un recuerdo de un viejo amigo. No me imagino a la Callas fumando un habano a escondidas. Se resentiría la voz... —sonrió Pasolini. Había dado en el blanco.

Maria, agitando nerviosamente sus hermosas manos, le cortó.

—Señor Pasolini, todavía estoy esperando su respuesta.

—Creo que debería interpretar a Medea por una sola razón: porque Medea es abandonada por Jasón, que finalmente se casa con la hija del rey —respondió sin detenerse.

Maria y Pier Paolo se miraron a los ojos.

—De acuerdo. ¿Cuándo empezamos?

Aquella noche se sentía ligera. Su vida recobraba sentido de nuevo. En junio empezaría el rodaje de *Medea* en Capadocia. Lejos de Aristo. Entregada solamente a su arte. Ya no sería una mala imitación de la Callas. Sería una mujer nueva, una artista distinta. Que nada tenía que ver con aquel pasado que tanto malestar le producía. Mientras pensaba en esto y en otras mil cosas, poco antes de dormirse, vio cómo las cortinas de su dormitorio se movían, como agitadas por un repentino soplo de viento. Maria cerró los ojos: sintió un suave beso en la mejilla. Ligero. «Te esperaba, mi amor. Buenas noches, mi pequeño Omero», sonrió. Una vez más, Omero estaba junto a su madre: su sonrisa del día anterior anunció a Maria uno de los cumpleaños más felices de toda su vida.

Un estreno para volver a empezar

París, miércoles 28 de enero de 1970

Esa noche La Opéra de París rendía homenaje a la nueva Maria Callas. La *tragédienne*, como la llamaba *Le Figaro*. Las localidades para asistir al estreno de *Medea*, la tan esperada película de Pier Paolo Pasolini en la que debutaba como actriz la Callas, estaban completamente agotadas. Como siempre, como en los viejos tiempos, Bruna la informaba sobre los asistentes.

—Estarán sus amigos Rothschild, señora. Y el Aga Jan con la Begum. Madame Pompidou y Maurice Chevalier.

Maria no escuchaba. Solo le interesaba una persona. Y Bruna lo sabía muy bien.

—¿Has preguntado si estará Aristo?

—Sí, señora. Lo he preguntado. Me han dicho que ha reservado un palco para cuatro —respondió la asistenta.

Eso es, esa noche Aristo y Jackie asistirían impotentes a su triunfo. Durante aquellos meses de duro trabajo no había hecho otra cosa que pensar en su revancha. De las cenizas de su amor había surgido, cual espléndida fénix, una nueva Callas. Era la prueba concreta de que Maria podría seguir viviendo sin él.

En todos aquellos meses había sido la primera en llegar al plató: a las seis de la mañana ya estaba preparada para maquillarse, bajo el terrible calor de Turquía. Y le tenía sin cuidado que Onassis estuviera llamándola desesperado a todas horas, de la mañana a la noche.

Siempre se negó a hablar con él. Nadie podía apartarla de su objetivo. Ni siquiera él.

Ese día Maria no había contado con la imprevisibilidad de Aristo. A última hora de la tarde, Bruna le comunicó que Onassis había anulado el palco reservado a su nombre.

—¿Cómo? ¿Ha cancelado la reserva? ¿Cómo ha podido? ¿Por qué?

No quería aceptar que al final en su historia la derrotada era siempre y solamente una: ella. Se estaba prendiendo en el vestido el broche de Tiffany cuando Bruna la interrumpió, con los ojos brillantes.

—Señora, es el señor Onassis. No he tenido valor para decirle que no —le informó, depositándole prácticamente el auricular en la mano.

—Maria, quiero disculparme. Me hubiera gustado mucho estar contigo esta noche. Asistir a tu triunfo hubiera aportado un poco de alegría a mi vida. Pero no puedo. No puedo moverme de Skorpios.

—¿Tienes que solazarte con tu mujer? —le preguntó, despreciativa, Maria.

—No digas tonterías. Jackie prácticamente no vive conmigo. Dice que no soporta Grecia, que en Skorpios se siente morir. Pasa la mayor parte del tiempo en Palm Beach, con su hermana Lee. Y tú, ¿cómo estás? ¿Estás emocionada por el estreno?

—Sí, Ari. Estoy emocionada. Por el estreno y por oír tu voz —le confesó Maria, completamente desarmada.

—Somos como dos niños que se persiguen. Pero pronto se encontrarán. Tengo ganas de abrazarte. De besarte de nuevo. —La voz de Ari sonaba con una dulzura insólita, casi desconocida—. Ahora tengo que dejarte. Cuídate, amor mío.

Al devolverle el auricular a Bruna, Maria se dio cuenta de que le temblaban las manos.

—Un estreno siempre es un estreno… —le dijo, tratando de sonreír.

Maria Callas, la *tragédienne*, se preparaba para salir a escena.

Un retorno del pasado

Montecarlo, miércoles 15 de julio de 1970

Cuando entró con sus Vuitton en el vestíbulo del hotel Hermitage, la asaltaron los recuerdos. Sabía que ocurriría. Y estaba allí precisamente para eso: para que el pasado la confortara.

—Madame Callas, es un placer volver a tenerla con nosotros. ¿Me permite que le sirva champán, como de costumbre?

Parecía que el tiempo no había pasado por Georges, el director del hotel. Conservaba su energía y su paso elegante: solo tenía unas cuantas canas más, señal de los años transcurridos. Maria estaba allí, al sol de la espléndida terraza del hotel, admirando la bahía de Montecarlo. Recordaba muy bien el día que había llegado con Titta, once años atrás, la víspera de emprender aquel maravilloso y maldito crucero en el *Christina*. Decenas y decenas de baúles con el nuevo guardarropa confeccionado por Biki, la febril preparación en espera de conocer a Winston Churchill, la angustia de Battista por no estar a la altura de la situación. Ah, Battista. ¿Cómo debía estar? ¿Qué hacía? ¿Cómo se las apañaba solo en Sirmione? Le hubiera gustado mucho hablar con él, hablarle de aquel amor loco que había destrozado su vida y que, a pesar de todo, la mantenía aún con vida.

—Señora, ya han llegado flores y cartas para usted.

—¿Cómo han podido enterarse de mi llegada, Georges? —preguntó asombrada Maria.

—Es que la Callas no pasa nunca inadvertida… —le respondió el director con su irresistible sonrisa.

Le gustaba aquel lugar, hacía que se sintiera como en casa. Por la tarde acudiría a palacio, a tomar el té con la princesa Grace y charlar un rato como amigas. También tenía que ocuparse de los billetes de avión para Grecia: había alquilado una hermosa casa en Tragonissi. Necesitaba estar junto al mar, después de tantos veranos tristes pasados en la oscuridad de sus habitaciones parisinas.

Mientras hojeaba la agenda para apuntar citas y compromisos, advirtió que un señor, sentado en el otro extremo de la terraza, la observaba con atención. Era un hombre elegante, uno de esos hombres que intimidan con su clase: vestido con un impecable traje de hilo azul, una camisa inmaculada y un panamá blanco. A su lado, un muchacho muy guapo, probablemente italiano: moreno, ojos oscuros, aspecto deportivo. Debía de ser un campeón de tenis o algo parecido, a juzgar por su cuerpo atlético y esbelto. «No puede ser su hijo. Él es demasiado viejo. Tal vez el nieto…», pensó Maria. Ambos estaban conversando ante una copa de vino tinto; probablemente hablaban de ella. No la halagaban en exceso ni sus miradas ni sus palabras: estaba acostumbrada a ser el centro de atención. En cualquier caso, era extraño que ella también se sintiese atraída por aquel hombre. Había en él algo familiar, tranquilizador: su mera presencia la hacía sentir bien. Apenas el tiempo de curiosear en su Kelly y alzar de nuevo la vista, y ambos habían desaparecido ya.

«Creo que me estoy volviendo tonta —dijo para sí Maria, hablando en voz alta, como solía hacer de un tiempo a esta parte—. Estoy aquí pensando en quiénes pueden ser esos dos y ni siquiera sé qué voy a ponerme esta tarde para el té.»

—Todavía lo amo. Como el primer día. Como cuando tú me lo presentaste bromeando como el rey de los bribones —confesó la Callas a la princesa Grace—. No podemos estar ni un día sin hablarnos. La semana pasada vino a verme a París. Una visita rápida, porque llegaba de Nueva York y tenía que volver a marcharse inmediatamente hacia Skorpios. Tuve que tomarme dos Mandrax; no podía resistir la emoción. Aristo también estaba emocionado; parecía un muchachito en su primer baile en la universidad.

—Maria, eres una mujer excepcional. Como artista has vivido las emociones más increíbles. Y lo mismo en tu vida privada —observó Grace—. Pero no puedes hacerte daño a ti misma. Hay algo enfermizo, insano en vuestra relación. No puedes depender de ese modo de una persona.

—Grace, me siento viva. Él me hace vivir. Puedo decir que con Aristo he conocido realmente el amor. Estuve casada muchos años sin haber vivido nunca una emoción. Las sensaciones las vivía únicamente a través de mis personajes, a través de la música. Era una mujer vieja, marchita, y no me daba cuenta. Entonces apareció Aristo. Me arrastró como una corriente impetuosa. Es cierto que con él nunca he aprendido a mantenerme a flote, pero he conocido los abismos de la pasión y la emoción de ser arrastrada por las corrientes. No lo cambiaría por la vida insulsa de antes —respondió convencida Maria.

Grace la escuchaba atentamente. Trataba de imaginar la vida de Maria a través de sus palabras.

—Pero ahora estás mal, ¿no es cierto? —preguntó Grace.

—Estoy mal, pero ese latido, ese aliento que me falta también son señales de vida. Prefiero esto a la apatía, al aburrimiento.

Grace se echó a llorar: un llanto imprevisto, imparable.

—Grace, ¿qué te ocurre? ¿Por qué lloras de ese modo? No quería preocuparte. Soy una estúpida. Y una egoísta: obligo a todo el mundo a prestarme atención. Como si fuese el centro del mundo. ¿Podrás perdonarme?

—No te preocupes por mí, Maria —la tranquilizó—. Vive tu vida. Eres una persona maravillosa. Y siempre podrás contar conmigo. Hasta el final.

Maria entraba en el vestíbulo del Hermitage, pensando todavía en la reacción imprevista de Grace, cuando Georges, el director, la detuvo.

—Madame, me han encargado que le entregue esto —le dijo tendiéndole un paquete.

—¿De parte de quién?

—Lo siento, pero no estoy autorizado a decírselo. Solo puedo añadir que es uno de nuestros clientes más fieles.

Maria abrió como una niña curiosa el voluminoso estuche: un disco de Rosa Ponselle.

«¿Quién puede haberme hecho un regalo así? Debemos de ser diez personas en el mundo las que nos acordamos de ella», se dijo.

—El señor la espera en el bar —añadió sonriendo Georges.

En cuanto Maria entró, el pianista, acompañado por una joven soprano, comenzó a tocar los primeros compases de «La paloma».

«Una paloma blanca»: al oír aquella música, Maria se puso pálida. Apenas podía tenerse en pie; tuvo que agarrarse a la primera silla que encontró. La embargó una emoción muy profunda, casi dolorosa. De pronto volvió a verse de niña cuando, imitando el vuelo de la paloma, agitaba en el aire sus blancos brazos, ante los aplausos de tata George y de Rosalinda. ¡Cuántos recuerdos! Y habían revivido de repente, gracias a aquellas notas que no oía desde hacía muchos, muchos años.

—Querida Maria, ¿cómo puedo mirarte sin echarme a llorar como un niño?

La voz, quebrada por la emoción, sonaba a sus espaldas. Maria se dio la vuelta. Delante tenía a aquel hombre que había visto unas horas antes en la terraza. Seguía tan elegante y cada vez le resultaba más familiar.

—¿Quién es usted? Se lo ruego. No me tenga en ese estado de

ansiedad. Mi corazón no resiste tantas emociones. No haga que me sienta mal.

El caballero tomó las manos de Maria y las besó con reverencia.

—Soy Milton, Maria. Tu Milton.

Maria sintió que le fallaban las fuerzas.

Milton Embirikos había regresado a su vida. El hombre que había creído en ella más que nadie cuando, siendo una niña, trataba de sobrevivir en una casa donde no la querían. Milton, el benefactor. Milton, el admirador generoso. Milton, que nunca quiso casarse con su hermana Jackie. Se había convertido en un abogado experto en derecho internacional. Tenía tres despachos: uno en París, otro en Montecarlo y un tercero en Londres. Aquella noche, Milton y Maria siguieron hablando durante horas, hasta muy tarde.

—Si supieras cuántas veces he pensado en ti, querida Maria. Cuántas veces he necesitado una voz amiga. Y ahora el destino ha querido que volviéramos a encontrarnos.

—Para no separarnos nunca más —le interrumpió Maria—. Milton, ahora lo sabes todo de mi vida. De mí, de Omero, de Battista y también de Ari. También sabes cuánta necesidad tengo de un amigo verdadero. Sé que no me dejarás. ¿No es cierto?

No era simplemente una petición, era una súplica.

—Puedes estar segura. Yo también quiero presentarte a una persona. Y creo que este es el mejor momento para hacerlo.

Milton hizo una señal al camarero, y al cabo de unos minutos entró el joven que aquella mañana estaba con él.

—Te presento a Antonio, es un joven abogado de Bari. Nos conocimos hace cinco años. Forma parte de mi vida. Es la persona a la que más quiero. Y tú también tendrás que quererle. Seremos una familia, Maria. Nos hemos reencontrado después de treinta años: ahora que te tengo de nuevo conmigo, no quiero que nos separemos nunca más.

Maria los observó y por el modo como se miraban lo entendió todo. Entendió también las reticencias de Milton a oficializar su relación con Jackie. Entendió su despego, su elegancia innata.

—Te querré siempre, Milton. Es decir, os querré —corrigió Maria.

Aquel día la vida había sido generosa con ella. Había recuperado una parte importante de su pasado. En realidad, la Callas había nacido gracias también a Milton, a sus discos, a su generosidad. Ahora le debía al menos aquella amistad que negaba a todos los demás. Y en su interior se sentía feliz por ello.

Los últimos instantes de felicidad

Tragonissi, sábado 15 de agosto de 1970

Las campanas de la iglesia de Agios Nikolaos la habían despertado temprano esa mañana. Maria abrió de par en par la pequeña ventana de su casa, que caía a pico sobre el mar: se dejaba abrazar por el sol, quería respirar todo el aire que pudiera penetrar en sus pulmones. Era el día de su santo. Y ese día tenía hambre y sed de vida. Como todas las mañanas, su primer pensamiento era para Aristo.

«Habrá enviado las rosas a París. No sabía que estaba de vacaciones. Llamaré a Ferruccio»; nunca había celebrado la festividad de la virgen María sin la felicitación especial de su hombre. Y sentía mucho prescindir de ella ese año.

—Bruna, no despiertes todavía a Milton y a Antonio: deja que duerman, porque nos hemos acostado al amanecer jugando a la canasta y bebiendo ginebra. Estaban achispados: tuve que llevarlos a la cama yo misma —explicaba divertida Maria, mientras devoraba su habitual yogur con miel—. Los sacaré de la cama cuando regrese. Ahora me voy a pasear a la playa con Gedda.

Adoraba a su caniche blanca: no solo porque se la había regalado Aristo por su cumpleaños, sino porque la consideraba su hija. Estaba convencida de que entre ellas existía una verdadera comunión de almas.

Se sentó a la orilla del mar, con la mirada perdida en el vacío. La playa estaba todavía desierta: apenas eran las ocho y media de la mañana. El alba no había desplegado aún del todo sus colores: el cielo, las rocas, el mar seguían envueltos en una luz suave, aterciopelada. Maria pensaba en su vida. Pensaba que Omero habría cumplido diez años por aquellas fechas: le parecía estar viéndolo allí delante, jugando con la pala y el cubo. Y también pensaba en Aristo, que luchaba por no hundirse en la espiral de su matrimonio: un matrimonio de fachada, amenazado por altibajos no solo en la relación sino también en la economía.

«Su hermana Artemis le había avisado: tienes que casarte con Maria. Tienes que casarte con una griega, de no ser así la maldición caerá sobre ti y sobre nuestra familia», dijo Maria acariciando a Gedda. También pensaba en su trabajo. Y por primera vez estaba haciendo proyectos. Habían pasado cinco años desde la maravillosa *Tosca* que había representado en el Covent Garden magistralmente dirigida por Franco Zeffirelli: había permanecido mucho tiempo alejada de los teatros. Tenía ganas de volver a la música, la voz iba mejorando de forma lenta pero continuada. El teatro de la Ópera de Filadelfia le había ofrecido dar un máster de canto a veinticinco alumnos; la idea no le disgustaba.

«Gedda, no puedo volver al teatro a cantar *Norma* o *Poliuto*. Ya no tengo edad, tesoro. Empezaré dando clases: explicando a los alumnos cómo cantar una pieza, cómo estudiar un autor, me veré obligada a cantar, a tener la voz entrenada. Sería un regreso inteligente al canto y se podría...»: hablaba, hablaba, hablaba. Esa era Maria Callas. Una señora ya medio ciega, sentada a la orilla del mar, que hablaba en voz alta con su perro. Una loca, diría alguien que pasara por delante. Pero a ella hacía tiempo que ya no le importaba la opinión de los demás. «Los otros lo único que han hecho ha sido anularme. Ahora solo pienso en mí misma», solía comentar.

Mientras Maria estaba hablándole a Gedda de su retorno a los escenarios, sonó en el aire un ruido lejano. Maria guiñó los ojos: en el horizonte se divisaba una pequeña mancha oscura que, a medida que pasaban los segundos, se iba haciendo más grande, cada vez más cerca.

«Un helicóptero. ¿Qué hace aquí a estas horas. ¿Y por qué vuela tan bajo? Oh, Dios mío, Gedda, vámonos.» Maria empezaba a inquietarse. Estaba a punto de abandonar la playa, cuando vio que el helicóptero iba a aterrizar precisamente allí. Se escondió entre los matorrales, aterrorizada ante la idea de que alguien pudiese salir del aparato y cogerla. Las hélices se detuvieron lentamente. Y la playa quedó en silencio.

—¡Maria, espera! Te lo ruego.

Habría reconocido esa voz entre mil.

—Aristo, eres tú. Tú aquí. ¡No puede ser cierto! Dime que no es un sueño.

En la mano sujetaba un ramo de cincuenta y siete rosas rojas, su número.

—He querido traértelas yo mismo. En París se habrían marchitado enseguida. ¡Felicidades, amor mío!

Estuvieron abrazados mucho rato, sin hablarse: tenían necesidad de sentirse, de tocarse.

—Milton me ha dicho que te estás recuperando. Poco a poco.

—¿Milton? ¿Conoces a Milton? ¿Pero es que no puedo tener ni un secreto? —protestó Maria.

—¿Quién te crees que le presentó a Antonio? Hace mucho tiempo que deseaba volver a verte. Aquel día, en el Hermitage, no fue exactamente una casualidad... —sonrió Onassis.

—¿Sabes qué es lo que me vuelve loca? Que tú, aunque estés lejos, sigues dirigiendo mi vida. Te diviertes moviendo tus fichas como te da la gana. No obstante, me gusta ¿sabes? Porque esto quiere decir que sigues cuidando de mí.

—¿Cómo podría no hacerlo? Por nuestras venas corre la misma sangre. Nos pertenecemos. Hacemos todo lo posible por renegar el uno del otro, pero ambos también sabemos que nunca lo lograremos. A veces pienso que nuestro amor está realmente maldito, Maria.

—¿Cómo te va con Jackie? —le preguntó ella a bocajarro.

—Somos prácticamente dos extraños. Alexander le tiene declarada la guerra, exactamente como sucedía contigo. Está celoso de su padre, más que Christina. Estoy muy orgulloso de él. Es un muchacho muy guapo. Podría hacer de modelo. Hace tres años que sale con Fiona von Thyssen, una baronesa alemana. Me asusta un poco la diferencia de edad: él apenas tiene veintidós años y ella treinta y ocho, y dos hijos. Con lo guapo que es, podría tener las novias que quisiera y, sin embargo, solo tiene ojos para ella.

—Bien, en eso no ha salido al padre. Nunca será un hijo de puta como tú —bromeó Maria.

Caminaron largo rato por la playa, cogidos de la mano. Incluso sin hablar. El silencio entre ellos no pesaba: gozaban de esa intimidad que no se alimenta de palabras, sino de gestos. De esa confianza que es privilegio de los que se aman.

—Ahora tengo que marcharme, mi amor.

Lo dijo de repente, sin previo aviso. Maria no hizo nada para retenerlo. El recuerdo de esa mañana calentaría durante mucho tiempo sus días más fríos.

—Gracias por tu visita, Aristo. Me has hecho el mejor regalo que podías hacerme. Me has regalado tu tiempo.

—Me gustaría regalártelo cada vez más. Estoy contigo y siempre lo estaré. Porque nos une nuestro amor, y este mar. Siempre estaremos juntos.

Eran las dos de la tarde. Hacía un par de horas que Aristo se había marchado. Maria cantaba, algo que no ocurría desde hacía tiempo. «O mio babbino caro, mi piace è bello, bello.»* El aria de *Gianni*

* Oh, papaíto querido, me gusta, es tan apuesto.

Schicchi, una de las preferidas de Aristo, y acabó por despertar a Milton.

—No es posible, ¿estás cantando? —le dijo abrazándola.

Maria estaba extraordinariamente hermosa vestida con un sari blanco tejido en oro. Colocaba las rosas rojas de Aristo en todos los rincones de la casa y se sentía feliz, como no lo había sido desde hacía años. De nuevo tenía una familia a la que amar. La voz, aunque débil, se estaba recuperando. Y tenía un recuerdo al que se aferraría en sus horas más oscuras: el recuerdo de esa mañana a la orilla del mar. Lo llevaría consigo. Hasta el fin de sus días.

Alexander vuela

París, lunes 22 de enero de 1973

Maria no quería creer lo que estaba escuchando en la televisión. Alexander Onassis estaba gravísimo: el primogénito de Aristo, único hijo varón y heredero de su imperio, había sufrido un dramático accidente de aviación y se estaba muriendo en el hospital de Atenas. Debido al fuerte impacto de su bimotor contra el suelo, el fuselaje le había aplastado una parte del cerebro y le había producido daños irreparables. Prácticamente lo mantenía con vida la máquina a la que estaba conectado. Maria no quiso ni pensar en el dolor que en aquel momento sentía Aristo.

Onassis había vivido siempre para aquel muchacho: le había complacido en todo desde niño. No había dudado ni un momento en separarse de ella, la única mujer que amaba, para no contrariar «a su niño». Cuando demostró poco interés en proseguir los estudios, lo puso a trabajar con él en la Olympic Aviation, una de las compañías aéreas de la familia. No tenía más que dieciséis años cuando empezó a trabajar en Montecarlo como ayudante de piloto.

Volar era la verdadera pasión de su vida: en pocos años, Alexander se había puesto al frente de un servicio de vuelos chárter que unía las pequeñas islas de los archipiélagos griegos con la capital. De carácter más bien introvertido, a diferencia de su padre, era un muchacho tranquilo incluso en su vida privada: enamorado y fiel a Fiona, no alimentaba las crónicas mundanas con sus amoríos. Maria no le había querido nunca. No podía olvidar cuando en el *Christina*, instigado por su madre Tina, la insultaba llamándola «puta», o intentaba hacerla caer poniéndole la zancadilla. Su actitud tampoco cambió cuando su padre se separó de su madre; tanto él como su hermana Christina mantuvieron siempre una actitud hostil hacia ella. Cuando Maria, al regresar de una larga gira, llevaba regalos para los muchachos, las cajas permanecían sin abrir días enteros en el lugar donde las había dejado, hasta que el personal de servicio decidía retirarlas. No obstante, con el paso del tiempo Maria aprendió que las ofensas gratuitas de Alexander no iban dirigidas exclusivamente contra ella. Una vez que Aristo obtuvo el divorcio, Alexander dejó de ver a su madre Tina. También a duras penas soportaba a su padre y sus arrogantes ansias de protagonismo.

—¿Qué va a ocurrir ahora, Bruna? Tengo que llamar a Ari.

Había sabido por Milton que Ari se hallaba en aquel momento con Jackie en Nueva York. Cuando llamó a su casa, le respondió excepcionalmente la propia Jackie.

—Soy Maria, ¿está Aristo?

—Aristo está volando hacia Atenas. Solo una desvergonzada como usted es capaz de llamar en estos momentos a la casa de una familia destrozada por el dolor —respondió, sarcástica, la señora Onassis.

—¿Y usted qué sabe del dolor? Será mejor que rece. Y si no sabe rezar, cállese —contestó tajante Maria. Y colgó.

No se arrepentía: Maria sabía muy bien que Alexander no soportaba a la nueva mujer de su padre. Milton le había dicho que hacía al menos un año que no se hablaban. Por otra parte, entrevistado por un periódico inglés el día de la boda de Ari, Alexander declaró sin pelos en la lengua: «¿Mi padre y Jackie? Son una pareja perfecta. A él le gustan los nombres importantes. A ella le gusta el dinero». Con aquellas palabras había subido algunos puntos en la consideración de Maria.

Después de hablar con Jackie, Maria se dirigió inmediatamente al cuadrito de la Sagrada Familia colocado de nuevo sobre su mesilla de noche y empezó a rezar. Tenía el convencimiento de que Alexander no se salvaría. Lo habían conectado a una máquina únicamente para que su padre pudiera verlo todavía vivo. Maria rezaba por Aristo, temía por su vida, por su equilibrio.

«Señor, lo conozco demasiado bien. Sé que será un golpe fatal para él. Ayúdale en ese momento de dolor. Quítamela a mí, pero dale a él la fuerza para soportar todo esto.» Luego cogió el teléfono, lo colocó a su lado sobre la cama, se atiborró de Mandrax y se quedó aturdida, en espera de que el aparato sonara.

Cuando Onassis llegó a la unidad de cuidados intensivos del hospital de Atenas, apenas pudo reconocer a su hijo. Tenía el rostro terriblemente hinchado y amoratado, y el cráneo aplastado. Lo mantenía con vida un respirador artificial.

—Avisen enseguida al obispo de Atenas, deprisa. Deprisa, se lo suplico —gritó Aristo.

Ver a su hijo inerme, tendido en aquella cama de hospital, le hacía sentir impotente. Se desplomó llorando junto a la cabecera de la cama: «¿Por qué he luchado tanto en mi vida? Creía que lo había hecho todo por ti, hijo mío. Y tú has decidido abandonarme. ¿Por qué? ¿Por qué? Siempre he sacrificado lo que más quería para edificar un imperio que os iba a dejar a ti y a tu hermana. Y ahora no me queda nada. Soy un hombre acabado, hijo mío, sangre de mi sangre». Aristo lloraba como un niño. Nadie lo había visto nunca en semejante estado. Nada quedaba ya del hombre poderoso que imponía respeto y temor a todo el mundo. No era más que una sombra, como todas las otras sombras que poblaban aquellas estancias de dolor.

—Excelencia, se lo ruego. Permítame que traiga junto a la cabecera de mi hijo la imagen milagrosa de la Virgen de Timos —suplicó al obispo—. Solo le pido este milagro a la Virgen. Donaré todos mis bienes, con tal de salvar a mi hijo.

Todo fue en vano, de nada sirvió la imagen milagrosa. Tras trece interminables horas de inútil agonía, Aristóteles Onassis dio su autorización para que los médicos desconectaran el respirador. Su hijo Alexander había muerto.

«Y Aristo con él», pensó Maria cuando le comunicaron la noticia.

—Solo hay una mujer a la que deseo ver en este momento. Es Maria —confió Onassis a su hermana Artemis, pocos días después del funeral de su hijo.

Lo había enterrado en Skorpios, en medio de un prado verde frente al mar. Su tumba se hallaba prácticamente al borde del acantilado: desde allí, el piloto podría emprender todos los vuelos que deseara.

Cuando Maria lo vio subir lentamente las escaleras de su apartamento de la avenue Georges Mandel, en París, habría querido correr a su encuentro. Habría querido cogerlo del brazo para evitarle el cansancio de los escalones. Aristo despertaba en ella un sentimiento de ternura. Una ternura infinita.

Aquel hombre que en el pasado había sido un punto de referencia, una roca, el símbolo indiscutible de la fuerza y de la combatividad, esa tarde arrastraba las piernas cansadas al regresar a su puerto. Como los viejos marineros que, acabado el tiempo de la lucha, se retiraban a sus casas a morir. Aristo levantó los ojos del suelo y la vio, en lo alto de la escalera. Allí estaba su Maria, con los brazos abiertos de par en par, dispuesta a acogerlo de nuevo en su vida, en la intimidad de su casa. Único puerto, único refugio seguro de su vida.

—¡Qué hermosa eres! —consiguió decirle.

Estuvieron abrazados largo rato sin hablar, allí, en el rellano. Sin lágrimas que derramar, sin palabras que decirse.

—Solo me quedas tú, no tengo nada más. No me abandones. Te lo ruego. No me dejes solo.

Esa noche, por primera vez desde que se conocieron, Maria y Aristo durmieron abrazados sin hacer el amor. Se perdían el uno en el abrazo y en el calor del otro. La ternura, la necesidad de estar cerca se imponían a cualquier otro tipo de contacto.

—Solo en tus brazos me siento tranquilo, Maria —le decía, acostado en posición fetal a su lado.

—Bueno, si te sirve de consuelo te diré que tú eres mi Mandrax. No he tomado ni media pastilla desde que estás aquí —le respondió Maria, sonriendo y cubriéndolo de besos.

—Si al menos estuviese vivo nuestro pequeño Omero...

Era la primera vez desde que nació que Aristo pronunciaba el nombre de su hijo, del hijo de ambos.

—Basta, amor mío. No podemos seguir viviendo con los fantasmas del pasado. Tienes que aprender a vivir con tu dolor. Como he hecho yo durante todos esos años. Y además tienes que convencerte de que en cualquier caso eres un hombre afortunado: me tienes a mí, tu Maria. Siempre nos tendremos el uno al otro. ¿Recuerdas? Me lo prometiste a orillas del Egeo, nuestro mar, hace dos años.

Maria se dio la vuelta: solo se escuchaba la pesada respiración de Aristo. Se había dormido sobre su pecho, como un niño. Su niño.

Pasaron juntos tres días. Hechos de emociones normales, cotidianas. El desayuno de la mañana, algunas películas policíacas antiguas que vieron abrazados en el sofá. Aristo intentando hacerle fumar a Maria sus habanos. Aristo escondiendo las gafas a Maria, obligándola a caminar a tientas por su enorme apartamento. Por la noche hacían el amor; eran aún dos grandes amantes. Pasionales. Fogosos. Maria no conseguía dormir debido a la emoción de tenerlo a su lado. La última noche no pudo quitarle los ojos de encima. Hasta que vio la luz del sol filtrándose por las ventanas. Cuando Aristo se dio la vuelta, a las nueve de la mañana, y vio su rostro ceñudo, le preguntó.

—¿A qué viene esa cara?

—No soporto el sol. Lo odio.

—¿Y eso por qué?

—Porque te lleva lejos de mí.

El principio del fin

Skorpios, 23 de junio de 1973

Aquel hombre la estaba arrastrando a la ruina cada vez más rápidamente. Lo sabía muy bien. Sin embargo, no era capaz de resistirse a él. Nunca había sabido decirle que no. No iba a aprender entonces. Desde que Alexander había muerto, Aristo había perdido todo interés por la vida, por sus propios negocios. Muchas de sus compañías estaban al borde de la quiebra. Había perdido sus proverbiales ganas de luchar. Maria, para distraerse y para no dejar que Aristo la arrollara con su locura, se había volcado de nuevo en el trabajo. Hacía poco que había dirigido *Vespri siciliani* en el Teatro Regio de Turín. Un fracaso tremendo.

—Por lo menos se pueden comer bombones Peyrano, que son fabulosos —le explicó por teléfono a Aristo, intentando quitar hierro al asunto.

Dentro de unos meses empezaría una larga gira por el mundo.

—Tú no vas a ir a pedir limosna por el mundo. Por Dios, sigues siendo Maria Callas —le gritó Onassis.

—Necesito hacerla. Aunque tenga que atiborrarme de psicofármacos, tengo que intentarlo. Todavía soy joven, Ari. No puedo encerrarme en casa esperando la muerte.

—A mí la muerte no me da miedo —insistió él.

Hacía tiempo que convivía con la muerte. Le gustaba vagar de noche por Skorpios, acercarse a la luz de la luna a la tumba de Alexander en lo alto del acantilado. Le gustaba hablar con él en voz alta. «Puedo oír perfectamente su voz. Créeme, no estoy loco. No es el viento. Es él que me habla», trataba de explicarle.

Maria, por su parte, necesitaba un poco de aire. Quería oír otras palabras, ver otros rostros. Por eso había aceptado con entusiasmo la propuesta que le había hecho Giuseppe Di Stefano, su inolvidable compañero: hacer una gira, unos cincuenta conciertos, desde Alemania a Japón. Una especie de adiós a los escenarios que le permitiría embolsarse algo más de mil millones de liras.

—No necesitas dinero. ¿Quieres mil millones? ¿Quieres dos mil? Yo te los doy. Por Dios, todavía soy capaz de mantener a mi mujer —le decía.

—Pero es que yo no soy tu mujer, Aristo —se irritaba Maria—. Al menos mientras Jackie siga estando entre nosotros dos. Creo que tengo derecho a rehacer mi vida.

—¿Y piensas rehacer tu vida dando vueltas por el mundo despidiéndote de los escenarios? No hay nada más penoso. Además, la Callas hace tiempo que dijo adiós a los escenarios.

Probablemente Aristo tenía razón, pero valía la pena intentarlo. En el fondo era un pretexto para no morir.

Cuando se puso al piano a cantar «Voi lo sapete o mamma» de *Cavalleria rusticana* se asustó. No tenía voz. Había que reconstruirlo todo, incluido el diafragma, que ya no existía. Pero Di Stefano tenía paciencia de sobras y en unos meses consiguió poner de nuevo en pie el andamiaje. Imposible reconstruir el monumento de antes, pero al fin y al cabo no era peor que ciertas gallinas que cantaban en la Scala. Empezaría en Hamburgo.

—Antes de empezar la gira quiero ir a Nueva York —confió Maria a Milton—. No sé por qué, pero siento la necesidad de estar con mi padre.

Un viaje de apenas tres días, porque había que empezar los ensayos del debut.

El rostro de George se iluminó cuando vio llegar a su hija.

—Te esperaba, ¿sabes?

Sujetaba en la mano la fotografía que Rosalinda le había enviado desde Asunción. Tenía algunos cabellos blancos y posaba, elegantísima, en la boda de su hijo. En la foto de grupo de la familia, Rosalinda estaba junto a un gran retrato de Maria en *Medea*.

—¿Recuerdas cuando te sentaba en sus rodillas en nuestra botica y te enseñaba a cantar «La paloma»? ¿Lo ves? Hay gente que ha vivido de tu recuerdo. Igual que tu padre.

—Tienes razón, papá. Perdóname, no he sido la mejor de las hijas. Pero la vida me ha llevado lejos. Ahora siento cada vez más la necesidad de echar raíces. Por eso he venido a verte. Estaré dando vueltas por el mundo durante un tiempo; dentro de unos días empiezo la gira. Pero antes quería que mi tata Geo me abrazara de nuevo —dijo Maria, echándole los brazos al cuello.

—Maria, ya soy un hombre viejo. Pero gracias a Dios no he perdido la cordura. Sé muy bien que no he sido un buen padre ni para ti ni para Jackie; he desperdiciado mi vida persiguiendo a las mujeres. Crecisteis solas, sin darme ni siquiera cuenta. Es cierto que Litsa no fue la madre afectuosa y dulce que cualquier hijo se merecería. Pero, al fin y al cabo, tuvo que hacer también de padre. A lo largo de todos estos años he luchado contra la soledad, y al final de mi vida estoy convencido de que no he hecho más que recoger lo que sembré. No, no quiero vuestra piedad. Es justo que tú y tu hermana viváis vuestra vida. Pero quiero que sepas que siempre os he querido. A mi modo, desde luego. Pero os he querido.

Maria no podía contener las lágrimas.

—Sabes, papá, todavía conservo el pañuelo que me regalaste antes de marchar a Grecia. Si supieras cuánta fuerza me ha dado en todos estos años. Nunca, ni por un momento, has dejado de ser mi tata Geo. Ya sabes que en mi vida he fracasado con los hombres. Quién sabe, tal vez no soy capaz de amar. Lo quiero todo y lo quiero solo para mí. También de pequeña, ¿recuerdas? Era un poco así. Tú eras solo mío. Empecé a alejarme de ti cuando te fuiste con otra mujer. Me sentí un poco traicionada. Siempre he buscado algo de ti en los hombres a los que me he unido, porque eras un punto de referencia importante para mí. Te quiero, papá. Te lo dice tu Maria.

—¿Y la Callas? ¿Adónde ha ido a parar la Callas?

—La Callas me ha matado, papá. He tardado un tiempo en enterrarla. A veces quiere salir de su nicho. Pero si puedo, la tengo bien encerrada.

Maria y su tata George estuvieron juntos tres días; días serenos, clarificadores.

—Es posible que no nos veamos nunca más. Ahora estoy en paz conmigo misma. Y contigo —le dijo acariciándole la cabeza.

—Abrázame por última vez, Maria. Tu padre es un hombre cansado. No creo que volvamos a vernos. Pero estos días que me has regalado son un gran gesto de amor, que no olvidaré.

—Adiós, papá. Vela por mí.

Al regresar al aeropuerto, Maria tenía la sensación de haber satisfecho una antigua deuda con un padre que, aunque lejano y a veces invisible, nunca había dejado de amar. Sabía que se estaba cerrando una parte importante de su vida. Pero estaba serena: eso era lo que había ido a buscar a Nueva York.

Cincuenta años de amor

Londres, martes 4 de diciembre de 1973

Tenía cincuenta años. Y notaba todo su peso. Estaba cansada. Dos semanas antes, había dado un concierto con Pippo Di Stefano en el Royal Festival Hall. Luego había volado a Milán a ver a su Omero. Al salir del cementerio de Bruzzano, por primera vez en todos aquellos años, Ginetto, el guarda, le había entregado a Ferruccio un sobre pequeño, con el ruego de que se lo entregara a la Signora. Maria no le había prestado la más mínima atención, hundida en el profundo abatimiento que la invadía después de cada visita. Y ahora, de vuelta a Londres, se estaba vistiendo para celebrar su cumpleaños. Esa noche cenaría en el restaurante del Dorchester, en el mismo lugar donde Aristo, muchos años antes, les había arrancado a ella y a Titta la promesa de realizar con él un crucero en el *Christina*. Sus acompañantes de esa noche eran Rudolf Nureyev y Ava Gardner. El maravilloso aderezo de rubíes que lucía no había servido para devolverle algo de alegría. Maria estaba sumamente nerviosa. Aristo ni siquiera la había llamado para felicitarla. No podía perdonarle esta falta absoluta de atención. Podía comprender todos sus problemas, pero no la indiferencia.

—¿No has podido ni siquiera llamarme?

Finalmente, no había podido resistir más y le había llamado ella.

—¿No te da vergüenza? ¿O es que no recuerdas que hoy es mi cumpleaños?

—Por supuesto que lo recuerdo. Es una fecha importante: cincuenta años no se cumplen todos los días —la tranquilizó, sereno, Onassis.

—Tienes la cara más dura que he conocido. En realidad, soy yo la que te está llamando. Ni un diamante, ni un collar, ni un ramo de flores —bromeó Maria.

—Esas cosas se regalan a las extrañas o a las mujeres que uno quiere llevarse a la cama. Y no es ese tu caso, querida.

Maria no le dio ni tiempo a que la felicitara: cortó bruscamente la conversación. «Es un caradura increíble. Y por eso lo amo», se dijo en voz alta.

La cena en el Dorchester estaba resultando aburridísima. Nureyev, divino en su papel de genio y artista, le había propuesto hacer de reina en *El lago de los cisnes* en el Covent Garden. Y se pasó toda la velada intentando en vano convencer a Maria.

—Señora, la llaman al teléfono. Es urgente.

—¿Quién es?

—Su hermana Jackie, desde Nueva York.

Incluso Jackie era preferible al aburrimiento de Nureyev.

—Maria, tengo que darte una mala noticia: papá se está muriendo. Ya sé que es terrible. Sobre todo hoy, que es tu cumpleaños.

Las palabras nerviosas de su hermana no la conmocionaban en absoluto. Su padre y ella habían saldado las cuentas pendientes unos meses antes. Se habían abrazado y despedido. Su padre moriría seguramente en paz, con ella y consigo mismo.

—Te lo agradezco, Jackie. Dale un beso de mi parte.

—¿Eso es todo? Me parece poco para una hija. Hace años que lo ignoras. Eres peor que un pedazo de corcho. Mamá se lo contará todo a los periodistas. Ya estoy viendo los titulares de los periódicos: «La Callas, hija ingrata». Pero te lo mereces, porque yo…

—Buenas noches, Jackie —concluyó Maria.

Una vez en la cama, pensaba en tata Geo y se sentía feliz por todas las horas de auténtica serenidad que unos meses antes se habían regalado mutuamente. Le pareció natural en las oraciones por Omero encomendar el alma de su abuelo.

«A partir de hoy, tres ángeles velarán por mí: papá, Omero y Vasili», sonrió Maria. De repente recordó el sobre que Ferruccio le había entregado a la salida del cementerio y que había metido distraídamente en el bolso. Se levantó y lo abrió. Dentro había una tarjeta: «Feliz cumpleaños, Maria. Tu Aristo». Además de la tarjeta, había una fotografía. La fotografía de Ari en el cementerio de Bruzzano, junto al nicho del pequeño Omero. Al ver a su hombre envejecido, con la espalda encorvada, Maria no pudo contener las lágrimas: Ari había querido ir a ver a su hijo. Y lo había hecho para hacerle un regalo, el mejor regalo por sus cincuenta años.

—Te quiero, Aristo —le dijo al oír su voz en el teléfono.

—Estoy envejeciendo, Maria. Y no quiero tener cuentas pendientes. Era el único regalo que no podía comprarte con un talón. Y era lo único que te debía.

Maria se durmió esa noche pensando en las cuentas pendientes: la de su padre y la de Aristo. La vida empezaba a resarcirla.

«Tengo miedo. Cuando el cielo se vuelve generoso, hay que temer a los dioses»; quizá en esa ocasión se equivocaba. Quizá por una vez las antiguas supersticiones de los griegos habían fallado.

Crónica de una muerte anunciada

Sapporo, martes 12 de noviembre de 1974

Cerró el periódico. Estaba pálida. Sus ojos carecían ya de brillo.

—A partir de hoy, Milton, la Callas está muerta para siempre. Nunca más la volveré a sacar de su tumba.

Milton y Antonio la vieron alejarse, encorvada, bajo el peso de la humillación. Cogieron *Le Figaro* y leyeron los titulares de la primera página: «La divina canta como si tuviese el torno del dentista en la boca».

El rey de Skorpios

Skorpios, miércoles 15 de enero de 1975

Ni siquiera Skorpios se había librado de los rigores del invierno especialmente crudo de ese año. En el jardín de la casa de Aristóteles Onassis los limoneros no habían echado aún brotes. Aristo, que apenas podía ya caminar, permanecía sentado en su butaca frente al mar observando las negras nubes que se perseguían.

Era su cumpleaños: ese día cumplía setenta y cinco años. Onassis era ya un hombre enfermo. La grave miastenia que padecía le obligaba a llevar tiritas para sostener los párpados, los músculos de la cara se habían aflojado, transformando su rostro en una máscara trágica. Había perdido completamente el apetito. Ni siquiera los manjares que le preparaba su hermana Artemis habían conseguido evitar que perdiera quince kilos en unas pocas semanas. Sabía que había llegado su fin. No temía a la muerte. Nunca la había temido. Simplemente le invadía la melancolía. Lamentaba no volver a ver su mar, no volver a oler el perfume de su isla. Y sobre todo lamentaba dejar sola a Maria.

Habían pasado las navidades juntos en Glyfada. En cuanto Jackie hubo salido por la puerta con sus maletas hacia Saint-Moritz, Aristo llamó a París.

—Te envío el avión. Ven conmigo. Comeremos moussaka y nos emborracharemos con ouzo.

No tuvo que insistir demasiado: Maria estaba deseando dejar atrás París y su tristeza.

—Por supuesto, Aristo. Por primera vez este año ni siquiera he adornado la casa. ¿Lo ves? Tenía el presentimiento de que me llevarías contigo a pasar las navidades en nuestra Grecia.

La herida causada por la muerte de Milton estaba todavía abierta: se había ido una noche, en su casa de Montecarlo, de puntillas, mientras escuchaba la *Tosca* de Maria.

«Viviste para mí y has muerto conmigo», escribió Maria en la esquela aparecida en *Le Figaro*. En cuanto llegaron a Atenas, a pesar de que Aristo estaba ya muy mal, fueron a comer espaguetis *all' arrabbiata* al Bussola, un restaurante italiano situado frente al mar.

—Aristo, es estupendo estar aquí, en nuestra ciudad, sin que nadie lo sepa. ¿Sabes lo que vamos a hacer? Me vas a llevar a El Pireo —dijo Maria.

—¿A El Pireo? ¿Y qué se nos ha perdido allí?

—Quiero ver la vieja taberna donde mamá Litsa me exhibía cuando era una niña. ¡Qué miedo pasé aquella noche! Todavía lo recuerdo: todos aquellos ojos clavados en mí. Había un vaivén de marineros borrachos. Un día vino a escucharme el bueno de Milton. Fue allí donde lo vi por primera vez.

—Cuánto echamos de menos a Milton. ¿Qué ha sido de Antonio?

—Vive en Londres. Milton le dejó todos sus bienes y se ha trasladado a su casa. Pasará con nosotros el Año Nuevo. No para de llorar, pobrecillo.

Aristo y Maria hablaban de sus seres queridos, de sus desgracias, de las personas que ya no estaban con ellos. Como Tina. La mujer de Onassis había muerto de un infarto precisamente aquel octubre. El centro de su conversación siempre era Alexander.

—Está vivo y sigue a mi lado. Todas las noches oigo su voz, real, junto a mí. Sé que está bien. Esto me basta.

Maria rozó las manos de Aristo: sabía lo que significaba vivir de recuerdos. Compartir la vida con la muda presencia de los que nos han dejado. Ella y Omero también vivían unidos. Pero no habló de ello a Aristo: sabía que el tema de ese hijo le producía un gran sufrimiento y un sentimiento de culpa muy hondo. Una hora más tarde estaban ya en Microlimano. El lugar donde antes se hallaba la vieja taberna lo ocupaba ahora un gimnasio algo sórdido; debía de ser el punto de referencia de todos los marineros que iban a permanecer en tierra unos días y querían mantenerse en forma. No quedaba nada del viejo barrio de antaño.

—Tenía razón Proust: no hay que ir en busca del pasado —sonrió Maria, cogiendo de la mano a Aristo y regresando al hotel.

—Ari, este paquete ha llegado de París. Debe de ser el regalo de Maria. No te lo daré hasta que te hayas comido un buen plato de sopa.

Artemis trataba a su hermano como a un niño. Pero, a pesar de la enfermedad, Aristo seguía comportándose como el dueño de la casa.

—Artemis, dámelo, sin discutir. Lo necesito, Dios santo.

Mientras abría el paquete con manos temblorosas, pensaba en cuánto lo había amado aquella mujer y en cuánto daño le había hecho él. Pero ya no había ni forma ni tiempo para poner remedio, solo quedaba la conciencia de las propias culpas. Maria le había regalado una manta roja de cachemir de Hermès. En la tarjeta, unas pocas palabras: «Para este largo invierno que parece no acabar nunca, tu Maria». Ese día Aristo, con la manta de cachemir sobre las rodillas, comió con un apetito insólito. Incluso le pidió a Artemis dos platos de sopa.

—Tendría que venir aquí Maria. Ella te pondría a raya inmediatamente —comentó la hermana.

Poco antes de acostarse, recibió la llamada telefónica de Jackie. Estaba en Nueva York; pasaba allí la mayor parte del tiempo. Nunca se había acostumbrado a Skorpios ni a su gente.

—Cariño, te he comprado un regalo muy bonito por tu cumpleaños. Un reloj maravilloso de Vacheron.

—Pero Jackie, hace tiempo que ya no veo. ¿Para qué quiero un reloj? Lo único que tengo es mucho frío —le respondió.

—No te preocupes. Pronto llegará la primavera. Y luego el verano. Este año quiero invitar al *Christina* a mis amigos de Long Island. Tocan el saxo divinamente. Verás qué bien lo pasaremos. ¿Estás contento, querido?

—Desde luego. Buenas noches, Jackie. Buenas noches.

La vida se escapa

Febrero-marzo de 1975

París, jueves 6 de febrero de 1975

«Quiero morir cerca de Maria, quiero morir cerca de Maria»: hacía horas que repetía sin cesar estas palabras. Jackie, que desde Nueva York había acudido a su lado, a Skorpios, al precipitarse la situación, fingía no oírlo. Y Christina también insistía en hospitalizarlo en Atenas. Pero la gran aliada de Aristóteles Onassis, la única verdadera Onassis que seguiría dirigiendo la casa familiar, era su hermana Artemis. Y Artemis lo había comprendido.

—Vámonos inmediatamente. Preparad el avión: lo llevamos a París, al Hospital Americano de Neuilly —dijo apretándole la mano.

Al llegar a París, Onassis dio pruebas de una fuerza extraordinaria. Se puso en pie, entre atroces dolores, hizo que le ayudaran a vestirse y se puso el abrigo.

—Quiero andar con mis piernas. Quiero ir al encuentro de la muerte como un hombre, no como un pobre desgraciado. Artemis, vete al hospital a preparar mi habitación. Yo tengo que pasar antes por casa.

Las protestas de Jackie no sirvieron de nada.

—Tú y Christina id con mi hermana. Yo tengo que pasar antes por mi casa de la avenue Foch. Y tengo que ir solo.

Las mujeres de la casa de Onassis habían aprendido a no llevarle la contraria. Incluso Jackie Kennedy.

—Señora, el señor Onassis al teléfono.

Bruna observó la alegría en los ojos de Maria, y para que no se hiciera muchas ilusiones, se apresuró a añadir:

—Tiene una voz algo extraña…

—Maria, amor mío. Estoy en París. He venido a morir cerca de ti.

Aristo hablaba en griego, como la primera vez, cuando se conocieron en el hotel Danieli.

—No digas tonterías. Tú eres un roble. También saldrás de esta —le respondió Maria, apartando las lágrimas que se obstinaban en correr silenciosas por sus mejillas.

—No, amor. Siento que la muerte está cerca. Por eso he querido que me trajeran a París. Porque saber que estás junto a mí me hace más fácil ese momento.

—Voy inmediatamente. ¿Dónde estás, Aristo?

—No, yo ya te diré cuándo puedes venir. En cuanto Jackie regrese a Nueva York. No soporta estar tanto tiempo conmigo. Ya te llamaré yo.

—Me importan un bledo Jackie y tu hija. Quiero, tengo que estar a tu lado —gritó Maria.

—No, tienes que esperar. Pobre amor mío, siempre te he hecho esperar. Toda la vida, ¿lo ves? Te hago sufrir incluso antes de morir. Menos mal que pronto te librarás de este viejo. Pero ten la seguridad de que te llamaré a mi lado. No quiero morir sin volver a verte al menos una vez.

Maria colgó y se miró en el espejo. La imagen que le devolvía era la de una mujer vieja: el cabello largo y descuidado con algunas hebras plateadas, las gruesas gafas y aquella bata que no se quitaba de encima porque era la única prenda que le daba un poco de calor. Y ahora también se estaba yendo Aristo. Se estaba yendo una parte de su vida. Acariciándose el rostro, observó la expresión de sus ojos, carentes de brillo: «Amor mío, contigo se van mis ganas de vivir, ya no tendré fuerzas para luchar, ya nada tendrá sentido. Nos iremos juntos, tú y yo».

París, jueves 6 de marzo de 1975

«Maria, Maria, Maria.» Los médicos y los enfermeros estaban acostumbrados a esta cantilena. Cuando Onassis estaba sumido en el letargo o las dosis de morfina lo dejaban casi inconsciente, invocaba sin cesar el nombre de la mujer de su vida. Hacía ya días que Jackie se había marchado: comenzaban los desfiles de las nuevas colecciones de la moda primavera-verano en la Quinta Avenida y no podía perdérselos. Christina, en cambio, se había quedado en París, junto a su padre, pero se mostraba inflexible. A pesar de que la tía Artemis, con el apoyo de médicos y psicólogos, insistía en llamar a la Callas junto al lecho de Aristóteles, Christina se oponía con todas sus fuerzas.

—Esa furcia ha destrozado nuestra familia. Aquí no pondrá nunca un pie —gritó justamente en uno de los escasos momentos de consciencia y lucidez de su padre.

No obstante, ese día Chanel presentaba su desfile. Christina estaba invitada y no podía faltar.

—Tía Artemis, vuelvo enseguida. Solo estaré fuera un par de horas. Si se produce una urgencia, llámame al teléfono del coche —le rogó antes de abandonar la habitación.

Artemis miró a su alrededor. No había tiempo que perder. Llamó inmediatamente a Maria a su casa.

—La señora no está.

Bruna había recibido instrucciones de Maria de dar a todo el mundo la misma repuesta. A todo el mundo, excepto a Aristo.

—Oiga, Bruna. Dígale a la señora que si quiere ver con vida a mi hermano, tiene que coger el coche y venir inmediatamente al hospital.

Maria entendió el mensaje. Hacía semanas que esperaba ese momento. Había llegado la hora de decir adiós para siempre a su hombre.

—Dejadnos solos, os lo ruego —dijo a la enfermera y a Artemis. Aristo estaba intubado, conectado al respirador y con los ojos cerrados. Sus manos, delgadas y huesudas, estaban heladas.

—Soy yo, amor mío, Maria, tu Maria —le dijo acariciándole el rostro—. He venido por fin a ver a mi Aristo. Ya sé que no puedes verme. Pero sé que me oyes. Dime que me oyes.

Aristo apretó la mano de Maria: un ligero movimiento, pero era la señal de que estaba allí con ella.

—Te he amado toda la vida. Te amaba ya cuando era pequeña. Siempre has estado conmigo, amor mío. Porque tú eras mi príncipe azul, el hombre que soñaba encontrar, el hombre que había de sacarme de mi casa de Atenas. Te he amado a mi modo, ya lo sé. Con altibajos. Tengo muy mal genio, soy indomable. Pero te he amado. No creo haberme merecido todo el dolor que me has causado. Eso no. Muchas veces me lo he preguntado: «¿Por qué?». Y si antes me volvía loca buscando una respuesta, hoy me resigno pensando que todo ese sufrimiento estaba escrito en mi destino.

Mientras Maria hablaba, Aristo seguía manteniendo los ojos cerrados. Pero de ellos brotaban abundantes lágrimas.

—Te ofrecí el regalo de amor más grande que podía hacerte: mi voz. Para mí tú eras lo primero. Y además, ¿qué importancia podía tener el canto si en ti lo tenía todo? Con el canto ya he ajustado las cuentas. Alguien dice que podría haber dado más. En realidad, ya no tenía nada más que dar. Cuando miro hacia atrás, incluso me cuesta creer que haya logrado llegar tan lejos. En cambio, contigo las cuentas nunca se han ajustado. Nosotros sí que podríamos haber hecho más. Pero si estoy aquí hoy es para decirte una cosa importante. La única cosa que quiero que sepas: del mismo modo que me diste la vida, también me la quitas. Nací y muero contigo.

De repente Aristo agarró con más fuerza la mano de Maria. La levantaba ligeramente.

—¿Qué quieres decirme, mi amor? Háblame a través de tu mano, te lo ruego.

Aristo levantaba repetidamente el índice, en dirección al armario de la habitación. Maria se levantó de la silla y fue a abrirlo. En el estante superior había una manta roja de cachemir de Hermès. Su manta. Comprendió. Y, llorando en silencio para que no la oyeran, la extendió sobre el cuerpo de su hombre. Aristo, tras haber acariciado débilmente la manta con su mano, le regaló a Maria una última sonrisa.

—Ha llegado el momento del adiós, amor mío. Espérame. Tu Maria se reunirá muy pronto contigo —le dijo besando sus lágrimas.

Cuando Artemis llamó a la puerta, encontró la habitación vacía. Maria ya no estaba. Se había marchado en silencio, con la sonrisa de su amor en el corazón.

Palm Beach, sábado 15 de marzo de 1975

En la playa estallaba la vida. Corrillos de jóvenes con la tabla de surf debajo del brazo comentaban los primeros *topless* de las chicas. El sol obligaba a protegerse los ojos. Las calles eran un hervidero de coches y de gente deseosa de comprar bolsas y pareos. Maria estaba hundida en la oscuridad más absoluta de su habitación. Delante del televisor, con una enorme caja de bombones sobre las rodillas, que iba comiendo distraídamente. Desde que se había trasladado a Florida, en un intento de huir lo más lejos posible de Aristo y de su muerte, se había encerrado aún más en sí misma. Pasaba días enteros sin salir de casa, convencida de que la perseguían los *paparazzi*. Obligaba a Bruna a cerrar los postigos desde primeras horas de la tarde. En casa hacía un calor asfixiante.

Esa tarde, mientras en la calle la gente se preparaba para el fin de semana, Maria estaba viendo dibujos animados con las piernas abotargadas colocadas sobre un puf. Se quedaba hasta la madrugada viendo la televisión. Películas policíacas y grandes novelas de amor de Lana Turner; devoraba cualquier cosa, con tal de no pensar en París y en Aristo.

—Señora, ¿cómo nos organizamos mañana Ferruccio y yo?

Cuando se aproximaba el fin de semana, la pregunta de Bruna era invariablemente la misma. Y la respuesta que le seguía también.

—Paga doble. Pero quedaos conmigo. Podemos hacer un campeonato de remigio.

Tenía pánico a quedarse sola: la aterrorizaba la idea de que las pesadillas de su pasado se apoderaran de ella.

Dos días antes, mientras estaba desayunando, el locutor de la radio anunció: «De *Norma*, Maria Callas en "Casta diva"». Sin dejar traslucir emoción alguna, se quedó escuchando su voz que ascendía por las notas de Bellini: reconocía la sublime belleza de su interpretación y su impotencia para hacerla revivir.

«¿Por qué, por qué el destino se empeña en recordarme mi desgracia, que ya no soy nada de lo que en otro tiempo fui? ¿Por qué la Callas sigue persiguiéndome?» Aunque se esforzase por ignorarlo, aunque estuviese muerta y sepultada bajo el torno de aquel maldito artículo de *Le Figaro*, el fantasma de la Callas seguía persiguiendo a Maria.

De repente el noticiario de la CNN anunció: «Aristóteles Onassis ha muerto hace unas horas en París. Tenía setenta y cinco años».

Al escuchar esas palabras se quedó de piedra. Hacía días que esperaba la noticia; sabía que Aristo podía morir en cualquier momento. Pero no estaba preparada. Tampoco era capaz de llorar. En realidad, ya había derramado todas las lágrimas.

—Bruna, ven, corre. Aristo ha muerto. Se ha ido para siempre.

Cogida de la mano de Bruna, Maria estuvo viendo durante toda la noche los reportajes desde París sobre la muerte de Onassis. Había un derroche de comentarios duros y malévolos: «Mientras Onassis muere, la Callas se encuentra en Florida trasnochando en los locales nocturnos». No era esto lo que la hacía sufrir. Sabía ya cuáles eran las reglas del juego. Lo que la aterrorizaba era la idea de que a partir de ese día Aristo ya no estaría. Y nunca más se ocuparía de ella.

—Ahora sí que se ha acabado todo, Bruna —se abandonó Maria—. A partir de hoy estoy realmente sola en el mundo. Mi vida acaba con él.

A las dos de la mañana, Maria estaba aún sentada en el sillón. Finalmente, abrió los postigos: a aquella hora los *paparazzi* estaban durmiendo. («Por fin, un poco de aire fresco», comentó Bruna revolviéndose en la cama.) Se estaba emitiendo el último noticiario de la noche. «La capilla ardiente de Aristóteles Onassis ha sido instalada en el Hospital Americano de París. Por deseo de la familia, el armador ha sido colocado en el féretro cubierto con una manta roja de cachemir.» Maria había vencido: al menos en la muerte estaría para siempre junto a su hombre.

Juntos para siempre

París, viernes 16 de septiembre de 1977

Esa mañana Maria se había levantado especialmente temprano, aunque no se había dormido hasta las cinco y media. Le gustaba escucharse hasta bien entrada la noche, cuando todo París dormía. Se ponía los cascos y escuchaba a la gran, a la insuperable, a la divina Maria Callas. Durante la noche revivían, como tantos otros fantasmas, Norma, Violetta, Tosca, Lucia. Ponía el disco de vinilo en el tocadiscos y, como por encanto, mientras se escuchaba, abría y cerraba la boca como una marioneta y se movía como si estuviese recitando en el escenario de la Scala o del Metropolitan. A veces llegaba incluso a seguir la grabación con su propia voz. Pero al final el agudo siempre le fallaba y Maria se doblegaba de dolor ante su propia impotencia. No obstante, la emoción que sentía al revivir esos momentos era irresistiblemente mágica. La luna penetraba por los amplios ventanales del salón para bañar de plata toda la casa. Y aunque fuera por unos instantes, como por un milagro, Maria volvía a ser la Callas de antes.

Sin embargo, esa noche había sucedido algo raro. Antes de caer en la cama muerta de cansancio, decidió cerrar la galería de sus personajes con *Suor Angelica*. Sí, cantaría «Senza mamma», la atormentada aria con la que Angelica se dirige a su hijo muerto.

«Senza mamma, o bimbo, tu sei morto! Le tue labbra, senza i baci miei»;* apenas había empezado a cantar, cuando sobre el amplio diván de terciopelo verde de la entrada vio a Vasili.

Estaba sentado escuchándola, igual que en el pasado, cuando era el juez más atento de «La paloma» en su pequeña habitación de Nueva York. Se mantuvo absorto hasta el final. Luego, rompió el silencio con un estruendoso aplauso. Maria se fue a la cama con la imagen de su hermano en la mente: «Mañana seguramente ocurrirá algo bueno», se dijo. Vasili siempre había marcado los momentos más importantes de su existencia: se le había aparecido poco antes de la audición en casa de Toscanini, la noche antes de embarcarse en el crucero del *Christina*, que marcaría para siempre su vida, y la noche antes de la muerte de Omero.

—Señora, ¿está segura de que debo guardarla yo? —preguntó Bruna. Maria se había despertado temprano esa mañana. Y mientras desayunaba en la cocina, le entregó una carta a Bruna.

—Sí, Bruna. No la abras hasta después de mi muerte —le respondió.

—Pero ¿por qué precisamente hoy? Déjelo. Ya pensará en ello más adelante. ¿Qué necesidad hay?

—Estoy leyendo un libro de espías que me tiene en suspense. Creo que el asesino puede llegar de un momento a otro —sonrió Maria.

Mientras leía, tumbada en la cama, las últimas páginas del libro, oyó un débil ruido procedente del baño. Plixie y Gedda estaban especialmente nerviosos y seguían ladrando sin motivo alguno. Maria miró la hora: eran las doce y media. Cuando se levantó de la cama para ponerse las zapatillas, sufrió un fortísimo mareo.

«Ah, la presión. Siempre me juega malas pasadas.» Pretendía llegar al baño como fuera. ¿Quién había? ¿Quién hacía aquellos ruidos? La ansiedad iba en aumento. Abrió la puerta y sintió un dolor punzante en medio del pecho. No podía respirar. De repente, le fa-

* ¡Sin tu madre, hijo mío, has muerto! Tus labios, sin mis besos.

llaron las fuerzas. En el momento en que se desplomaba, distinguió tres manchas oscuras. Maria hizo esfuerzos por respirar a fondo y enfocar aquellas presencias. No tenía fuerzas para gritar: el dolor que sentía no le permitía ni siquiera abrir la boca. Su vida pasó velozmente ante sus ojos, como en una película. Su debut en la Arena, la madre de Titta, su boda, los aplausos en la Scala, el crucero en el *Christina*. Hasta las últimas imágenes: ella en el coche saliendo del cementerio de Bruzzano, con aquellas palabras que se repetían machaconamente en el cerebro: «No volverá a suceder... No volverá a suceder...». Ahora todo estaba claro. Realmente no volvería a suceder nunca más. Había sido su última visita a Omero.

Mientras pensaba en esas cosas, arrollada por un torrente de imágenes y de pensamientos, se materializaron ante ella tres figuras. Maria sonrió. Eran Vasili, muy hermoso y sonriente, que le daba la mano a Aristo. Sí, su Aristo. Estaba de pie, radiante, con su camisa de hilo blanco y sus pantalones a la marinera, y sostenía en brazos a su pequeño Omero. Sí, su hijo que, sonriendo, tendía los brazos a su madre. Maria se levantó, tendió los brazos hacia ellos y se desplomó. De repente, no hubo más que oscuridad y frío. El fin.

Bruna y Ferruccio la encontraron así, en el suelo del baño, con los brazos tendidos hacia delante. Maria, que en los últimos años de su vida, destrozada por los pensamientos y los recuerdos, había adoptado la máscara más trágica, a la hora de la muerte recuperó la sonrisa más radiante. Una sonrisa que ni siquiera la rigidez de la muerte lograría borrar.

Mientras Jackie y mamá Litsa iban y venían acompañando a los pocos amigos que habían acudido a rendir homenaje a Maria tendida en su lecho de muerte, Bruna, en la cocina, ante una taza de café, abrió el sobre blanco que Maria, en un momento de extraña clarividencia, le había entregado el día anterior.

Epílogo

Milán, lunes 3 de octubre de 1977

O terra, addio; addio, valle di pianti...

GIUSEPPE VERDI, *Aida*

Eran las once y cuarto. Ginetto miraba nerviosamente su reloj. «De nuevo llega tarde. Dijo que no volvería a suceder...» Trataba de distraerse haciendo crucigramas. Pero el tiempo transcurría inexorable. Y el coche seguía sin aparecer. ¿Qué le habría ocurrido a la Signora? No es que a Ginetto le interesara mucho. Pero no le apetecía renunciar aquel mes a sus quinientas mil liras. Ya estaba acostumbrado. ¡Las quería, demonios! Miró por última vez el reloj: la una y cuarto.

«No hay quien entienda a esos ricos —resopló, tras haber comido la pasta que le había preparado su mujer Stefania—. Se creen que porque tienen dinero pueden hacer lo que les dé la gana. ¿Qué saben ellos del sufrimiento? ¡Que se vayan al diablo!»

Se levantó y fue a controlar que la verja estuviera bien cerrada. Luego, colocándose la gorra sobre los ojos, se puso a roncar junto a la estufa. Su primer lunes sin Maria.

Agradecimientos

Quiero dar las gracias a todos los amigos que, con sus consejos, me han ayudado en la redacción de esta novela.

También quiero dar las gracias a Riccardo C., el hijo de Ginetto, custodio de valiosos recuerdos.

Para realizar esta obra han sido fundamentales algunas lecturas. Especialmente: Renzo Allegri, *La vera storia di Maria Callas* (Mondadori); Camilla Cederna, *Maria Callas* (Longanesi); Attila Csampai, *Callas* (Rizzoli); Nicholas Gage, *Fuoco greco* (Sperling & Kupfer; hay trad. esp.: *Fuego griego*, Barcelona, Plaza & Janés, 2001).

Índice

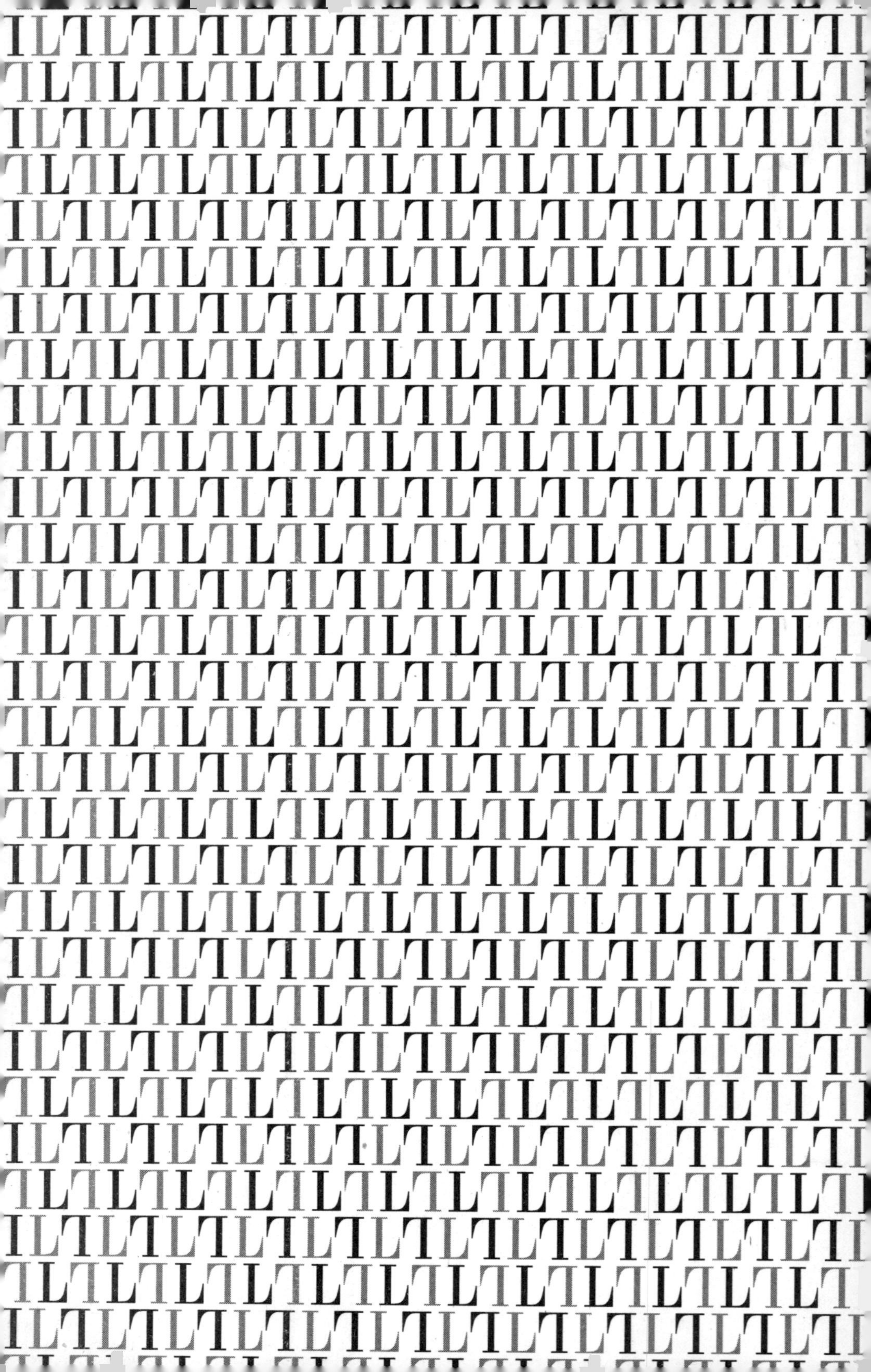

Querida Bruna, muero feliz. Me reúno con mi hijo y con el hombre de mi vida. Espero que el buen Dios nos conceda vivir juntos por toda la eternidad. De mis bienes materiales se ocuparán los abogados. Pero a ti, querida amiga de toda una vida, te pido un último favor. Haz que esparzan mis cenizas en el mar Egeo. Es mi última voluntad. Mi Aristo está enterrado en Skorpios. Y yo quiero terminar allí. Le abrazaré a través del mar. El mar me permitirá acariciarlo. Será una manera de volver a casa, eternamente unidos. Ayúdame, Bruna. Con Aristo he vivido un amor. A veces hermoso, a veces terrible. Que nuestra historia tenga un desenlace feliz depende ahora solamente de ti. Tu Maria.